一妻獨秀

2

風文創
440

芳菲 著

目錄

第三十一章

蕭謹言住的文瀾院其實並不大，但在許國公府裡，位置和陳設算是最好的。

這邊靠近後花園，和幾個姨娘住的地方相隔很遠，最是僻靜安逸，往西正好是二老爺一家的住處。如今二老爺外放，那些院子都關著，真真唸書的好地方。

前世蕭謹言在這裡住到和欣悅郡主大婚前，趙氏才做主在許國公府最東面的空地修了座驚鴻院，讓欣悅郡主和他搬進去住。

兩天前阿秀進來，不過是走馬看花，連看一眼都顧不上，今兒再進文瀾院時，便生出幾分親切來，畢竟她也在這裡待過兩年。

清霜帶著阿秀去了她的房間，看見裡面整理得乾乾淨淨，角落放著燒銀霜炭的火爐，臨窗的地方還有一張梳妝檯，上頭妝奩、胭脂皆齊全，心下便生出幾分感激，謙遜地說：「清霜姊姊太照應了，我是過來當丫鬟，不是當小姐的。」

清霜淡淡笑道：「妳當丫鬟還是小姐，不是我說了算。這些都是世子爺安排的，妳要是想謝，只管去謝世子爺。」說著，把身後的小丫鬟喚到跟前。

「這是初一，以後讓她跟著妳，有什麼事情，儘管囑咐她做；只一點，如今她不過是個三等丫鬟，不能進正房，妳看著她就是了。」

阿秀看著初一，朝她點點頭，兩人算是打過了招呼。

這時，幾個丫鬟從門口走過，傳來幾聲冷冷的嗤笑。

清霜探頭看了一眼，是平素和清瑤比較要好的二等丫鬟們。

清霜為了防止清瑤找麻煩，特意把阿秀的房間安排在後罩房最左邊，雖然不靠著清瑤的房間，卻偏偏是丫鬟們平常走動的必經之路，如此看來，倒是少了幾分清靜。

清霜想了想，道：「平常我們大丫鬟都要值夜，難得睡這裡，都是睡在碧紗櫥外的炕上，這兒不過是平常休息時住住罷了。」

阿秀點點頭，小聲道：「有勞清霜姊姊了。」

清霜安頓好阿秀，見沒別的事情，這才起身。

「妳剛來，先休息一會兒，等世子爺回來，再讓他給妳安排差事吧。我們房裡的大丫鬟，要服侍的就是世子爺跟前那幾件事情，當過丫鬟的都做得來。」

阿秀應了，又親自送清霜出門，才轉身回房，和衣在自己的床上躺下。

她望著青紗帳頂，忽然有些茫然。

世子爺還像前世一樣對她好，可她卻沒有前世那般勇敢，不敢付出真心、不敢再靠近他的身邊了。

阿秀嘆口氣，翻身側著躺下。

屋裡的炭火燒得正旺，她竟覺得有些睏了……

阿秀醒來時，就看見蕭謹言坐在她的床沿，身上不知何時蓋了錦被，一隻小手被他握在大掌中。

蕭謹言沒料到阿秀會突然醒來，作怪的手還緊緊牽著她的小手。抬頭瞧見阿秀睜眼看著他時，才連忙鬆開手，結巴道：「咳咳……我……我就是看看妳手上的凍瘡好了沒有。」

阿秀從床上坐起來，想到小拇指上的凍瘡，不覺臉頰泛紅，瞧著蕭謹言道：「這是什麼時辰了？世子爺可曾用過晚膳？」

外頭的天色已經全黑，從她餓得咕嚕直叫的五臟廟便可以察覺，時辰絕對不早了。

蕭謹言稍稍緩和方才的情緒，笑著道：「我在宮裡用過晚膳，這會兒才回來。」

才回來就跑到我的房裡偷看我睡覺……阿秀低著頭，心裡莫名想到這層意思，遂笑道：「那奴婢起身服侍世子爺吧。」

「今兒妳剛來，不用服侍了，好好休息休息，明兒再服侍不遲。方才妳睡得沈，我沒讓清霜喊妳，一會兒會有小丫鬟給妳送吃的。」

蕭謹言說著，越發覺得自己囉嗦，曾幾何時，他會關心起一個小丫鬟的吃用來。可是前世被阿秀無微不至關心過的他，深刻體悟到，如果真心對待一個人，就應該事事妥帖、樣樣俱全，而不是在失去她時才扼腕嘆息。

此時，阿秀已經穿衣起床，在蕭謹言跟前福了福身，小小的身子看著有些纖瘦。

蕭謹言看著她，眉頭舒展，忍不住伸出手，在她的臉頰上輕輕碰了一下。

這次，阿秀沒有躲避，其實她心裡也依戀著他的溫柔。

蕭謹言見阿秀沒有躲，眼神中也沒有驚恐，高興得嘴角勾了起來，遂不急於一時得寸進尺，深吸一口氣道：「我先走了，妳好好休息。」

阿秀愣了愣，瞧見蕭謹言的腳沒有動，這才抬起頭看著他，小聲道：「世子爺慢走，阿秀不送了。」

蕭謹言覺得心情再沒有像今日這般好過，高高興興地出去了。

果然，過了片刻，叫初一的小丫鬟便拎了食盒回來，見阿秀已經起身，就把食盒送進房裡。

「阿秀姊姊，快把消夜吃了。清霜姊姊說這是世子爺的消夜，廚房的婆子們才肯另外準備，只等著世子爺吃完，她們好收拾盤子回去交差。」

阿秀看看食盒裡的吃食，果然是平素蕭謹言喜歡吃的雞絲粥和火腿燒餅。前世蕭謹言也有吃消夜的習慣，總是命廚房做上好幾樣，若欣悅郡主不在跟前，就便宜了那些丫鬟們。

阿秀想了想，拿帕子把火腿燒餅包起來，放在一旁，再端起粥碗喝了幾口，然後吩咐初一。「我吃飽了，妳把食盒送回去吧。」

等初一收拾完出門，阿秀起身擦擦嘴，捧著手中的燒餅，朝正廳的方向看了一眼。

蕭謹言當她不知道呢，在宮裡能有什麼吃食，跟那些娘娘在一塊兒，只怕筷子根本沒能動幾下，如今又讓人把自己的消夜偷偷送來，只怕到了後半夜，他非餓肚子不可。

阿秀越想越覺得心疼，穿好衣服，捧著燒餅往前頭去。

天色已晚，沒什麼人在院子裡走動，正廳外頭靜悄悄的。

這個時辰，蕭謹言多半在右裡間的書房看書，廳裡通常只有小丫鬟打盹候著。

阿秀挽起簾子進去，果然瞧見兩個小丫鬟正趴在茶几上睡覺，其中一個還是她前世認識的、後來成為蕭謹言房裡大丫鬟的墨琴。

清霜聽見外頭有腳步聲，便從書房出來，才挑了珠簾，就瞧見墨琴和墨棋這兩個小丫鬟在打瞌睡。

阿秀捧著繡帕站在門邊，見清霜正要開口，忙示意她噤聲，上前福了福身子。

「清霜姊姊，這火腿燒餅留給世子爺當消夜吧，他去宮裡也沒什麼吃的，仔細半夜餓肚子。」

聽阿秀這麼說，清霜笑著伸手接過她遞上來的燒餅。「難為妳想得到。」瞧著阿秀嬌美的容顏，心裡想，世子爺跟前如何會少了這麼一頓吃食？沒準兒世子爺和這個叫阿秀的姑娘還真是前世的姻緣，兩個人怎地就能如此契合呢。

清霜謝過了阿秀，送她出門，這才回屋把兩個小丫鬟叫醒，拿碟子將燒餅裝盤，送進去給蕭謹言當消夜。

蕭謹言知道這燒餅是阿秀送來的，高興得不得了，一口氣吃了兩個。

阿秀在許國公府的第一晚睡得很安生，興許這裡是她前世生活過八年的地方，骨子裡就有一份很熟悉的感覺。

再者，和蕭謹言住在一個院子裡，讓阿秀覺得很安心，即便不能像上一世那樣肌膚相親，可這種心底暖洋洋的感覺，還是忍不住讓她在睡夢中笑了起來。

第三十二章

第二日一早，阿秀睜開眼睛，看見床頂青色的帳子，才確信自己並不是在作夢，而是確確實實回到了許國公府，回到了蕭謹言身邊。

外頭傳來小丫鬟嘰嘰喳喳的說話聲，一大清早的，聽著特別清楚。

「初一，以後妳真的就來服侍這個和我們差不多大的小丫鬟嗎？」一個小丫鬟的聲音傳入阿秀耳中，聽上去還帶著幾分奶聲奶氣。

初一笑著道：「可不是。清霜姊姊說，把她服侍好，我就有好日子過了。」

其他小丫鬟摀嘴笑了起來。「早知道世子爺喜歡年紀小的，我們就應該在前院多晃悠晃悠，沒準兒也能讓世子爺看上，如今平白便宜一個外人了。」

有個小丫鬟聽了，趕緊制止道：「快別亂說，仔細清瑤姊姊聽見，咱們又要挨一頓訓。」

這時，一道聽上去年長些的聲音從前頭傳來。「還不快去打水，難道要讓姊姊們親自擔水去？」

眾人一哄而散，那人又叫住了初一。「世子爺說了，若是阿秀沒睡醒，就不用讓她過去服侍，她剛來，讓她好好休息休息。」

阿秀聽見自己的名字，急忙翻身從床上起來，瞧見一旁的床頭櫃上，早已放上了一等丫鬟的服飾。

阿秀拿起衣服，往身上比了比，還有些大，想來許國公府中像她這個年紀就當上一等丫鬟的人，確實不多。

阿秀穿好衣服、梳完頭，初一才打水進來。見阿秀連床鋪都已經整理好，便忙不迭道：「阿秀姊姊，不好意思，奴婢來遲了。」

阿秀從梳妝檯前站起身，笑著道：「對我不必自稱奴婢，奴婢是在主子跟前叫的；還有，也不用喊我姊姊，咱倆看著差不多大，妳喊我阿秀就好了。」

初一見阿秀笑吟吟地看著自己，她笑起來時，臉頰上有兩個小酒窩，一雙杏眼水汪汪的，真是說不出得好看。

初一頓時有些明白，為啥世子爺瞧見她，會說她是阿醜了……

阿秀去淨房洗漱乾淨，才帶著初一出門，正巧遇見病了一日的清瑤。

能留在蕭謹言身邊的，自然都是美人胚子，清瑤病了這兩日，越發生出病西施的美態來，行動中帶著幾分弱柳扶風的模樣，連阿秀都覺得好看得很。

清瑤瞧見阿秀，先是怔了怔，隨即沈下臉，一句話也沒說，往前走去。她身後的小丫鬟和阿秀擦肩而過，從鼻腔裡冷冷哼了一聲。

待清瑤走遠，躲在阿秀身後的初一才探出頭來。

「阿秀，這就是清瑤姊姊，她可是文瀾院最大的丫鬟，世子爺的奶娘是她的親姑母。其實她以前也挺好的，但自從世子爺喜歡清霜姊姊之後，她就越來越凶了。」

前世阿秀沒成為蕭謹言的通房之前，也在他的房裡當過兩年大丫鬟。丫鬟之間的爭執，無非就是為了通房那個位置，當時要數墨書和墨畫爭得最厲害。

可誰知道，她們最後都沒爭到，蕭謹言竟把橄欖枝投給她。

如今回想起來，蕭謹言大抵是喜歡像她這樣呆呆傻傻、與世無爭的人吧。

阿秀笑了笑，對初一道：「我們不管她們，只管做好自己的本分就好。」

初一聽阿秀說出那麼深刻的話，越發崇拜阿秀，一個勁兒地點頭。

「阿秀，妳先去世子爺房裡服侍，我去廚房弄早飯，一會兒妳來下人房找我吧。」

阿秀點點頭，向前跟上清瑤的步伐，往蕭謹言住的正房去了。

正房裡，眾人正有些手忙腳亂。

因昨兒阿秀來了許國公府，蕭謹言憶及前世，一時春心萌動，沒想到竟做了一夜的春夢。

這會兒醒了，發現床上濕成一片。

清霜進去幫蕭謹言整理床鋪，才翻開被子，就瞧見好大一灘痕跡，頓時紅了臉。

這些事情，張嬤嬤早就教過她們，可真遇上了，還是讓人忍不住手忙腳亂。

清霜紅著臉，一邊收拾蕭謹言的床鋪、一邊把髒掉的被單裹成一團，丟在地上。

因為蕭謹言發話不讓清瑤近身服侍，所以阿秀很自覺地進房給清霜搭把手，彎下腰，想把被單抱走。

蕭謹言回身看見，緊張道：「妳……妳別動那些！」

阿秀的手剛剛觸到被單，離得近了，一股腥臊的味道便鑽入鼻腔中。她立刻紅了臉頰，急忙縮回手，向蕭謹言福了福身子。

蕭謹言便對旁邊的清漪道：「妳把床單拿出去讓婆子洗。阿秀，妳過來給我梳頭。」

阿秀微愣片刻，見蕭謹言坐在鏡子前了，遂上去幫他梳頭；可無奈的是，她不過十歲大，即便蕭謹言坐著，還比她高出半個頭來。

這時清霜已經整理好床鋪，洗了手從淨房出來，見狀便道：「阿秀去端水給世子爺漱口淨面吧，梳頭就讓奴婢來。」

蕭謹言見阿秀苦著一張小臉，頓覺有趣，笑道：「去吧，少放些水，仔細端不動了。」

清霜聽了，笑著打趣。「世子爺何時心疼過我端不動？如今倒是好了。」

阿秀的臉越發紅了。

服侍完蕭謹言更衣洗漱，孔氏正巧派了人來迎蕭謹言過去。如今蕭謹言還未成家立業，所以早膳一般是在孔氏那邊用的。

而趙氏心疼蕭謹言早起肚子餓，遂把晨省安排在辰時二刻，讓孩子們吃了早膳再過去，路上散步，權當是消食了。

蕭謹言到海棠院時，孔氏已經起身了。蘭姨娘一如往常在跟前服侍，蕭謹禮則乖乖坐在一旁的靠背圈椅上，看著丫鬟們忙前忙後地布置早膳。

蕭謹禮瞧見阿秀跟在蕭謹言身後，一雙眼睛雖大，卻低垂睫毛，乖巧站著，便從椅子上跳下來，奶聲奶氣地開口問道：「妳就是那個從蘭家來的小丫鬟嗎？」

阿秀忙不迭向蕭謹禮行禮，脆生生地應了。

蕭謹禮瞇著眼睛看她，過了半刻，才開口道：「果然長得比我身邊的丫鬟好看些。」

蘭姨娘正在布菜，冷不防聽見蕭謹禮說出這麼一句話，蹙眉嗔怪道：「亂說什麼，你身邊哪個丫鬟不好看了？」

蕭謹禮聽了，朝阿秀做個鬼臉，低下頭，不再說話了。

這時孔氏從裡間出來，看見蕭謹言，便轉身問道：「去玲瓏院請表姑娘和二姑娘了嗎？」

丫鬟回道：「已經派人去請，應該一會兒就來了。」

孔氏點頭，先引蕭謹言入座，才抬眸就瞧見站在蕭謹言身邊的阿秀。

阿秀穿著大丫鬟的衣裙，外加一件小襖，一雙耳垂很飽滿，戴著款式簡單的珍珠耳墜；髮髻上沒有珠花，只用絲帶繫好；臉上未施粉黛，但小姑娘天生白裡透紅的膚色已是很動人。

這會兒，孔氏不得不佩服起蕭謹言的眼光來了。蘭嫣是個美人胚子，阿秀在蘭嫣跟前服侍著，若不是有心仔仔細細地瞧過了，如何能發現她的美？可見蕭謹言定然早就起了這樣的心思。

孔氏心裡有些哭笑不得，不過見蕭謹言得償所願，況且對方只是個不經世事的小丫鬟，調教好了，未嘗不是件好事，也就睜一眼，閉一眼了。

「是個好模樣，不過這身衣服有點大了。」孔氏說著，吩咐王嬤嬤。「一會兒領了阿秀去針線房，讓人給她趕製兩套春衫，再做一件冬衣。我瞧著天氣沒那麼快變熱，得有個替換才好。」

王嬤嬤便笑道：「春衫已經安排人做了，冬衣倒是沒想起來。昨兒清霜找出幾套冬衣，我瞧著都是半新的，想著讓這丫頭將就穿了。」

孔氏搖搖頭。「還是做吧，眼下還在年節裡，言哥兒保不定要出門，若是帶著她，總得體面些才好。」又道：「年底時請珍寶坊打的珠花還有嗎？我記得每個一等丫鬟都有一份的，也給她一份。」

孔氏是高門大戶裡養出的人，且孔家人丁簡單，所以她也學不來那些陰私手段，處處都是大家閨秀的做派，對待下人很是優待。這一點，也是許國公多年來仍對她相敬如賓的原因，感情淡了是沒辦法的事情，但作為當家主母，孔氏的大度省去了很多麻煩。

蕭謹言聽孔氏這麼說，便笑道：「那有勞王嬤嬤了，可要針線房的人做得好看些。」

孔氏道：「有什麼好看不好看的，丫鬟的衣服都一樣。」

兩人正閒聊著，外頭丫鬟傳話，說是蕭瑾璃和孔姝來了。

蕭瑾璃才進來，即笑著道：「聽說大哥哥房裡也來了個小丫鬟，我倒要看看是個什麼樣的妙人兒。」說著，拉著孔姝的手上前幾步。

阿秀怯生生地站在蕭謹言身側，見到她們，便福了福身子。

孔姝的目光在阿秀臉上微微掃過，有些不解，但還是笑著免了她的禮。

眾人落坐用膳，孔氏身邊的大丫鬟便進來喊小丫鬟們去下人房吃早飯。

因為等會兒還要過來服侍，所以丫鬟們的腳步不由有些急。阿秀夾在眾人中間，個頭最小，特別引人注目。

幾個小丫鬟一邊走、一邊議論紛紛，都說蘭家這回可真是鬧了大笑話，好好的閨女沒送進來，反倒便宜了一個小丫鬟。

這些話，阿秀都只當成耳邊風聽著了，有些認命地感嘆，這輩子她當真是要繞著蕭謹言走的。沒承想，原本八竿子打不到一塊兒去的兩戶人家，居然會有這樣的牽絆。

阿秀搖搖頭，阻止了自己的胡思亂想，就聽見有人在遠處喊她。

「阿秀、阿秀！這邊！」

阿秀抬起頭，瞧見不遠處有幾個小丫鬟並排走過來，為首的阿月一個勁兒朝她招手。

阿秀笑著迎過去，拉住阿月，兩人轉了幾圈。

「我還想著等會兒去找妳呢，可巧在這兒遇上了。妳讓我帶進來的東西，我都帶上了。」

阿月一邊點頭、一邊牽起身邊另外兩個小丫鬟。

「妳快看，這是誰？」

阿秀瞧了一眼，見是之前一起被關在趙麻子家後院的難姊、難妹，一個叫阿花、一個叫招弟。

個子高些的小丫鬟笑著說：「如今我叫初晴、她叫初雪。」

阿月羨慕道：「為什麼妳們都有這麼好聽的名字，我還是叫阿月呢？阿秀，世子爺有說要給妳改名字嗎？妳是不是也會有跟她們同樣好聽的名字？」

初晴和初雪聽見「世子爺改名字」這幾個字，如臨大敵，睜大眼睛道：「阿秀，千萬不能讓世子爺給妳改名字！」

兩個小丫鬟便把當日剛進府時，蕭謹言怎麼幫初一改名字的事情說了一遍，摀嘴笑道：「也不知初一哪裡得罪了世子爺，竟然被叫做阿醜；幸好太太仁慈，給她改個名兒，如今雖說一般，但終究是個正經名字了。」

阿月聽了，遂勸阿秀。「那咱們還是不改名字了，用家裡取的名字，以後出去了，家裡人也好認。」

阿秀點點頭，跟著她們一起去吃早飯了。

阿秀回到海棠院時，蕭謹言等人已經用完了早膳。

眾人閒坐一會兒，孔姝便起身道：「姑母，等等給老太太請安後，我就先回去了。」

孔氏問道：「好端端地，怎麼才住了兩日便要回去呢？」

其實孔氏也知道這次請孔姝來的目的沒有達成，有些可惜，但她才來兩日就回家，說起來，是許國公府失禮了。

孔姝笑著回答。「是昨兒母親託人來傳話，說明慧長公主初八過生辰，要我回家幫著備禮。」

孔氏聽了，立刻在腦中尋思一遍，似乎真有這件事，只不過最近年節事忙，她便忘了，遂笑道：「瞧我都老糊塗了，差點忘記這事。幸好妳提起來，不然到了那天，只怕要失禮。」

眾人又閒聊了片刻，孔氏見時辰不早，便領著蕭謹言等人去趙氏那邊請安，蘭姨娘則告退下去。

趙氏早已等著孔氏過去，見外頭簾子一動，就知道人來了，不等丫鬟上前通報，便忙不迭問道：「昨兒宮裡到底出了什麼事情？妳回府也沒過來說一聲，我等了一早上了。」

趙氏就是喜歡這樣直來直去，孔氏對她真是半點辦法也沒有。

蕭謹言見狀，上前道：「老太太放心，是好事，大姊姊有身孕了。」

趙氏聞言，頓時眉開眼笑。「上次她回來時，我瞅著精神不大好，還問她有沒有瞧過大夫，她只敷衍說瞧過了，看來是嫌棄我這個老太婆煩人。」

蕭謹言便迎上去，拉著趙氏的手道：「老祖宗快別說大姊姊了，若不是昨兒在宮裡暈過去，只怕這會兒還不知道自己有了身孕呢！」雖然明知這是豫王和蕭瑾瑜在帝后面前做的一場戲，卻只能在家人面前這麼說。

孔氏也笑了起來。「老太太放心，昨兒我見到豫王妃，她還懊惱著自己沒聽您的話，不然也不會鬧出這樣的事情，還驚動皇上和皇后，連太后娘娘也派人過去問候了。」

趙氏便道：「可不是。皇上如今已過了不惑之年，這才是第一個孫兒吧？若是瑜姐兒有福分，生個皇長孫出來，那咱們蕭家也面上有光了。」

聽見趙氏的話，蕭謹言倒是信心滿滿，若事情和前世一樣發展，蕭瑾瑜這胎必定是男孩。

「老祖宗放心，母親說了，十五那日要再去紫廬寺上香，祈求佛祖保佑大姊姊平平安安。」

趙氏略略點頭，擰眉道：「這次不如去法華寺上香吧。」

孔氏有些不解。「上回言哥兒的病，是在紫廬寺作法之後才好的，為何這次……」

孔氏的話還沒問完，就瞧見趙氏銳利如針的眼神朝她射來。

孔氏忽然覺得後背一冷，再想想方才趙氏說的話，這豫王妃懷的……可是皇長孫，頓時生出警醒。

這個時候……是該避避嫌了。

第三十三章

阿秀跟著蕭謹言出了榮安堂，孔氏便逕自回海棠院，只稍作休息，還要去前頭的議事廳見來回話的管事媳婦，做個當家人是一天也沒得休息。

這幾日，蕭謹言不用去書院，加上許國公應酬繁多，所以他在家逍遙得很。

至於文瀾院裡，清瑤瞧著阿秀在蕭謹言身邊跟前跟後，一雙眼珠子瞪得快掉出來，就像要吃了她一樣。

蕭謹言用過午膳，便命清霜把在文瀾院服侍的小丫鬟都喊進來。前陣子他只顧尋找阿秀的下落，房裡的事情都沒有好好處置，如今閒下來，倒是要安排安排了。

這些丫鬟都是前世跟過他的，蕭謹言很清楚她們腦子裡的想法，遂把二等丫鬟墨書和墨畫降成三等打雜丫鬟，又讓清瑤把手中的帳本交給阿秀，並命墨琴和墨棋跟在清霜後頭學規矩。

阿秀看著蕭謹言事事安排得這麼妥帖，倒像知道她們的心思一樣，忍不住抬起頭來，悄悄瞧了他一眼。

蕭謹言親自把文瀾院的帳本送到阿秀面前，小聲問道：「妳識字嗎？會算術嗎？若是不會，讓清瑤教妳幾日？」

阿秀看看臉拉得跟鞋拔子一樣長的清瑤，乖覺地點頭。

「小時候爹教過我識字和算術，稍微會一點；若是有什麼地方不會的，再請清瑤姊姊教我。」

清瑤聽了，冷哼一聲，扭過頭不去看阿秀。

蕭謹言伸手摸摸阿秀的臉頰，嘴角笑意氾濫。一旁的其他丫鬟，或是羨慕、或是不齒，神色各異地站著看他們。

忽然，蕭謹言覺得有些不妥，收斂神色道：「好了，這兒沒什麼事情，妳們都出去吧，讓阿秀服侍我就行。」

清霜便跟著眾人退下，才出門口，就聽見清瑤尖酸的恥笑。「沒想到啊沒想到，這才幾天呢，來了個小丫鬟，世子爺就把妳丟到一邊了。」

她挑眉靠近清霜跟前，一雙鳳眼在她的臉上掃來掃去。「都說了讓妳不要高興得太早，妳瞧瞧，這才幾天工夫呢。」

清霜冷笑道：「少黃鼠狼給雞拜年——沒安好心，還是管好妳自己吧，下次若再觸怒世子爺，可沒這麼容易混過去。沒幾個月便是端午，妳就那麼急著想出去？」

清瑤氣急，跺腳道：「咱們騎驢看唱本——走著瞧！」

蕭謹言正沈浸在他和阿秀的美好相處時光，外頭的硝煙完全沒燒到他跟前來。

阿秀個子矮，想搆著他書桌上的硯臺還有些吃力，蕭謹言便端張小凳子給她。

阿秀紅著臉，踩在凳子上，挽起袖子，一圈圈地給蕭謹言磨墨。

蕭謹言提筆蘸飽墨，想了半日，在平鋪的紙上寫下一個「秀」字。

阿秀瞧見了，只低著頭不說話，佯裝鎮定。

蕭謹言笑笑，問她。「阿秀，妳認得這個字嗎？」

阿秀老老實實地點頭。

蕭謹言便道：「這是妳的名字，不榮而實者謂之秀。」

這句話，阿秀前世就聽蕭謹言說過。當時，蕭謹言問她名字的來處，阿秀依稀記得她爹曾說過什麼「木秀於林」之類的句子。

蕭謹言聞言，搖了搖頭。

「那可不是一句好話。阿秀，妳記著，這個秀字是再好不過的字，不榮而實者謂之秀，懂嗎？」

那時阿秀才明白，原來她在蕭謹言心中是這樣的，感覺到滿滿的幸福。

如今，同樣的一句話，從同一個人口中說出來，阿秀卻有些不知所措，磨墨的動作不知何時停了下來。

她抬起頭，怔怔地看著蕭謹言，有一瞬間幾乎覺得，難道蕭謹言也保留著前世的記憶，才會這樣一心一意地尋找她、對她好？

「世子爺……」阿秀咬了咬唇瓣，心裡有些緊張。如果面前的蕭謹言真的還是前世那個蕭謹言，那他會不會知道她是怎麼死的呢？

阿秀抬起頭，清澈眸子裡映著蕭謹言的樣子。

蕭謹言低頭看她，嘴角含著濃濃的笑意。

「阿秀，妳願意跟在我身邊嗎？」

阿秀愣了一下，再瞧見蕭謹言那雙熱切的眸子後，慢慢低下頭，小聲道：「奴婢……願意服侍世子爺一生一世。」

既然逃不掉，又何必繼續逃？阿秀攏在袖子裡的手，緊緊握成了拳頭。這輩子，她要學會自保，不能只依賴著蕭謹言的保護了。

午間，蕭謹言去海棠院用午膳，外頭有小丫鬟進來回話。「豫王妃派了錢嬤嬤來，說是要接世子爺和二姑娘過去玩半天呢！」

小丫鬟的話才說完，便有人挽起簾子，引了一個約莫四十出頭的老嬤嬤進來。

錢嬤嬤見到孔氏，上前福了福身子。

「恭喜太太，這回大姑奶奶總算是傳出了好消息。」

錢嬤嬤是蕭瑾瑜的奶娘，蕭瑾瑜出嫁後，一家人便做了陪房去豫王府，平時經常在兩府裡走動，因此今兒蕭瑾瑜派她親自來許國公府接人。

孔氏笑著讓丫鬟給錢嬤嬤倒茶。「我們才用過午膳，正想著要去豫王府一趟，可巧妳就來了。」

錢嬤嬤笑道：「王妃說了，怕年節家裡事情多，您脫不開身，又說這事必定會回老太太，所以派我過來，一來是親自跟老太太說一聲，讓她老人家放心；二來請哥兒、姐兒去玩玩。如今王妃不能外出走動，一個人在家裡也悶得慌。」

孔氏知道了錢嬤嬤的來意，忙道：「既然這樣，妳先去找老太太回話，我讓孩子們換身衣服，一會兒在右角門會合吧！」

等錢嬤嬤起身走後，孔氏便吩咐蕭謹言和蕭瑾璃回房換衣服去。

平素蕭謹言出門，都是清霜侍在跟前服侍，這次他卻留了個心眼，只讓阿秀跟著他去。蕭謹言知道，孔氏最聽蕭瑾瑜的話，若阿秀能入蕭瑾瑜的眼，以後抬個姨娘定然不是問題。雖然他心裡想的遠遠不只這些，但眼下的事情得一步一步地來。

蕭謹言暗暗握了握拳頭。前世他懵懵懂懂，只滿足於做個富貴閒人，在仕途經濟上並沒有多少長進，因為祖上封蔭，才得了個清閒官職，以至於說起話來，總少了幾分硬氣，重活一世，他才慢慢參悟了其中的道理。

前幾日遇見趙暖陽，兩人年歲相當，說起來，蕭謹言還比趙暖陽多活了一世，可他的見識胸襟，已經遠在蕭謹言之上了。

趙暖陽告訴蕭謹言，當初他若不執意跟著趙將軍去邊關，這會兒只怕還是京城裡有名的紈袴子弟。蕭謹言被他說得熱血沸騰，越發嚮往起長槍在手的感覺來。

蕭謹言換好衣服，帶著阿秀去右角門坐馬車。

蕭瑾璃瞧見阿秀，笑著道：「大哥哥，你這到底是收了一個丫鬟呢，還是收了一隻跟屁蟲，怎麼時時刻刻跟著你？」

蕭謹言道：「妳懂什麼，她新來乍到，各處看看走走才能熟識些，清霜跟清漪她們，誰沒去過豫王府幾次。」

蕭瑾璃聽了，不服氣道：「我瞧著大哥哥這模樣，倒像是護食的鳥兒。怎麼，怕你一走，別人會欺負她不成？」

蕭謹言當然也擔心這個，不過文瀾院裡那些丫鬟，經過他這幾日的折騰，已經老實得差不多了，誰要敢在這個時候欺負阿秀，真是在太歲頭上動土。

蕭瑾璃見孔氏來了，便上前攙著她。

「母親，我們快上車吧，仔細大姊姊等急了。」

孔氏瞋她。「知道了。說到出去玩，妳就興奮了。」

蕭謹言等人到了豫王府，才知道明慧長公主和欣悅郡主也在。

錢嬤嬤笑著道：「是王妃囑咐奴婢不要說的，省得太太拘謹了，不肯過來。」

孔氏不喜歡和這些皇室貴女打交道，覺得她們刁蠻有餘、端莊不足；況且之前蕭瑾瑜和她提過欣悅郡主的事情，她雖然遲鈍，卻也依稀生出一點警覺。

錢嬤嬤引了孔氏一行人去蕭瑾瑜休息的地方，果然見明慧長公主和欣悅郡主正坐在席上。

明慧長公主比孔氏年幼幾歲，保養得宜，看上去雍容華貴得很；欣悅郡主則是明豔動人，石榴紅的折枝團花錦衣穿在身上，更是國色天香。

欣悅郡主瞧見蕭謹言，只微微一笑，臉頰上似乎還有些嫣紅。

明慧長公主見狀，便笑道：「聽說豫王妃有了身孕，她就吵著要來看看，怎麼勸都不肯聽，我說這會兒月分還小呢，怎麼可能看出肚子呢！」

欣悅郡主聞言，臉頰越發紅了，嬌嗔道：「女兒只是好奇嘛……」

孔氏向明慧長公主行過禮，一行人按序落坐，蕭謹言也向欣悅郡主拱了拱手。

欣悅郡主帶著幾分羞澀，還了半禮，小聲道：「你的病好了嗎？你上回說過的話，我還記著呢，不許賴帳！」

孔氏聞言，忍不住抬頭看了欣悅郡主一眼，只見她一雙眼睛正直直盯著蕭謹言，臉上還帶著幾分挑逗的笑意，等他回話。

但蕭謹言卻是面無表情，開口道：「郡主記錯了吧，我不記得曾跟郡主說過什麼話。」

欣悅郡主沒料到蕭謹言居然當眾打她的臉，忍不住面紅耳赤，帶著幾分委屈道：「難道是我記錯了嗎？」

不等欣悅郡主說完，蕭謹言便笑道：「一定是郡主記錯了。郡主嬌貴，偶爾忘了些什麼，也是有的。」

這時，明慧長公主的臉上已經不怎麼好看了，稍稍清了清嗓子。

一旁的蕭瑾瑜忙笑著解圍。「你們兩個打什麼啞謎，有什麼話不好當著我們大人的面說嗎？事無大小，總要大人們做主的，言哥兒你說對不對？」

這會兒，蕭謹言已經想明白了，只怕今日這一趟是豫王妃特意安排的。

前世他渾渾噩噩，並沒有洞悉奪嫡路上的艱險，如今重生，才終於明白過來，他和欣悅郡主的婚姻，只怕是這場戰爭的犧牲品。

洪家掌控戶部，若許國公府有了這門姻親，等於洪家和蕭家都站在豫王這邊。

蕭謹言低下頭，掌心微微握拳，笑道：「王妃說得對，可我真的忘了，實在想不起自己究竟說過什麼。」

欣悅郡主聞言，氣得面紅耳赤，當即甩了袖子，跑出門外。

明慧長公主也是面上無光，強忍著要發作的怒意，開口道：「時辰不早，我們就先告辭了。」

蕭瑾瑜沒料到，她好不容易安排的會面，竟然被蕭謹言這個不識相的傢伙給弄砸了。前幾日還覺得他忽然間長大，以為終於堪當大用，誰知道今兒才說兩、三句話，就把人得罪了。

蕭瑾瑜只好陪笑送明慧長公主出門，回來時，臉上有了陰沈的怒氣，並遣走了房裡服侍的丫鬟。

「言哥兒，我有幾句話要單獨跟你說一說。」

孔氏見蕭瑾瑜竟然也不讓她留下來，心裡頓時沒了底。自己教出來的閨女自己明白，身為許國公府的嫡長女，蕭瑾瑜的脾氣絕對算不上好。

「言哥兒還小呢，妳別嚇著他了。」孔氏勸道。

「還小還小，母親就是太護著他了！豫王十七歲時，早已列朝聽政、御前行走；趙小將軍十七歲時，已經斬殺韃子來犯的邊將；便是上一屆的新科狀元，也不過就是正值弱冠的少年郎。母親這樣溺愛言哥兒，會害了他的。」

蕭瑾瑜的話句句椎心，讓孔氏一時不知如何應答；倒是站在一旁的蕭謹言神色平靜，見孔氏震驚，遂上前扶著她。

「母親去外頭歇歇吧，大姊姊如今有了身孕，這樣動怒可不好。」

孔氏想到這一層，不由有些無奈地嘆了口氣，拍拍蕭謹言的手背。

「好好跟你姊姊說，千萬別吵起來。」

第三十四章

把孔氏送出門口，蕭謹言才折回來，看著坐在軟榻上兀自生氣的蕭瑾瑜，一字一句道：「豫王想當太子，用什麼法子都可以，但請大姊姊看在我們姊弟一場的分上，不要拿我的終身大事當籌碼，我便感激不盡了！」

蕭瑾瑜聞言，頓時愣住，這種話若是被太后娘娘聽見，只怕又要招來一場禍事，忙從軟榻上起身，幾步走到蕭謹言跟前。

「言哥兒，禍從口出，這種話你可不能亂說。」

蕭謹言瞧了臉色略顯蒼白的蕭瑾瑜一眼，有些不捨道：「大姊姊，如今妳懷有皇長孫，豫王入主東宮並非全無勝算，何必機關算盡呢？我對欣悅郡主沒有一絲好感，看她傲慢的樣子，以後如何能相夫教子？

「母親養了我們這麼多年，難道就讓我給母親找這樣一個兒媳婦，讓母親當了婆婆，還處處被人壓著一頭嗎？」

高門嫁女、低門娶婦，蕭瑾瑜自然也懂這個道理。欣悅郡主固然不是最好的人選，但於她來說，能用一樁婚事就拉攏洪家，真是再划算不過的買賣；只是她沒想到，向來聽話的蕭謹言會一眼看穿她的想法，並赤裸裸地說出來。

「言哥兒，有些事情，你不懂；若欣悅嫁入許國公府，她自然會懂得如何相夫教子、伺候公婆。很多事情並不是你想的那樣，我只是想給你找門好親事而已。」

雖然事實和蕭謹言說的一模一樣，可事關重大，她無論如何不能鬆口，不然就等於是認了豫王想入主東宮這件事。

蕭謹言見蕭瑾瑜還不肯承認，嘆了口氣。

「大姊姊，那我問妳一句，妳在宮裡服侍皇后娘娘時，是真心誠意把她當成婆婆來服侍，還是心裡有別的盤算？」

蕭瑾瑜聽了，登時啞口無言。皇后於她來說，甚至算不上正經婆婆，服侍皇后，不過是想讓她能多疼愛豫王一些，趁著七皇子還沒長大，讓豫王多在她跟前露臉。

至於誠心誠意地侍奉，蕭瑾瑜都要笑了，自從嫁入豫王府，她不知做了多少陽奉陰違的事情。昨兒在皇后宮裡忽然暈倒，然後由太醫院大張旗鼓地昭告天下她懷有身孕，這一步步不過是想哄著帝后高興，讓他們多看豫王一眼。

蕭瑾瑜忽然覺得，她引以為傲的口才，在蕭謹言面前有些不管用了，遂低著頭，神色有些落寞地說：「你要我如何呢？嫁雞隨雞，嫁狗隨狗，我既然是豫王妃，也只能做豫王妃該做的事情。」

蕭謹言看著蕭瑾瑜，神色中帶著幾分心疼。重生回來的他，如何不知道，蕭瑾瑜拚著命生下皇長孫，為豫王得來太子之位，同時卻也不得不接受皇帝御賜給豫王的兩個太子側妃。

而傷了身子之後的蕭瑾瑜再無所出，直到蕭謹言重生之前，都沒有懷上第二胎。外界傳言太子和太子妃鶼鰈情深，但蕭謹言一直覺得，似乎不是如此。

於是，蕭謹言上前，扶著蕭瑾瑜坐下，小聲在她耳邊道：「大姊姊如今最要緊的，便是肚裡的孩子，其他事情都可以暫且放一放。」

蕭瑾瑜低下頭，悠悠地嘆口氣，抬眸看蕭謹言，伸手理了理他的鬢角，笑道：「今兒的事情，你可不能在外頭透露半分，便是母親也不能說。你既不喜歡欣悅郡主，我自然不會逼你，只是少了洪家的助力，你姊夫的事情只怕難了。」

「大姊姊放心吧，是妳的就是妳的，逃也逃不掉。」

蕭謹言說著，忽然想起上一世的淮南水患。

這時剛過年節，萬物復甦，春汛多在四、五月，蕭謹言依稀記得，那年因為檢查大壩的工部官吏怠忽職守，沒查出偷工減料的事，結果大水來襲時沖破堤岸，下游全被淹沒，蕭二老爺也因此不知所終。如果提早防範的話，是不是可以避免這場天災人禍呢？

蕭謹言想了想，開口道：「淮南三年一澇，若是我沒記錯，今年又是大澇年。最近姊夫衙門裡的事情很忙吧？」

蕭瑾瑜聞言，搖搖頭。「這幾日倒是還好，不過就是出門應酬罷了。聽說我有了身孕，今日被安國公世子請去喝酒慶賀了。」

蕭謹言便對她說：「那大姊姊別忘了提醒豫王，淮水三年一澇。」

蕭瑾瑜笑道：「行了，瞧你這一本正經的模樣。這些事情自有欽天監觀測，你一個小孩子家家的，能懂什麼？」說著，喊丫鬟們入房。

孔氏也急忙進來，見兩人和顏悅色，才稍稍放下心。

蕭瑾瑜靠在軟榻上，抬眸瞧見阿秀站在蕭謹言身後，不由疑惑道：「母親怎麼讓這麼個小丫鬟跟著言哥兒出來了？」又上下打量阿秀，發現她身上穿的竟是一等丫鬟的衣服，可許國公府的一等丫鬟，從沒有她這個年紀就能當上的。

孔氏便笑道：「正要和妳說呢。這是蘭姨娘娘家送來的丫鬟，不知怎地，合了言哥兒的眼緣。我瞧著她挺懂事，雖然年紀小，行事倒是一板一眼，不比那些年長的差，這才放心讓她待在言哥兒身邊。」

蕭瑾瑜觀察孔氏說話時的神態，明白她是打定主意，將來要讓蕭謹言把這丫鬟收房，遂又多看了阿秀兩眼，覺得容貌、體態確實不錯，只不過年紀太小些，不知道蕭謹言能不能等得及，便抿嘴笑道：「母親想得也太長遠了，這麼大的姑娘，等長成了，大概還要三、五年。」

這會兒，蕭謹言卻不敢再說什麼了。

蕭瑾瑜是個聰明人，在她還沒有完全站在他這邊之前，可不能透露出他對阿秀的執念，不然的話，只怕會連累了阿秀。

眾人從豫王府回來時，已是戌時初刻。

蕭謹言和阿秀在門口跟孔氏分開之後，便逕自往文瀾院去了。

因為還在年節裡，院子內處處張燈結綵，阿秀手中提著小燈籠在前面引路，也不過就是意思意思。

夜風寒涼，蕭謹言身上披著大氅，可阿秀卻只穿夾襖，晚風把她髮髻上的絲帶吹得飛了起來。蕭謹言看著，就有些心疼了。阿秀還這麼小，不應該帶著她出門，這麼冷的天，若是著涼，可怎麼辦呢？

忽然，蕭謹言兩步做一步上前，走到阿秀身邊，拿走她提著的燈籠，牽起她冰冷的小手。

「這會兒沒人，我牽著妳走吧。」

但阿秀已經懂得避嫌，連忙後退幾步，福了福身子。

「世子爺，阿秀只是個丫鬟，您還是別為難阿秀了，讓阿秀替您提燈吧。」

這下子，蕭謹言尷尬地站在原地，手上那盞燈籠忽明忽暗地在寒風中盪著。

阿秀走上前，拿過燈籠提好，轉頭對蕭謹言道：「世子爺，前頭的路不好走，您可要小心跟著。」

蕭謹言瞧見阿秀臉上倔強的神情，所有的不快頓時消失了。

這一世的阿秀，比起上一世順從乖巧的她，似乎多了幾分小倔強，讓他越陷越深。

兩人才回到文瀾院，清霜就從門口迎了出來。

「世子爺總算回來了。柱兒下午來回話，世子爺不在，我便讓他先走了，他有話讓奴婢帶給世子爺。」

蕭謹言這才想起，晌午出門時，遇上蘭姨娘去找孔氏，說是蘭家二姑娘病得厲害，想讓府裡請個太醫過去瞧瞧。

雖然蕭謹言對蘭婉有幾分厭惡，但這病根到底是在許國公府種下的，於是命柱兒去請太醫。

如今聽清霜說起來，他便隨口問道：「那蘭家二姑娘怎麼樣了？還救得活嗎？」

清霜一邊把他們迎進去、一邊道：「聽柱兒說，蘭家二姑娘是受了驚，得到羊角風，命雖然保住了，但不知道什麼時候還會發作。多麼俏生生的姑娘家，前兩日才瞧見她，怎麼會得那種病呢？」口氣裡帶著些同情。

「性命無礙就好了。明兒妳帶著阿秀查查我們院子的小庫房，順便拿幾樣東西出來，給蘭家送過去，就說是給二姑娘的。」蕭謹言吩咐道。

清霜聞言，稍稍遲疑了片刻，開口道：「今兒清瑤雖交了帳冊，卻沒瞧見鑰匙。明日世子爺親自把鑰匙要過來，奴婢再跟阿秀進去點東西吧。」

其實，這會兒清霜心裡已隱隱覺得不妙，若真要清點東西，只怕清瑤手上的帳本未必乾淨。

許國公府裡，人人都知道，清瑤的大哥是個賭徒，清瑤的老娘又三天兩頭找她要東西。以前大家知道清瑤是太太的人，又是蕭謹言最寵愛的一等丫鬟，沒有人敢跟她叫板。

如今這幾日，清瑤被蕭謹言嚇唬得連正廳都不敢進，早已經有人看她不順眼了，只是還沒能借題發揮而已；若清點出來的東西不齊全，只怕清瑤這次是吃不完兜著走了。

阿秀前世當過大丫鬟，知道大丫鬟手底下都有些能耐，像清瑤這樣掐尖要強的，只怕私底下的好處並沒有少得。現在她一來，就奪了人家的權，確實有些說不過去。

阿秀想了想，開口道：「世子爺，不如這樣吧，奴婢也還沒工夫翻帳冊，不如先還給清瑤姊姊，等她按照帳冊把東西都點清楚，奴婢再接手也不遲。」

蕭謹言一味心疼阿秀辛苦，倒是沒想到阿秀這樣做的深意，便吩咐清霜。「既然這樣，那明兒妳就和清瑤一起把東西清點好，將帳目整理清楚後，再交給阿秀吧。」

清霜聽蕭謹言這麼說，頓時鬆了口氣，感激地看了阿秀一眼。

阿秀卻默默低下頭，彷彿並不知其中深意般。

自重生之後，蕭謹言就有了晚上要看一會兒書的習慣。前世他對這些仕途經濟的書可謂避之不及，猶記得當年許國公拿著家法逼他下場考試的光景。

重活一世，蕭謹言從前世的教訓中，認清了現實。像蕭家這樣世襲罔替的公府豪門，的確可以不必為科舉頭疼，但在一些人眼中，只有科舉才是出仕的正途。

如今，蕭謹言倒是不討厭唸書，想趁這輩子彌補彌補前世的遺憾。

書房裡燒著熱呼呼的地龍，靠窗處晾著的幾條濕毛巾已經乾了，這會兒清霜出門安排消夜，只有阿秀一個人候在蕭謹言身邊。

阿秀瞧著蕭謹言看書的認真勁兒，覺得和前世的他很不一樣，像換了個人似的。前世的蕭謹言，別說看正經書，即便看不正經的書，也是看不了幾頁，就忍不住把她拉到跟前，幾番耳鬢廝磨，便逗得她軟成了一汪清水。

阿秀想起那些紅袖添香的日子，忍不住臉紅起來，遂壓低了腦袋。

蕭謹言無意間抬起頭，看見阿秀在燭光下紅撲撲的臉頰，笑道：「可是房裡的炭火燒得太熱？妳若累了，就到外間歇一會兒，喝口茶吧。」

阿秀聞言，忙不迭走到茶几旁倒了茶來，恭恭敬敬地用雙手遞到蕭謹言面前。

蕭謹言笑著接過杯子，略略抿了一口，抬眸看著阿秀。

「茶涼了。」

阿秀有些納悶，茶水放在熏籠上，茶壺明明還是暖暖的，剛才她捧著茶盞時，指腹還感覺到熱，怎麼可能會涼了呢？

蕭謹言見阿秀不信，把茶杯遞給她。

「不信？那妳喝一口。」

阿秀不疑有他地端起茶盞，就著杯緣小小抿了一口。正宗的高山雲霧茶，泡得不濃不淡，這個時辰喝不會睡不著覺，當真清新爽口得很，而且分明不冷也不熱，剛好入口。

阿秀抬起頭，瞧見蕭謹言臉上露出笑，拿走她手中的茶杯，仰脖一口氣喝個精光，笑道：「妳喝了一口，那便剛剛好了。」

阿秀聽了，臉頓時紅到耳根，見蕭謹言的杯子空了，忙不迭接過去，再斟滿一杯，小心翼翼地送上。但遞給蕭謹言時，他卻不伸手接了。

阿秀愣了片刻，反應過來，低下頭小小抿了一口，才小聲道：「回世子爺，茶水不冷不熱，正好入口。」

蕭謹言讚許地看了阿秀一眼，接過茶盞，喝下一大半。

這時，清霜從外頭送消夜進來，笑著道：「今兒老太太那邊也傳了消夜，如意見我過去，就猜到是世子爺唸書唸得晚了，便做主多熬了碗燕窩羹，讓我帶回來，囑咐世子爺喝。還有一碟豌豆黃、一碟栗子酥、一碟鴨油燒餅。」

蕭謹言不喜甜食，沒有動那碗燕窩羹，只吃了一小塊鴨油燒餅，剩下的讓清霜拿出去分給值夜的丫鬟、婆子，獨把燕窩羹留下。

他對阿秀道：「快把這燕窩羹吃了，涼掉可就不好吃了。」

阿秀哪裡敢吃，小聲道：「世子爺還是自己吃吧，這是老太太的一片心意。」

蕭謹言便笑道：「讓妳吃就吃，這又不是什麼了不起的東西。今日妳不吃，趕明兒我讓清霜每日都熬一盅來，看著妳吃下去。」

蕭謹言瞧著阿秀纖瘦的身子，有些心疼。想當年他剛遇上阿秀時，阿秀已經十四歲了，這個年紀，別的姑娘早已出落得前凸後翹，唯有阿秀的胸口還是一馬平川，後來是靠他一個勁兒地養，才養出幾兩肉來。既然這世都重來了，自然要從小滋補起，讓阿秀早早就擁有豐滿身材才好呢。

阿秀聽蕭謹言這麼說，不好再推拒，乖乖把燕窩羹吃得乾乾淨淨。她食量小，這盅燕窩羹吃下去，著實撐得很。

蕭謹言瞧她那張勉強的小臉，頓時心情大好。

清霜知道蕭謹言現在是一刻也離不開阿秀，待兩人用完了消夜，便早早把丫鬟的鋪蓋鋪上，喚阿秀過來。如今蕭謹言大了，裡間已經不用人值夜，只在次間靠窗處擺了一張炕，讓值夜丫鬟睡。

「晚上妳睡這兒，世子爺若有什麼吩咐，挑開簾子就可以進去。桌上的熏籠裡有熱茶，世子爺要是渴了，便送一杯過去。如果世子爺半夜起來出恭，妳就幫著掌個燈，其他便沒什麼要注意的了。」

阿秀一邊認真聽、一邊點頭，接著跟清霜去淨房伺候蕭謹言洗漱。

這會兒，蕭謹言已經褪下外衣，瞧見清霜領著阿秀進來，問道：「今兒誰值夜？」

清霜忙回答。「世子爺行行好吧，奴婢有好些日子沒休息了。」

蕭謹言聽清霜這麼說，眼裡透出了笑意。

「那讓阿秀值夜吧，晚上也用不著妳們伺候的。」

另一邊，清珞鋪好了床，將蕭謹言的東西整理齊全，便知趣地出門了。

蕭謹言洗漱完畢，到床上半躺著，才要拿起一本書看，就見阿秀端著燭臺走過來。

「世子爺，房裡的燭光沒有書房亮堂，仔細傷了眼睛。」

蕭謹言瞧阿秀手端燭臺，小小的身子顯得很是吃力，便放下書。

「我不看了，吹掉蠟燭，妳也去睡吧。」

阿秀這才端著燭臺離開，清霜也跟著告退。

出了裡間，阿秀踮起腳尖，對著燭火一吹，蠟燭就滅了。

蕭謹言躺下來，黑洞洞的房間裡，只有窗外積雪的地方泛著白光。

次間裡，阿秀小心翼翼地搬著凳子，解開簾子，在炕上躺下。

蕭謹言翻身，隔著簾子看阿秀，覺得身子忍不住熱了起來，只得深吸一口氣放鬆，安慰自己：她才十歲，還是個孩子呢，再等等吧……

不過，埋入被窩裡的阿秀哪裡知道蕭謹言此時的糾結，只將被子蓋得好好的，抿著嘴笑了起來。

果然，對她來說，能生活在蕭謹言身邊，才是最快樂的。

第三十五章

第二天，蕭謹言在海棠院用過早膳，再去榮安堂請安，回來就發現杜兒等在文瀾院門口。

瞧見蕭謹言，杜兒連忙上前稟報。「世子爺，服侍小郡王的阿福說，小郡王病了，紫廬寺的醫僧治了小半個月還沒好，阿福急了，請世子爺想想辦法。」

蕭謹言聞言，忙吩咐道：「你先出門，別上太醫院請太醫，省得驚動了宮裡人，去杜家把杜少爺請來，讓他跟我去紫廬寺。杜少爺和小郡王也是舊交，定然不會連這個忙都不幫的。」

說起寶善堂杜家，京城裡的百姓沒有一個不知道的。自從大雍開國以來，杜家就是太醫世家，如今的太醫院院判正是杜家老太爺。他膝下三個兒子也都成材，兩個當了太醫，一個管著家族生意。蕭謹言口中的杜少爺，就是杜家的長子嫡孫杜雲澤。

杜兒一迭聲應下，又道：「阿福還說，讓世子爺帶幾兩銀子去，禪房太冷，他們沒銀子買炭火。」

蕭謹言納悶了，自言自語道：「上回不是才給他銀子嗎？難道他真捐去當香油錢了？」

方才蕭謹言離開榮安堂時，趙氏留下了孔氏，商量著給明慧長公主送壽禮。

孔氏不敢把昨兒蕭謹言得罪欣悅郡主的事說出來，只把自己擬定的單子送給趙氏看一眼。

趙氏從頭到尾掃了一遍，道：「這禮倒還拿得出手，只是洪家從來不差這些東西，得別出心裁才好呢。」

孔氏聞言，便按照趙氏的意思，去掉一項大禮，換了幾樣前年番邦進貢的小玩意兒添上。

趙氏看過之後，這才覺得滿意了。

兩人商議著，外頭小丫鬟進來回話，說小郡王病倒，世子爺去紫廬寺探望，今兒中午不回來了。

如今蕭瑾瑜有了身孕，正是要討好太后娘娘的時候，孔氏聽說蕭謹言去了紫廬寺，便擔心起來。

趙氏想了想，開口道：「罷了，去就去吧，橫豎言哥兒還沒出仕，倒不打緊，不過是自小一起長大的情分，如今小郡王落了難，去看看也是應該的。」

孔氏這才稍稍鬆了口氣，又問蕭謹言帶著什麼人去，小丫鬟回說只帶了阿秀。

這幾日，趙氏一直聽人提起阿秀，奈何蕭謹言每次進來請安，阿秀都在外頭候著，沒有瞧見，遂忍不住問道：「那阿秀是不是就是蘭家送來的小丫鬟？」

孔氏笑著回答。「正是呢！說來也是緣分，言哥兒素來眼界甚高，他房裡那幾個丫鬟，哪個不是精挑細選出來的，偏生這小丫鬟入了他的眼，如今他疼愛得不得了，不管做什麼都要她跟著。

「我瞧那小丫鬟年紀小，又老實，看著也討人喜歡，就讓她留在言哥兒身邊了，不過一個十歲的小姑娘，翻不出什麼大浪來。」

趙氏點點頭，囑咐道：「言哥兒房裡的事情，妳要多照應著。不過，小丫鬟畢竟年紀小，有些事情，還是得讓年紀大些的來。」

孔氏立即明白了趙氏的意思，笑著道：「年長的也有，都預備著呢。清瑤、清霜都是好模樣，還不是看言哥兒自己的心思。」

趙氏嗯了聲，沒再發話，孔氏便乘機告退了。

阿秀坐在馬車裡，雙手規規矩矩地放在膝蓋上，小小身子挺得筆直，一雙眸子低垂著，僅能看見自己鞋尖前的方寸之地。

蕭謹言將手上的暖爐遞給阿秀，阿秀正要推辭，便瞧見他皺起眉頭，只得乖乖接過來，捧在手中。

這時，外頭駕車的小廝轉身道：「世子爺，柱兒的馬車已經在前頭候著了。」

蕭謹言挽起簾子向外看，果然瞧見一輛馬車在不遠處停著，旁邊還多了一名騎馬的紅衣女子，不是趙暖玉又是何人？

待馬車駛近，蕭謹言才問道：「玉表妹，妳怎麼也在這兒？」

趙暖玉笑著道：「我幫我家老太太出門抓藥，正巧遇上杜少爺，聽說他要去紫廬寺看診，所以就跟來了。」

「替妳家老太太抓藥？堂堂一品將軍之家，難道沒有下人？分明是偷跑出來玩的。」蕭謹言三言兩語就點出了趙暖玉的真正意圖。

趙暖玉轉頭哼了一聲。「言表哥越發不好玩了，不知道女孩子是要哄的嗎？」

蕭謹言睨了趙暖玉一眼，上下打量她一番，笑道：「沒看出來。」

「沒看出來什麼？」趙暖玉問道。

蕭謹言還沒回話，阿秀已經忍不住笑出了聲。

瞧見阿秀彎彎的眉眼甚是好看，蕭謹言忘了再打趣趙暖玉，放下簾子，道：「走吧，既然來了，就一起去紫廬寺吧。」

這會兒，阿秀的心情很好，前世她最缺乏的就是去外頭走走的機會，許國公府的高門大院將她嚴嚴實實圈禁起來，當了蕭謹言的妾室後，更是極少出門。現在能出來，即便天氣寒冷，她也覺得舒服。

如今又回到蕭謹言身邊，阿秀難免擔心起他的終身大事了。

說起來，阿秀對趙暖玉的印象是不錯的，雖然她看上去跳脫得不像個正常的大家閨秀，但從她不拘小節的行為來看，將來若當了少奶奶，應該不是算計人的主母；況且將門之女多豪邁，不會太小家子氣，也不容易和妾室起爭執。

想到這裡，阿秀覺得，如果蕭謹言可以娶趙暖玉，還是件好事；與孔姝相比，她心裡更喜歡趙暖玉一些。

「世子爺，奴婢有件事要問您，您能不能偷偷告訴奴婢，奴婢保證不告訴別人。」阿秀習慣了現在十歲的樣子，說起話來也帶著幾分稚氣。

蕭謹言見狀，哪裡忍心拒絕她，便重重點頭。

阿秀問他。「世子爺，孔家表姑娘和趙家表小姐，您更喜歡哪個？」

蕭謹言見阿秀一本正經的樣子，也一本正經地回答。「兩個都不喜歡，我現在只喜歡阿秀一個。」

阿秀聽了，臉頓時紅成一片，扭著身子躲到角落裡。

蕭謹言哈哈笑起來，伸手拉著阿秀的小手，用點力氣把她拉到自己身邊，圈在懷裡。

「怎麼？阿秀不想我喜歡妳嗎？我只喜歡阿秀一個，那才好是不是？」

如今他也只把阿秀當成十歲的小孩子來養，話語中難免帶著幾分溺愛，卻沒有半點露骨的男女之情。

阿秀聽著，任由臉一直紅到耳根，點了點頭。

蕭謹言見狀，忍不住在阿秀紅撲撲的臉頰上親了一口，拍拍她的手背，眼神柔和地凝視著她。

「以後阿秀不用再問這種問題，因為我的答案永遠和今天一樣。」

阿秀抬起頭，烏黑明亮的眼眸中含著一汪清水，閃著波光，看蕭謹言那張俊逸非凡的臉頰上，已經開始長出青黑色的鬍鬚。忽然覺得，這一世的世子爺比上一世更讓人能夠倚靠。

阿秀垂眸，咬了咬唇瓣，終於仰起頭，也在蕭謹言的臉頰上輕啄一口。

雖然是很輕的動作，但依舊讓蕭謹言心花怒放了。

他重重地舒了口氣，靠在馬車上，一手摟著阿秀、一手枕著後腦勺，悠閒地小憩起來。

紫廬寺僧人住的禪房，是不燒地龍的，實在冷得不行了，就在房間裡添上兩個暖爐。

周顯在紫廬寺過的日子相當清苦，如苦行僧一般。紫廬寺原本香火鼎盛，自從周顯來了之後，就不如以前；不過這裡的方丈和恒王是舊識，雖然有些僧人背地裡對周顯有微辭，但周顯還是在這裡安頓下來。

蕭謹言到周顯的禪房時，便瞧見一個小和尚正在廊下生火熬藥，煙霧熏得滿院子都是，人才進去，就被嗆得咳起來。

阿秀見狀，趕緊上去幫忙，用火鉗取出一些塞在爐子裡的柴火，解釋道：「爐子裡的火還沒旺，不能加那麼多柴火，會滅的，得稍等一會兒，等火苗竄上來再加。」

蕭謹言瞧見阿秀能幹的模樣，想必之前定是經常做這種辛苦的活，頓時越發覺得心疼了。

片刻後，院子裡的煙果然散去不少，蕭謹言便領著杜雲澤進去給周顯看診。

周顯本就清瘦的面容，此時已是骨瘦如柴，一雙大眼睛緊緊閉著，時不時重重咳兩聲。聽見外頭有聲音，才睜開眼睛瞧了一下。

「自己都病成這樣了，誰還敢說你是天煞孤星？什麼叫天煞孤星，是其他人全死了，只有你還活著，那才叫天煞孤星呢！」

蕭謹言還沒開口，便見身後一身紅衣的趙暖玉一邊數落、一邊快步往房裡走。瞟了周顯一下，努努唇，讓杜雲澤為他診脈。

周顯還想再說兩句，一開口，就被屋外湧進來的煙霧嗆著，咳了起來。

蕭謹言見狀，道：「你少說兩句吧。」

周顯閉上眼睛不說話，呼吸稍稍平緩了點，等杜雲澤把完脈，才開口道：「大過年的，你來做什麼？肯定是阿福去找你的，對不對？」

「你都這樣了，還不讓我們過來，難道真要等大師圓寂之後，才讓我們來塑你的金身嗎？」

蕭謹言瞪了周顯一眼，和杜雲澤一起走到窗邊，討論周顯的病情。

「內火旺盛、肺氣不足，我先開一副清肺熱、養肺氣的方子，注意保暖、通風，好好調理一陣子，應該可以痊癒。只要這咳嗽能止住，就不怕變成百日咳，不然可真的不好治了。」

蕭謹言一邊點頭、一邊打量禪房裡的陳設，除了床椅，連個暖爐都沒有，如此清苦，不生病才怪。遂擰了擰眉頭，開口道：「收拾行李，小郡王今兒要還俗了！」

蕭謹言從八年後重生回來，知道太后娘娘活不了多久了，不管周顯是不是在紫廬寺出家，太后娘娘都會死的，與其讓他這樣自苦下去，不如早些出去，年紀輕輕還能幹出一番事業來。

趙暖玉聽說蕭謹言要讓周顯離開這裡，笑著拍手道：「本來就應當這樣嘛！好好的小郡王不當，跑來當什麼和尚，半點意思也沒有。」

周顯病得厲害，只能梗著脖子道：「我……我不要回去。」

杜雲澤便在一旁勸他。「小郡王，這裡太過清苦了，確實不適於養病。其實，在哪兒修身養性都一樣，不拘泥於某個地方，正所謂心中有佛，處處都是佛家。」

雖然杜雲澤說出這樣文謅謅的話來，但蕭謹言也表示贊同，開口道：「你也是參禪的，這麼簡單的道理還不懂嗎？俗話說：『小隱隱於野，中隱隱於市，大隱隱於朝。』你待在自己的恒王府，守著那一畝三分地，還有誰會來招惹你不成？」

這時，阿秀已經熬好了藥，端著藥碗進來，見眾人都在規勸周顯，便把藥碗送到他跟前。但周顯病體羸弱，竟是不能起身，她遂側身坐在床沿，抬眸看了蕭謹言一眼。

「世子爺，麻煩您把小郡王扶起來，奴婢餵他吃藥。」

蕭謹言瞧阿秀那張秀氣的臉上帶著溫婉的表情，小巧的手拿著勺子，小指微微翹起，樣子說不出的嫻雅好看。

可惜，他還沒享受過的待遇，倒是被周顯先享受了。

蕭謹言上前，將周顯扶起來。「能自己喝藥嗎？能自己喝就自己動手。」

這會兒杜雲澤也瞧見了一直跟在蕭謹言身後的小丫鬟，一雙眸子顧盼神飛，看起來靈秀得很，且蕭謹言顯然很疼愛她。

周顯伸出枯瘦的手，抬起頭和阿秀四目相對，這才認出她就是上回在寺裡摔倒的小丫鬟，笑道：「原來妳是許國公府的丫鬟。」

周顯接過藥碗，一口氣喝下去，然後硬撐著道：「要世子爺跟前的丫鬟親自給我熬藥，真是過意不去。」

阿秀收了碗，從自己繡的荷包裡拿出蜜餞，遞給周顯。

「小郡王吃一塊蜜餞吧，去去口中的苦味。」

蕭謹言見了，便問道：「這是哪裡來的？我怎麼沒吃過？」

阿秀聞言，頓時紅了臉頰。

「這又不是什麼好吃的。是昨兒清霜姊姊給我的，我還沒捨得吃呢！」說著，她微微撇了撇嘴唇。

蕭謹言酸溜溜道：「妳還沒捨得吃的東西，倒便宜他了。」

周顯剛把蜜餞塞進口中，聽了蕭謹言這話，吞也不是、不吞也不是，被噎得又咳起來。

阿秀把空藥碗送到外頭，瞧見天色又暗下來，空中飄下幾片雪花。這樣的天氣容易起風，周顯住的院子又是朝北，最是陰冷。

阿秀去拿了蕭謹言一路上捂著的暖爐，回房送到周顯手中。

「小郡王，用手爐暖暖手吧，病了可要注意保暖。這屋子太冷了，我瞧著上回我們來時住的禪房不錯，小郡王不如搬過去住，比這裡舒服些。」

趙暖玉聞言，笑著道：「聽見了吧？一個十歲的小丫鬟都知道這兒不好，你快別逞強，就搬回去吧。我告訴你，我哥回來了，他早就要來看你，但這幾日被拉著到處應酬，你若回京，也省得他跑這麼大老遠的一趟。」

周顯原本鐵了心不想走，卻不知道為什麼，阿秀這幾句話，給了他隱隱的觸動，遂嘆了口氣。

「王府太大，我一個人回去也是冷清，還不如在這邊得好。」

蕭謹言一本正經道：「是讓你回去養病，你一個人在紫廬寺住著，我也沒瞧出你有多喜歡熱鬧。」

阿秀看看周顯，亦覺得他可憐，前世的他，到最後都沒有離開紫廬寺。但如今已換了一世，何必還要過得這樣苦呢？便也小聲勸道：「既然小郡王不想回京城，那搬去先前太太來住的禪院吧。裡面有地龍，又是朝南的院子，住在那邊也敞亮些，心眼敞亮，病就跟著好了。」

周顯難得遇上這樣善解人意的小丫鬟，聽進去幾句，低下頭想了想。

「罷了，那聽妳的，搬去明鏡院住下吧。」

趙暖玉高興道：「這樣才好呢，放著上好的禪院不住，非要在這冷窟裡住著，真是個呆子。」

蕭謹言聞言，轉頭看了一臉帶笑的趙暖玉，忽然覺得自己一直苦惱著的大麻煩，很有可能就這麼解決了。

眾人說定後，便開始幫周顯整理東西。

蕭謹言翻了周顯的櫃子，裡頭只有幾套洗得發白的僧袍，沒什麼別的衣服，索性道：「行了，人先搬過去，明兒我再從府裡給你帶些用物來。」

周顯勉力穿好衣服，面色有些潮紅，坐下道：「不用麻煩，我只是搬去住幾日，等病好了，自然還要回來。」

眾人合力把周顯常用的東西搬到明鏡院裡，又將地龍燒得熱熱的。蕭謹言吩咐紫廬寺的伙房備一桌齋菜，大家便在房裡吃了起來。阿秀本來要在一旁服侍，蕭謹言也拉著她到席上坐了。雖只是青菜豆腐，幾個人卻吃得津津有味。

周顯靠在燒熱的炕上，看著幾位至交契友，忽然覺得活著也是一件不錯的事情。

用過午膳，見外頭的雪稍稍停了，眾人這才揮別周顯，離開紫廬寺。

第三十六章

阿秀和蕭謹言一起坐在馬車裡，蕭謹言想起方才阿秀對周顯甚是殷勤，心裡有些不是滋味，開口道：「阿秀，方才妳為何對小郡王如此上心？又是端藥、又是送蜜餞，在我跟前怎麼就懶散得很呢？」

阿秀脹紅了臉，嘟嘴想半天，才小心翼翼地開口道：「奴婢瞧見世子爺對小郡王很上心，也就對小郡王上心了。」

蕭謹言聽了這個答案，心情頓時舒暢起來，笑著道：「原來是這樣啊，哈哈！」

阿秀抬起頭，悄悄看了蕭謹言一下，也忍不住笑起來，心道他果真是孩子，這就吃味了。

這時，蕭謹言忽然伸手把阿秀摟在懷中。

阿秀想掙扎，卻被蕭謹言摟得更緊了，只聽他道：「車裡有些冷，抱著暖和點。」

阿秀聞言，便伸手握住蕭謹言抱著她的手，用自己的小掌心暖著。

蕭謹言忽然反手一握，將阿秀的小手包裹其中，笑道：「還是這樣方便些。」

馬車進了京城，蕭謹言並沒有馬上回許國公府，而是先到富康路，去了恒王府的別院。

這宅子裡住著跟恒王妃一起陪嫁過來的僕人，前世周顯有了病痛，都是這邊的老奴過去照料的。

蕭謹言把話帶到後，兩個老奴立刻安排馬車，帶著上好的補品、藥材和銀子，直奔紫廬寺去了。

阿秀跟著蕭謹言奔波大半天，方才雖然用過午膳，卻只是一些青菜豆腐，這會兒又覺得餓了。

蕭謹言見狀，索性帶著阿秀去杏花樓，吃樓裡最有名的紅豆糕。他雖不喜甜食，卻也偏愛他們做的這道點心。

阿秀吃過紅豆糕，還不忘打包兩份，想帶回去給文瀾院的小姊妹們吃。

兩人上馬車後，蕭謹言怕阿秀睏了，讓她靠在他懷中躺下，拿大氅蓋在她身上。

阿秀合眸睡了一會兒，忽然睜開眼睛道：「糟了，奴婢有一樣東西忘在蘭家了。」

蕭謹言瞧瞧外頭的風雪，已經小了不少，距離天黑還有些時辰，便吩咐趕車的小廝。

「往廣濟路的蘭家走一趟。」

蘭家的小佛堂裡，朱氏正雙眸緊閉、雙手合十，口中唸唸有詞，為蘭婉祈禱。她雖然不喜歡蘭婉，但作為嫡母，還是不忍心看著蘭婉就這樣去了。

說起來，蘭婉也是倒楣，不知道哪個多嘴的丫鬟同她說了阿秀進許國公府的事，她一氣之下，竟犯起羊角風。幸好太醫趕得快，救下一條命，卻說這病來得急，怕是傷到腦子，以後好了，也不知還能不能認得人，如今能保住性命，已經不容易了。

朱氏上完香出來，瞧見蘭嫣正在大廳裡陪著蘭泓玩耍，忍不住重重嘆了口氣。

「我平日裡雖然不喜歡她，卻沒想到她會弄成這樣，再怎麼說，她也是妳爹的親生閨女。」

蘭嫣見朱氏出來，迎了上去，勸慰道：「母親放寬心吧，太醫都說了，能留下一條命已然不容易，算是她的造化了。」

朱氏點點頭。「昨兒我和妳父親商議好了，等她身子硬朗些，還是把她送回老家養著。如今我們一家人都在京城過活，已是不易，不如讓她回老家，還方便些，若是將來好了，再接出來許配人家也不遲；若是好不了，就讓她安安穩穩地在老家待著，即便養她一輩子，也無妨的。」

雖說之前蘭嫣對方姨娘和蘭婉恨之入骨，可畢竟還是自家姊妹，這時多少有了幾分惻隱之心，無奈嘆道：「她若好了，不像以前那般張狂跋扈，其實於我也無礙的。」

說著，她扶朱氏坐下，親自斟茶送上去，又問道：「那方姨娘呢？是不是要一起回老家？」

如今蘭婉算是廢了，可方姨娘卻依舊不好對付，若是可以，蘭嫣當真希望方姨娘跟著蘭婉回安徽老家算了。

朱氏輕啜了一口茶，放下茶盞道：「妳爹的意思是，瀟哥兒還小，正是離不開娘的年紀，況且我和姜姨娘的身子也不大好。」一年前她病了一場，如今雖然好了，可精神仍是不足。

蘭嫣抿了抿唇，想著如今朱氏養了泓哥兒，以後總算有個依靠，眼前的事情就是要把蘭老爺的恩寵分回來。

從蘭姨娘身上，蘭嫣弄懂了一些道理——沒有幾個男人不喜歡年輕漂亮的女人。以前姜姨娘的確是個美人胚子，可惜這些年病病歪歪的，朱氏想倚靠她來分蘭老爺的恩寵，只怕不中用。

蘭嫣抬起頭，看看廳中垂眸立著的幾個丫鬟。紅杏和綠珠都已經十六了，按說滿十八歲便要放出去，但她們跟著蘭家一起進了京城，以後少不得要給她們做主婚配；可府裡那幾個小廝，看著實在不像樣，若要找好的，只能在鋪子裡瞧瞧有沒有看得上眼的，雖然能做正頭夫妻，只怕也要過得清苦些。

蘭嫣低下頭，擰眉想了半刻。她雖然不願意去當別人的小老婆，可為了朱氏，不得不出此下策了。

蘭嫣清了清嗓子，站在門口的錦心便知道她有事情要和朱氏商議，躬身退下，旁邊的紅杏和綠珠也帶著小丫鬟下去了。

朱氏有些不明所以，好奇地看著蘭嫣。

「有什麼話，難道還不能直說？」

她。

蘭嫣走過去，坐在朱氏足下的腳踏上，將頭靠在朱氏的膝蓋，抬起黑亮晶瑩的眸子看著二妹妹的事情，給爹抬一房姨娘，也好沖一沖？」

「如今到了京城，可不比老家。這兒是花花世界，爹又是個花花腸子的人，母親不如趁著二妹妹的事情，給爹抬一房姨娘，也好沖一沖？」

朱氏對於蘭老爺要納妾的事情，從來都是接受，沒有自己提的，便是之前把姜姨娘接進府，也是看在姜姨娘肚皮的分上。

朱氏先是一陣驚訝，緩緩想清楚後，眼中含淚地對蘭嫣道：「難為妳想到這樣的辦法，只是如今時日緊迫，跟著我們從老家來的，不過那幾個人，我卻不知道選哪個好。」

蘭嫣想了想，抬眸道：「年紀相當的，只有紅杏、綠珠、錦心和琴芳，還有方姨娘身邊的丫鬟，不過自然是不能用。我們那四個大丫鬟裡，就紅杏的容貌出挑些。」

朱氏點頭，細細想了想，又道：「紅杏還有個老娘，當初我答應過她，等到了年紀，就放她回老家照顧老娘，如今若是把她留住，那她家裡……」

朱氏的話還沒說完，蘭嫣便笑著道：「母親只管把她老娘接上來，不拘是守門還是花園裡澆水的，安排個輕巧的活，讓她們在一處就好了。」

朱氏見蘭嫣已經想得妥妥帖帖，遂點頭道：「那就按妳說的辦。我先讓邢嬤嬤去探探她的口風。」

兩人的話還沒說完，錦心在門口稟報。「回太太、大姑娘，許國公府的世子爺帶阿秀來了。」

朱氏聽是蕭謹言來了，忙不迭整了整衣衫，趕緊和蘭嫣出門相迎。

蕭謹言領著阿秀繞過影壁，朝正院裡走來。

朱氏望見，只覺蕭謹言玉樹臨風、丰神俊美，那雙眉眼更是難得好看，遂忍不住看了身邊的蘭嫣一眼。這樣的公子配給自家閨女，那才真是郎才女貌呢，只可惜，蘭家的家世，終究沒辦法讓蘭嫣做他的正妻。

朱氏忍不住嘆口氣，抬眸瞧見阿秀跟在蕭謹言身後，已近到跟前。

阿秀給朱氏和蘭嫣行過禮，將手裡的紅豆糕遞給錦心。

「剛從杏花樓買的，還熱呼著呢，帶給太太和姑娘嚐嚐。」

朱氏和蘭嫣迎了蕭謹言進去，囑咐丫鬟上蘭老爺專門待客的明前龍井來。

蕭謹言謝過落坐，蘭嫣親手奉茶，笑道：「世子爺要來，也不先請個小廝說一聲，如今倒是要失禮了。」

蕭謹言接過茶盞，抿了一口。「阿秀說有東西落在府上，所以過來取，順道問問二姑娘的病如何了。」

蘭嫣聞言，眼角透出些許笑意。沒想到，阿秀能這麼得蕭謹言的寵愛，只怕來取東西是真；問蘭婉的病，不過是隨口吧。

「錦心，妳帶阿秀去繡閣找東西。」

蘭嫣吩咐完，朱氏也迎上來，又忍不住打量了蕭謹言一番。

蕭謹言便放下茶杯，問道：「二姑娘的病好些了嗎？」

朱氏急忙千恩萬謝道：「若不是得了世子爺搭救，只怕蘭家今兒要辦喪事了。如今人是救了回來，只是腦子還不大清醒，我們想著，找個機會把她送回安徽靜養。」

蕭謹言點了點頭。大宅裡住著久病的人，確實會影響宅運，送回老家靜養也是好事。

「以後若還有什麼需要，儘管去許國公府找我的小廝柱兒，他會幫你們的。」

朱氏沒想到看著高高在上、一副公子哥兒氣派的蕭謹言是這麼親善隨和的人，頓時又添了幾分好感，一個勁兒跟著點頭說是。

不久，阿秀回來了，蕭謹言見她手上抱著一個藍布包袱，看上去很是寶貝，不知道裡面放著什麼東西。

阿秀上前，見到朱氏，便脆生生地喊了聲。「乾娘。」

朱氏兩日不見阿秀，越發覺得她比在蘭家時更出挑了，拉著她的手，將她抱到懷裡，笑著說：「還是國公府會養人，兩日不見，我怎麼瞧著阿秀又變漂亮了。」又發現她手裡的藍布包袱，疑惑道：「這不是妳進我們府裡時，抱在懷中的嗎？裡面是什麼好東西，也讓乾娘瞧一瞧。」

阿秀點點頭，將包袱遞到朱氏手中。

朱氏解開來看，見是一件大紅色緞面繡百子嬉春圖的斗篷，邊角點綴了不少梅花、桃花、杏花，料子雖然有些年分，可依舊鮮豔亮麗，上頭的繡工栩栩如生，讓人眼睛一亮。

蘭家雖然富貴，卻鮮少見到這樣的東西，朱氏對著斗篷上的繡花紋樣讚嘆道：「怪不得妳小小年紀，繡工就這麼好。這斗篷是妳娘做的吧？」

阿秀搖搖頭，如實回道：「我娘不會繡花。這斗篷是我爹把我賣掉時給的，說是我小時候穿過，應該是別人送的吧。」

蕭謹言隨意往斗篷上掃了一眼，覺得有些眼熟，只是一時想不起在哪兒見過。

朱氏聽說這斗篷是阿秀的爹留給她的，嘆了一聲。

「好好收著吧，若是以後妳長大了，更漂亮了，妳爹認不得妳，好歹還有這個東西做信物。」

阿秀點點頭，把斗篷包起來，只是……她爹賣掉她的當天就離開了京城，以後還會回來認她嗎？

蕭謹言和阿秀又在蘭家小坐一會兒，見天色已晚，便起身告辭了。

阿秀一路上都抱著她的藍布小包袱，蕭謹言一直覺得眼熟，想了半日也沒想出來，遂忍不住道：「阿秀，天那麼冷，把妳的斗篷拿出來披上吧。」

阿秀聽見，瞇著眸子笑道：「爺，這是我小時候用的，只怕連腿都蓋不住呢，爺要是累了，就把它當枕頭，靠一下吧。」

蕭謹言見阿秀終於不跟他生疏了，一口一個爺地叫他，頓時心情愉悅，伸手把阿秀拉到跟前，單手摟著她，合眸靠在她尚且纖弱的肩頭，小聲道：「爺比較喜歡這個枕頭。」

阿秀微微聳了聳肩膀，轉頭看著蕭謹言，見他纖長的睫毛微微閉合，覺得心口有種癢癢的感覺，很想很想偷偷湊上去親一口。

這時，蕭謹言忽然睜開了眼睛，兩人的目光相觸，阿秀像被看穿心事一樣，羞得低下頭，臉頰上一片酡紅。

第三十七章

蕭謹言帶著阿秀回到許國公府時，已是掌燈時分。

孔氏讓自己身邊的大丫鬟春桃在門口候著，見兩人進門，便忙不迭去海棠院回話了。

蕭謹言和阿秀先回文瀾院，清霜服侍蕭謹言換了家常衣服，這才開口道：「以後世子爺出門早些回來，剛才太太命人來問好幾次，您再不回來，只怕太太要派人去找了。」

阿秀聽見，便道：「方才太太遣了春桃姊姊在門口等著呢，這會兒應該知道世子爺回來了。」

阿秀把手上的紅豆糕交給清霜，讓她分給丫鬟們吃，自己則上前幫蕭謹言理了理衣襟。經過這兩日的接觸，阿秀正慢慢收起自己的小心翼翼，盡丫鬟的本分，全心全意服侍著蕭謹言。

蕭謹言換好衣服，心疼阿秀一路辛苦，要她歇著，只讓清霜陪著他去海棠院用晚膳了。

阿秀回到自己的房間，把藍布包袱收起來，初一剛好過來喊她吃晚飯。

許國公府下人用飯的地方在廚房隔壁，只有這個時候，阿秀可以遇上阿月她們。

阿月因為長得好，年紀又小，加上一張小嘴甜，所以在趙姨娘房裡很得寵，雖然比不得阿秀一進來就成了一等丫鬟，但也不過只做些端茶倒水的事情，清閒得很。且如今正在年節裡，許國公府的族學還沒開，二少爺和三少爺都在家溫習功課，平常和小丫鬟廝混的工夫也多些。

阿秀知道阿月素來愛吃甜食，特意留了幾塊紅豆糕給她。兩人剛進許國公府，沒有多餘的銀子，就算過年，也添不起什麼菜。

今兒下人吃的是蘿蔔燒肉，年節裡，這已經算是不錯的菜了。

阿月才來沒幾日，就和廚房的劉婆子混熟，人人都認識這個圓臉的小姑娘，所以劉婆子給她打了滿滿一碗菜，上面還有好幾塊肉呢。

阿月拉著阿秀一起坐在角落裡吃飯，兩個小姊妹一天難得遇上一回，自然是高興得不得了。阿月瞧見紅豆糕，樂得連飯也不想吃了。阿秀又喊了初一過來，讓她跟著她們一起吃。

這時，忽然有人經過阿秀她們的桌邊，瞧見滿滿一碗菜上蓋著好幾塊肉，便轉身指著打菜的劉婆子罵道：「妳這個捧高踩低、不識好歹的婆子，憑什麼她們的那碗都有肉，給我的這碗卻全是蘿蔔？我告訴妳，這可是要拿去世子爺房裡給清瑤姊姊吃的！」

劉婆子和張嬤嬤平素就有些不和，清瑤又仗著自己是蕭謹言房裡的大丫鬟，常來要東西吃，偏生她家裡又是那樣的光景，從不自己出錢，都讓劉婆子記在蕭謹言用消夜的帳上。

這一來二去的，文瀾院每個月用消夜的開銷比蘭姨娘那邊一日三餐的錢還多，劉婆子只好拿些燕窩、蟲草等高價的食材沖帳，若是遇上盤查，只怕帳目也是弄不清的。

廚房這種地方，最是消息靈通，今兒一早，劉婆子就聽文瀾院的小丫鬟說，世子爺交代下去，如今把文瀾院裡的帳務交給一個新來的叫阿秀的小丫鬟。

劉婆子一打聽，原來阿秀就是那個和阿月最要好的小丫鬟，果然像年畫上拓下來的人一樣，漂亮得不像話。所以，劉婆子見了她們來吃飯，自然要殷勤些，沒有另外給她們開了小灶再炒個菜，算是好的了。

如今瞧見清瑤的跟班這樣頤指氣使地說話，劉婆子哪裡會怕，只梗著脖子道：「一勺子下去，有多少肉就吃多少肉，有多少蘿蔔就吃多少蘿蔔，想只吃肉不吃蘿蔔，除非當主子去。」

那小丫鬟聞言，氣急道：「難道她們就是主子了？憑什麼她們有肉吃，我們沒有？」她平素也是個仗勢欺人的，這會兒見阿秀跟前沒別人護著，膽大起來，一伸手，掀翻了阿秀她們桌上那碗肉，碗裡的汁水灑得滿桌子都是。

初一瞧見一塊肉滾了幾下，眼看著要掉地上了，忙不迭用碗一接，見肉安安穩穩地掉在自己碗裡，這才舒了口氣，一臉高興地說：「難得年節裡可以天天吃肉，今天的肉特別好吃，掉了可就浪費了。」

小丫鬟見她們不反抗，初一又傻愣愣的，都這樣了還只顧著吃，頓時更加生氣，揚起手，對著正埋頭苦吃的初一搧過去。

阿秀見狀，忽然站起來，瘦小的身軀擋在初一跟前，抓住了小丫鬟的手腕。

小丫鬟比阿秀還高了一個頭，竟被阿秀攔住，一時間臉脹得通紅，正想用力打下去，另一隻手裡提著的食盒卻忽然被阿月搶走，往地下砸了。

「不給我們吃，那妳們也別吃了！妳知道她是誰嗎？她可是文瀾院的一等大丫鬟阿秀呢！」

阿秀被阿月這番狐假虎威的話給逗笑了，忍不住噗哧笑出聲，鬆開手，對跟前的小丫鬟道：「妳走吧，都是在世子爺跟前服侍的，何必弄成這樣。」

這件事，若是換成前世的阿秀，肯定是包子到底，不會出聲的。可這一世有了阿月和初一，她們兩個才是真正需要被保護的小姑娘，她這個多活了這麼多年的人一句話也不說，確實有點不像話。

人都是欺軟怕硬的，小丫鬟見阿秀強硬起來，氣勢竟弱了下去，只紅著眼睛，一邊走、一邊抹淚道：「我要回去告訴清瑤姊姊，妳們合起來欺負人！」

阿秀無奈，這世上睜眼說瞎話的人實在太多，不過再看看阿月砸掉的食盒，好像真的有點過了。況且這時在這裡吃飯的還有不少人，有些人來得晚，沒有看清前因後果，還真當她們欺負了那個小丫鬟。

劉婆子走過來，喊了幫廚的小丫鬟收拾地上的東西，又端了碗菜放到別的桌上，招呼阿秀她們道：「來來來，上這邊吃，那邊桌上髒了，不乾淨。」

片刻後，阿秀已經吃得差不多了，放下碗筷，小聲道：「劉嬷嬷，麻煩妳再給我添一碗菜。方才那小丫鬟沒拿飯菜就走了，只怕清瑤姊姊要餓肚子了。」

劉婆子聽了，心下腹誹道：餓吧餓吧，這幾年，好的也沒少吃了。

不過當著阿秀的面，她還是高高興興地添了一碗菜，還特意多加兩塊肉進去，一個勁兒道：「真是個心善的好姑娘。」

阿秀吃完晚飯，便讓初一提著食盒，給清瑤送飯去了。

這時，小丫鬟正站在清瑤跟前哭訴呢，一把鼻涕一把淚地把方才的事情添油加醋說了一通，全然不提她怎麼挑釁，只說阿月仗著阿秀，把她的東西砸了。

這幾日，清瑤身體正不適，且今兒一早又聽清霜說要清點帳務，更是頭疼。

這文瀾院的帳，都在她心裡存著呢，如今要全部交出去，只怕還得下點工夫，好好清點清點庫裡的東西。那些她偷偷拿出去典當換錢拿回家的，如今手上卻沒有現銀贖回來，到時若是東窗事發，她就完了。

想到這些事情，清瑤忍不住嘆了口氣，煩躁道：「這飯不吃就罷了，我也吃不下去。」

誰知話音剛落，初一已經提著食盒，規規矩矩地站在門口道：「清瑤姊姊，阿秀讓奴婢給妳送飯來了。」

清瑤聽了，一股氣湧上來，對跟前的小丫鬟道：「誰要吃她送的飯，出去給我砸了！」

小丫鬟聞言，也想給自己出口氣，轉身走到門外，瞧見初一那小身板，二話不說，走過去就朝她胸口推了一把。

不巧，初一身後還有石階，她退了一步，腳一扭摔倒，食盒全砸在地上，咯咯作響。她吃痛，立刻大哭起來。

這時，蕭謹言從外面回來，才跨進門，就聽見後罩房那邊傳來哭聲。

初一和阿秀年紀相仿，他以為阿秀受了欺負，急忙三步併兩步往後罩房去。

在房裡候著的阿秀也聽見聲音，忙不迭挽了簾子出來，和蕭謹言在抄手遊廊遇上了。

蕭謹言見不是阿秀在哭，頓時鬆了口氣，只轉身吩咐清霜。「妳去後頭看看怎麼了，阿秀跟我回房吧。」

阿秀福了福身子，上前接過清霜手中的燈籠，引著蕭謹言往正房去。

蕭謹言進了大廳，清珞上來為他解開大氅，他便轉身笑著對阿秀道：「今兒太太那邊做了糖蒸酥酪，我推說剛用了晚膳吃不下，想當消夜吃，一會兒太太會命人送來，妳記得吃。」

阿秀瞧著還在蕭謹言跟前服侍的清珞，有些不好意思地脹紅了臉頰。

這幾日，清珞也看出來了，蕭謹言對阿秀真是不同的，便笑著道：「別看我呀，我又不喜歡吃甜的。」

且說清霜去了後罩房，看出清瑤跟那小丫鬟一致對外，初一倒在地上，根本不是她們的對手，便先把初一扶回了她的房間。

她將事情的前因後果問了一遍，聽完開口道：「我算是看出來了，既然她們如此不識好歹，也不用跟她們客氣了。」說著，拿跌打藥幫初一揉過腳踝，才到前頭給蕭謹言回話。

不過，清霜也是個刀子嘴、豆腐心的主兒，最後還是沒把實情說出去，只說後頭有小丫鬟摔跤，砸了兩個花盆。

蕭謹言見沒什麼大事，就沒繼續追問了。

清霜從房裡出來，阿秀跟上她，問道：「初一沒事吧？」

清霜一愣，笑著道：「沒事。」

阿秀卻皺了皺眉頭，小聲道：「可是我聞到清霜姊姊身上有紅花油的味道，初一是不是被人打了？」

清霜沒想到阿秀這樣就猜出來了，果真聰慧過人，遂道：「不過是不小心扭了腳，沒什麼大礙。妳快進去服侍世子爺吧，聽說老爺過幾日要考他功課，不知道他溫習得怎麼樣了。」

阿秀聽清霜這麼說，放下心，又回到了蕭謹言的書房。

這會兒，蕭謹言卻是沒有心思看書，只擰著眉頭想阿秀的斗篷。上面的繡花樣子，分明是他見過的，可怎麼就想不起來呢？

於是，蕭謹言把阿秀喊到跟前，問道：「阿秀，妳的斗篷呢？」

阿秀聽蕭謹言忽然問起這個，很是疑惑，回答。「放在房裡了。」

蕭謹言揮揮手道：「這麼重要的東西，妳保管著，我可不放心，改日又弄丟了。妳拿過來，我替妳收著。」

阿秀想起自己還真差點兒把斗篷弄丟，忍不住紅了臉，對蕭謹言福了福身子。

「那奴婢多謝世子爺了，這就取來給您。」心裡甜蜜蜜的，她身邊沒什麼值錢東西，唯一有點意義的，就是這件斗篷。如今能讓蕭謹言保管著，以後便是不幸分開，也好讓他有個念想了。

阿秀越想越高興，嘴角忍不住揚起，回房將斗篷捧過來，雙手遞給蕭謹言。

蕭謹言打開斗篷，上下翻了翻，還是覺得這花紋有說不出的熟悉感。

第二日一早，蕭謹言用過了早膳，去趙氏那邊請安。

趙氏聽說蕭謹言想勸周顯回京城住，笑著搖搖頭。「小郡王怎麼可能回來呢？宮裡那位不閉眼，他是絕不會回京的。小郡王年紀輕，傲氣著呢，只怕最後還得皇上下一紙詔書召他，才肯回恒王府。」

蕭謹言哪裡想得這麼深，只蹙眉道：「我也是為他好。瞧昨兒那光景，若是我去遲了，只怕他有心傲氣，也等不著皇上的詔書，要把小命交代在紫廬寺了。」

趙氏聞言，忍不住嘆口氣。「說白了，他到底還是皇上的親姪兒，哪天皇上想通了，只怕心疼還來不及呢。」

對於這些事情，孔氏是一點也不懂的，可眼下蕭瑾瑜有了身孕，她也跟著緊張起來，開口道：「言哥兒，都說小郡王是天煞孤星，這個節骨眼上，你可不能勸他回來，等你大姊姊安然生下了皇長孫再說。」

蕭謹言聽了，無奈道：「母親，您有這個工夫胡思亂想，還不如在菩薩面前多上幾炷香呢！」

孔氏被兒子堵得無話可說，不過她畢竟是心懷善念的婦道人家，遂道：「恒王爺和你父親是舊交，既然小郡王病著，好歹得幫忙照應照應，一會兒我派個老媽子跟你過去，看看小郡王那邊有什麼要打點的。雖說這個時候該避嫌，但這事……」

她想來想去，沒想出什麼好辦法，只好抬眸看趙氏，問道：「老太太，您說怎麼辦？小郡王生病的事，我們到底要不要管？」

趙氏擰眉想了想，嘆道：「罷了，如今小郡王不過是破落皇族，還是個孩子，太后娘娘若真要趕盡殺絕，也忒傷陰德了。言哥兒，你去看看他，先讓他把病養好了再說。」

蕭謹言得了趙氏的首肯，心情大好，親領著幾個人，將一些常用的東西打包裝車，又回文瀾院換了衣裳，打算帶上阿秀去紫廬寺瞧周顯。

阿秀知道蕭謹言又要出去，便把初一喊上了，囑咐她跟著自己。

可憐初一昨兒扭了腳，走路還一拐一拐的。

阿秀見了，不忍心讓她去了，可初一知道他們要出門，就死也不肯留下。

蕭謹言見阿秀還帶著一隻跟屁蟲，忍不住問道：「妳帶著她做什麼呢？」

阿秀朝蕭謹言福了福身子，小聲道：「奴婢昨兒見小郡王身邊連個丫鬟都沒有，端茶、倒水沒人服侍，這如何是好？外頭現買的丫鬟也不知道可不可靠，不如先讓初一去幾日，等小郡王的病好了，再讓她回來。」

蕭謹言聞言，蹙了蹙眉。「我是讓她來服侍妳的。」

「奴婢本來就是下人，哪裡還要人服侍，小郡王才需要人伺候呢！」

阿秀乾淨的臉上帶著天真溫暖的笑，可蕭謹言聽在耳中，總覺得酸溜溜的。

不過，昨兒阿秀也說了，因為小郡王是他看重的人，所以她才會對他好，拿這句話安慰自己，心裡果然好受一些。

蕭謹言點點頭。「好吧，就先讓她過去幾日。」

這時，清霜過來回話，說東西都準備妥當了。

蕭謹言便領著阿秀上車，讓搬東西的婆子帶著初一坐後面的車子，往紫廬寺去。

馬車才出城門，蕭謹言就聽見外頭有其他馬車的聲音，挽起簾子瞧去，見趙暖陽正駕著車從他們身側馳過。

蕭謹言向他打了招呼，兩輛馬車並轡而行。

忽然，馬車後面的簾子一掀，趙暖玉從窗裡探出頭來，笑著道：「言表哥，你挺早的嘛。」

「我看妳也不遲。」

今天趙暖玉沒穿一身大紅的衣服，而是著雪青色遍地金折枝纏花氅衣，外頭鑲一圈白狐狸毛，一雙杏眼顧盼神飛，倒是別有一番動人的韻致。

不過，向來跟男孩子一樣的趙暖玉突然這般打扮，倒是讓蕭謹言有種此地無銀三百兩的感覺。

蕭謹言上下打量著趙暖玉，趙暖玉也發現了不對勁，將簾子放下，隔著窗簾道：「我哥說我如今大了，不能再那樣不懂規矩，讓我以後收斂著點。」

蕭謹言聽了，忍不住噗哧笑出聲，點頭道：「妳哥說得很對，玉表妹這個樣子，當真是國色天香，明豔不可方物。」

趙暖玉只覺臉上火辣辣的，想再辯解兩句，卻聽蕭謹言繼續道：「相信小郡王見了，也會覺得眼前一亮。」

這下，趙暖玉的臉更紅了，扯住簾子，打算探出頭說話，又想起這臉要是給蕭謹言看見，只怕他更會取笑自己，索性敲了敲車門，對前頭趕車的趙暖陽道：「大哥，你這趕車的技術，連許國公府的小廝都不如了。」

第三十八章

昨夜的雪沒有下得太大，路上並未積起雪來，倒是明鏡院的院子裡，幾株白梅開得正好，一團團的白雪落在梅花枝上，分不清哪些是梅花、哪些是雪花。

周顯披著外衣站在窗前，望著有些蕭瑟的雪景，轉身瞧見陸嬤嬤正站在他身後。看他失神，她便沒有喚他。

等他回過頭，陸嬤嬤才端著藥碗進來，小聲道：「少爺把藥喝了吧，外面天冷，不要站在窗口了。」

陸嬤嬤是恒王妃的陪房，從小看著周顯長大，老王爺死後，周顯遣退王府下人，把富康路上的別院留給幾個王妃娘家跟過來的老人看著。昨兒蕭謹言去那邊說了周顯的病情，陸嬤嬤就跟著她家老頭子一起趕來紫盧寺。

陸嬤嬤服侍周顯把藥吃了，跟他嘮叨起家常，眉梢帶著笑道：「這幾年，太太陪嫁莊子的收成不錯，除了別院的花銷，還存下不少銀子。我家老頭子說了，這些銀子要留著給少爺以後娶少奶奶用的。」

周顯靜靜聽著，陸嬤嬤又道：「前幾日，老奴回了王府一趟，聽說明側妃的病還沒好，那孩子仍是沒消息。想想也是，那會兒南邊剿匪，亂得不成了，又是十多年前的事情，哪能找得到呢？若非老王爺子嗣艱難，也不會一直找到今時今日。老奴私下裡想著，沒準兒那孩子已經歿了，就算還活著，都十歲了，瞧見也未必認得出來。」

陸嬤嬤跟周顯說了不少話，無非就是勸他想開些，好好過自己的日子，若是運氣好，找回親妹子，他就不是孤家寡人了。

兩人正說著，院外的陸老頭進門回話，說是趙將軍家和許國公府的人來看小郡王了。

陸嬤嬤歡歡喜喜地出門相迎，果然見蕭謹言和趙暖陽兄妹來了。以前周顯住在王府時，他們時常來玩，如今倒是有些年不見了。

昨兒陸嬤嬤匆匆見了蕭謹言一面，沒好好招呼，今兒便特意上前仔細打量他們一番。

「蕭世子越發長高了，也比以前結實。趙小將軍黑了不少，看著倒是威武。」說著，她把目光停留在趙暖玉身上，見她粉腮杏眼，一張櫻桃小嘴微微翹起，帶著幾分富貴人家姑娘的嬌憨，卻又不顯得驕氣，簡直打從心底裡喜歡起來，忙笑著道：「快，三位快進來坐，我們家小郡王在裡面呢。」

蕭謹言逕自上前，掀了簾子進去，感覺熱氣撲面而來，還夾雜著淡淡的安息香味，臉上不由露出笑意。

另一邊，阿秀跟著陸嬤嬤一起去茶房備茶。陸嬤嬤見阿秀小小年紀，便懂那麼多規矩，也喜歡得不得了。

阿秀沏好茶，和初一各端了茶盤進去。

陸嬤嬤在後頭跟著，謙遜笑道：「家裡從不來人，茶葉還是去年自家茶園裡摘的，我隨便帶些過來，不知道世子爺、小將軍喝不喝得慣。」

趙暖陽端起茶盞，一飲而盡。「我自軍營回來後，便覺得茶水裡沒有混著黃泥，就是好茶了；若上頭還飄著幾片綠葉，那可是茶中上品了。」

蕭謹言也接過茶，淡淡喝了一口，點頭道：「香而不澀，算得上好茶。」

正說著，初一端著茶盤往周顯走去。

阿秀見狀，轉身喊住了她。「初一，他不喝茶。」

周顯欲伸手接茶，冷不防聽阿秀來了這麼一句，只得尷尬地縮回手。

趙暖玉不明所以，問道：「言表哥，你這小丫鬟倒是有意思，怎麼我們做客人的人人有茶喝，偏生主人家卻沒得喝呢？」

阿秀先不解釋，把自己的茶盤送上去，裡面放著一只青花瓷的薄壁茶盞。

「小郡王，這是蜂蜜水。剛用過藥不宜喝茶，喝些蜂蜜水，解解口中的苦味吧。」

一時間，周顯覺得胸口有股熱氣湧上來，竟沖得他忍不住側首咳了幾聲，待稍稍緩過一陣，才伸手端起茶盞，眉梢透出笑意道：「多謝。」

但蕭謹言臉上的表情可不大好看了，原來阿秀還有這等本事，怎麼平日裡對他就沒有這般關心呢？看來他是不是也得病一病，才能享受這樣的待遇？

這時，周顯的目光還沒從阿秀身上抽離。這小姑娘看似年紀輕輕，可舉手投足間，卻有著和年齡不符的成熟，目光忍不住在她身上多逗留了片刻。

阿秀奉完茶，低著頭，恭恭敬敬地站在一旁。

蕭謹言清了清嗓子，趙暖玉好奇問道：「妳怎麼知道他剛喝過藥呢？」

阿秀仍舊垂著頭，稍稍抬眸看了趙暖玉一眼。

「回表姑娘，方才世子爺掀簾子時，奴婢在外頭聞到一股藥味，但這房裡又不熬藥，所以奴婢猜想，定是小郡王剛剛用過了藥。」

趙暖玉聞言，一個勁兒點頭。「言表哥，這麼機靈的小丫鬟，怎麼就便宜了你呢！」

她的話中透著幾分俏皮，讓阿秀有些忍俊不禁。

蕭謹言便自豪道：「一眼就看上了，所以留在身邊。」

他想起今兒一早趙氏說的話，覺得有些道理，索性直接問周顯。「你是不是壓根兒沒打算回王府去？」

如今周顯心裡如一團亂麻，少年時意氣用事地出家為僧，以為逃避能解決一切問題，可這幾年修行後，他發現逃避只是暫時的辦法，有很多東西像毒刺一樣，插在他的心口。午夜夢迴時，連呼吸都會讓他覺得痛不欲生。

周顯擰眉，嘆了口氣，正要回話，杜雲澤卻從門外闖進來，伸手抹去額頭上的汗，急道：「虧得昨兒小郡王沒回京城，不然可要冤死了！」

眾人一時沒聽明白，杜雲澤瞧見茶几上有茶，先拿了一杯喝下去，才道：「昨兒我回家後，聽我家老太爺說，太后娘娘下午逛後花園時，因雪後地滑，摔了一跤，股骨斷成兩截，半夜還發起高燒。我家老太爺子時進宮去，到現在還沒出來呢。」

這事情說起來真夠邪乎，太后娘娘摔跤的時辰，可不剛好在蕭謹言勸周顯回家的時候嗎？要是周顯一時鬆口回京了，不就坐實剋死太后的罪名。

趙暖玉瞧見眾人逃過一劫的表情，只無所謂道：「太后娘娘摔跤，跟小郡王有什麼關係？你們想得也太多了。小郡王沒回去，太后娘娘還不是摔了？」

趙暖陽聞言，橫了趙暖玉一眼，把她拉到旁邊坐下。「這妳就不懂了，有些事情寧可信其有，不可信其無。」

蕭謹言也覺得邪乎，可他就是從八年後重生而來的，已經是很邪乎的事情，如今再遇上這種事，反倒鎮定許多。

現在他心裡唯一記掛的，就是太后娘娘會不會真的死；若是死了，那必定不會有賜婚一說，欣悅郡主的事情，便不用擔心了。

蕭謹言將一應事情安排好，眾人便懷著惴惴不安的心思回京。

馬車走到許國公府後大街時，遠遠聽見皇宮方向傳來了九聲喪鐘。

阿秀睜大了眼睛看向蕭謹言，蕭謹言的臉色也有些蒼白，阿秀便拉了拉他的衣袖。

蕭謹言伸手，把阿秀抱到懷裡，重重地喘了口氣，如釋重負道：「真的死了。」

阿秀不明所以地凝視著蕭謹言，眨了眨眼睛，問道：「世子爺，您說什麼？」

蕭謹言發現自己似乎說漏了嘴，遂改口道：「我是說，太后娘娘仙逝了，接下來要守一年的國喪。」

阿秀並沒有立刻猜出蕭謹言話中的意思，但發現他的目光一直停留在她的臉頰上後，猜出幾分，頓時脹紅了臉，低著頭不說話。

蕭謹言見阿秀這尷尬的模樣，猜她聽出了他的言外之意，便笑著道：「不過，跟我們也沒什麼關係。」

阿秀聽了，抬眸道：「跟世子爺大有關係。世子爺年紀大了，這一年耽誤下來，太太可是要著急了。」

蕭謹言笑道：「我不著急，她急有什麼用呢？」

蕭謹言和阿秀回到許國公府時，孔氏和趙氏已經接旨進宮去了。

王嬤嬤見到蕭謹言，忙拉著他走到角落，小聲道：「世子爺可回來了，家裡快亂成一團了。太后仙逝，老太太和太太都進宮去，不知道什麼時候能回來，只囑咐我瞧見您後，讓您也趕緊進宮。」

蕭謹言問道：「宮裡有沒有人來傳消息？太后怎麼突然殯天了？」

王嬤嬤便道：「說是昨兒下午賞花時摔了一跤，斷了骨頭，沒想到會這麼嚴重。結果昨晚高燒不退，太醫說是什麼痰症，沒救過來。」

蕭謹言聽王嬤嬤這麼說，稍稍放下心，只要是正兒八經病死的，那也賴不到別的地方，總歸是太后娘娘自己運氣不好罷了。

蕭謹言只回文瀾院換了件衣裳，便有小廝進來傳話。「世子爺，老爺派了馬車來接三位爺，說這三日都要在宮裡守著。」

阿秀見蕭謹言跟著那小廝走得飛快，只得在後面一路追著他。

「爺，外頭天氣冷，別隨便解開大氅；若是有空，稍微歇一會兒，別使勁撐著，人多，大家也顧不著您。」

蕭謹言轉身，瞧阿秀追著他跑的樣子，嘴角呼出白白的熱氣，兩個臉頰紅撲撲的，不由停住了步伐。

見蕭謹言忽然停下，阿秀只得止住腳，抬起頭看著他，喘了口粗氣，略略福了福身子，又低下頭。

「爺快去吧，省得讓老爺等急了，奴婢在文瀾院裡等著爺回來。」

輕輕柔柔的聲音，飄進了蕭謹言心裡。

蕭謹言再也忍不住，兩步上前，把阿秀抱在懷裡，然後蹲下來，在她額頭上親了一口。

雪紛紛揚揚地下著，蕭謹言起身，轉頭大步流星地離去。

阿秀站在雪中，目送蕭謹言的背影，嘴角勾起淺淺的笑容。

直到蕭謹言拐彎離去了，她才折回文瀾院。

清珞正在房裡做針線，清霜從外頭進來，見阿秀神情有些失落地坐著，便把她喊進了次間。

如今清霜也發現，阿秀跟一般十歲的丫鬟很不一樣，平常這個年紀的丫鬟，沒有一個不貪玩的，即便嘴上不說，可眼神中總也透出幾分貪玩的神色來。

但阿秀卻不同，她的眼神沈穩得不像是這個年紀的孩子，一顰一笑都優雅動人，和她在一塊兒服侍蕭謹言，根本不用把她當成孩子看待。

清霜端了一小碟杏仁酥進來，遞給阿秀。

「先吃點心墊一墊。方才只忙著服侍世子爺，還沒工夫吃東西吧？」

阿秀這才覺得有些餓了，接過碟子，拿起一小塊杏仁酥送到嘴裡。「方才給世子爺帶了些吃的，不知他會不會記得吃。」

清霜聽了，笑道：「他餓了，自然會吃的。」起身給阿秀倒了杯熱茶遞過去。

「這兩日，我正催著清瑤把東西清點出來，有些帳目以前沒弄清楚，只怕要再等幾日。」

阿秀見這件事竟然是清霜來說，不覺有些奇怪，遂道：「橫豎這幾日世子爺不會常待在家裡，等世子爺下次問話時，清瑤姊姊能交出來就好。」

一個世子爺正院的大丫鬟，手底下有些不乾淨是常有的事情，但做了這樣的事，自己不來說，竟央求別人傳話，當真說不過去。不過阿秀不是個咄咄逼人的，她新來乍到，沒必要動這個火氣。

清霜見阿秀鬆口，跟著嘆了口氣，如今蕭謹言不在府中，沒什麼事情，便起身出門了。

後罩房裡，清瑤正半躺在床榻上，哭得跟淚人一樣，完全沒有平常仗勢欺人的氣派，抬起紅腫的雙眸看著張嬤嬤。

「您說什麼？那些東西都拿不出來了？這是什麼意思?!」

張嬤嬤有些不好意思地動了動唇瓣，擰眉道：「妳又不是不知道妳家裡的開銷，平常都不一定夠用，加上這幾個月妳給得越發少了，從哪兒拿出這麼多銀子贖東西？」

說著，她便跺起腳。「又不是新來的少奶奶，不過是個丫鬟而已，讓妳交帳本跟鑰匙，就真的交啊？妳想想辦法，看看能不能再拖一陣子。」

清瑤捂著臉哭道：「我怎麼這麼命苦，竟有這樣的父母，沒個幫襯就算了，如今還扯起後腿來。」一邊哭、一邊慢慢地回過神。「世子爺要我交出去，我若不交，豈不是此地無銀三百兩。」

張嬤嬤聽了，咬緊牙關道：「這事情不能這樣辦，總有個先來後到的理。這幾日宮裡有事情，我見不著太太，等見了太太，我定要好好說一說，怎能讓個小丫鬟在文瀾院裡作威作福。橫豎妳先咬著不交出去，再想別的辦法。」

這時，小丫鬟在外頭回話，說清霜來了。

張嬤嬤站起身，見清霜挽了簾子進來，便笑道：「妳們打小一塊兒長大，感情自是不一般，如今要多幫襯著點才好。」

但清霜的表情卻沒方才好看了，只冷冷道：「阿秀說了，再寬限幾日，等世子爺問起了再說。我勸妳還是早早把窟窿填上，別等世子爺來問，不然到時候張嬤嬤也保不了妳了。」說完，轉身出去了。

清霜走遠後，張嬤嬤對著門啐了一口。「瞧見了吧？這宅門裡從來都是捧高踩低的，指望她幫妳？作夢呢！」

清瑤忍不住，又在床上聳肩哭了起來。

第三十九章

蕭謹言等人一走便是兩日，主子不在，做奴才的難免懶怠了幾分，幸好有王嬤嬤在府裡看管著，倒也安生。

孔氏抽空回來一趟，洗漱後換了身衣服，待不到一個時辰，又急急忙忙進宮去了。

阿秀白天在院子裡做針線，晚上早早回房睡覺，再沒過問帳冊的事。不過，清瑤的臉色瞧著還是不大好，看見阿秀時，也沒有往日高高在上的樣子，顯露出幾分疲憊不堪的感覺來。

阿秀見狀，只當不知道，其實她壓根兒不想接管帳冊，新來乍到不說，也沒有靠山，仰仗的全是蕭謹言的寵愛，說到底，腰桿子還是硬不起來的。

許國公府前前後後那麼多人盯著，想長長久久待在蕭謹言身邊，只怕真不能像前世一樣，只乖乖當他一個人的寵妾了。

阿秀嘆了口氣，放下手中的針線，看著外頭樹枝上白皚皚的雪花，頓時覺得有些恍惚。

這時，簾子忽然一閃，一股深重的寒氣撲面而來，蕭謹言穿著石青哆羅呢灰鼠斗篷從外頭進門，瞧見阿秀手上的針線，立即眉目舒展，迎過來問道：「在做些什麼？是做給我的嗎？」

阿秀低下頭，悄悄抬眸看了蕭謹言一眼。兩日不見，他的下頷上長出了青黑的鬍鬚，眼眶也是烏黑的，可見在宮裡並沒有偷懶睡一會兒，便小聲回道：「天氣還冷，想給爺做個手爐套子。前兩日讓清霜姊姊量好大小，今兒繡完花紋，差不多可以用了。」

蕭謹言把阿秀做的套子拿過來瞧，見上面繡著歲寒三友的紋樣，比之前荷包上的又複雜了些。

他依稀記得，前世阿秀的繡工並沒有這麼好，到懷孕後才勉強會繡這般複雜的樣式，沒承想，這一世的阿秀竟比上一世聰明許多，忍不住笑道：「這個繡得倒是比以前進步了許多。」

阿秀聽了，抬起頭，疑惑地看著蕭謹言。

蕭謹言發覺自己失言，一時有些尷尬。

忽然，清霜從外面挽了簾子進來道：「爺回來也不差個小丫鬟通報一聲，我剛從庫房裡出來，身上不乾淨。阿秀還不快給爺沏茶去。」

阿秀這才回過神，丟下針線簍子，要起身去沏茶，卻被蕭謹言喊住了。

「先吩咐小丫鬟打水進來，兩天沒換衣服、沒洗漱，我快憋死了。」

阿秀想起蕭謹言的潔癖，忍住了笑，瞧著他下頷的鬍鬚，頓覺親切了幾分。

小丫鬟還沒把熱水送進房，阿秀已經沏了茶來，還放上一碟驢肉火燒。

「等會兒爺還要進宮吧？先吃一些墊墊肚子。這是蘭姨娘吩咐廚房現做的，我想著定是做給禮哥兒吃，就厚著臉皮先要了兩個來。」

阿秀一邊說、一邊端茶給蕭謹言。

蕭謹言喝了一口，淡淡地舒口氣，神色是說不出的放鬆。

阿秀見他這般愜意的模樣，忍不住道：「如今可是國喪，爺就算不傷心，好歹也不要擺出一副樂呵的模樣。」

阿秀如何能知道蕭謹言心中的痛快，前世太后娘娘死得晚，連帶他的婚事都被她做主了，雖說欣悅郡主沒什麼不好，但他這輩子既然已經認定了阿秀，自然不想節外生枝。

如今可好，賜婚的人死了，他不用擔心了，又有一年的國喪，至少在這一年裡，孔氏不會嘮叨著要他娶親了。

蕭謹言想到其中的種種好處，便覺得心情舒暢，忍不住又抿了幾口茶。「我就在妳跟前樂一樂不行嗎？」

阿秀撇撇嘴，有些忍俊不禁，挑眉問道：「爺可真是會說笑，在奴婢跟前，有什麼好樂的呢？」

這會兒，蕭謹言心裡正像淌著蜜糖一樣，笑道：「瞧見妳就樂了。」

阿秀忍不住脹紅了臉，正好小丫鬟進來送水，她便去房裡幫忙。不一會兒，熱水就灌滿了浴桶。

見蕭謹言還坐在外頭，阿秀小聲道：「爺，熱水備好了，請爺沐浴更衣吧。」

蕭謹言起身過去，瞧見門口已經搬了烏木雕花刺繡屏風遮擋，後面的浴桶放滿熱水，正冒著白花花的熱氣。

從舊年開始，蕭謹言便不喜歡沐浴時讓丫鬟們進屋服侍，像清霜和清瑤這樣的大丫鬟，也只能待在屏風外面。

可阿秀哪裡知道蕭謹言的新規矩，見她們不進來，又不能沒有服侍的人，便老老實實地進去為蕭謹言寬衣。

阿秀個子小，即便蕭謹言坐著，她還覺得有些高，遂踮著腳拆開蕭謹言的髮髻，又小心翼翼為他脫去外衣。

這些事情，前世阿秀是服侍習慣的，竟也不覺得羞澀，只安安分分做了下來，直到把蕭謹言的中衣脫下，露出線條緊實的後背時，才覺得有些不妥。

可她轉念一想，自己在蕭謹言眼中不過是個十歲的孩子，他未必會想歪到哪裡去，便嚥了嚥口水，伸手去解他的腰帶。

蕭謹言穿著一條月白色的撒花褻褲，本就是寬鬆的式樣，但如今心中激動，裡頭的東西竟不受控制地支撐了起來。

阿秀感覺耳邊似乎傳來了粗重的呼吸聲，自己也憋得面紅耳赤，手指微微一顫，褲帶的活結居然被拉成死結，褲腰卡在了腰間。

這下，阿秀額頭上冒出細密的汗珠，咬著櫻桃般的唇瓣，努力想解開打了死結的褲帶，一張小臉幾乎是貼在蕭謹言的胯下，那東西便越發不受控制地鼓脹了起來。

蕭謹言一把握住阿秀的手腕，將她拉到自己面前。

阿秀的臉頰紅得快滴出血來，蕭謹言看著她，努力克制自己的慾望，鬆開她的手腕，低嗄道：「妳出去吧，這裡用不著人服侍。」

阿秀聞言，如蒙大赦般退出了屏風，飛快跑出門去，臉上仍舊是一片緋紅。

阿秀有些頹喪地坐在屋前的抄手遊廊上，斜靠著柱子，心裡暗暗自責起來。她怎麼會那麼不小心呢？連這樣簡單的事情都做不好，想起方才的尷尬，恨不得鑽個洞消失算了。

這時，清霜拿著漿洗婆子送回的衣服走來，瞧見阿秀坐在門口，遂上前問道：「阿秀，外頭這麼冷，妳一個人坐在這裡幹什麼？」

這時，阿秀的臉色已經好了很多，抬起頭，有些怯生生地開口。「清霜姊姊，方才我服侍世子爺沐浴，似乎沒服侍好。」

清霜聞言，把阿秀從廊上拉起來，笑著道：「世子爺如今都不讓我們服侍沐浴的事了，只要把水送進去，其他都是他自己來的。」

「啊？」這可不像蕭謹言的作風，阿秀臉頰又紅了起來。

前世蕭謹言最重這些閨房之樂，哪次服侍他沐浴，她能逃得過去？不過那些都是在蕭謹言將她收房之後發生的事情，在那之前，蕭謹言也習慣有人進去服侍。

阿秀抿著唇瓣想，這一世的世子爺，比起前世，似乎長進了不少呢。

約莫過了一炷香的工夫，蕭謹言沐浴完畢，清霜便請了許國公房裡梳頭的嬤嬤給他淨面。

從內間出來後，蕭謹言就恢復了以往翩翩世家公子的風度。

阿秀送上茶水讓他潤口，這會兒兩人心照不宣，似乎都有意把剛才的事情忘了。

阿秀見蕭謹言喝了茶，不等他親自把茶杯擱下，伸手接過，輕輕地放在茶几上。

外頭又飄起了雪，清漪進來，向蕭謹言行禮，先是有些遲疑，停頓片刻，才開口道：「回世子爺，這兩日，清瑤的病又重了。昨兒張嬤嬤來瞧過，說府裡主子多，若把病氣傳出去就不好了，想問世子爺的意思，是不是先讓清瑤回去養幾日？」

阿秀聽了，也跟著擰眉想了想。

如今蕭謹言還沒空問帳本的事情，清瑤便急著出去，想必是覺得，即便蕭謹言不在府裡，她一時半刻也交不出東西來，這時候告假出去，帳本弄不清楚也是常事，橫豎還要等她回院子，倒是抓不著她的錯。

蕭謹言聽清漪這麼說，抬眸看了站在一旁的清霜，問道：「東西清點得怎麼樣了？我不過就一間庫房，怎麼帳本理了好幾日，還沒理清楚？」

清霜便陪笑道：「原是奴婢們以前偷懶了，好多東西沒有登記入冊，如今進去瞧見，才知道遺漏了。還有些東西，爺已經送出去，帳本上沒記下，所以耽誤了幾日。」

蕭謹言又問道：「那要是清瑤出去，這帳本還沒人能弄清楚了？」

清霜聞言，臉上露出尷尬表情。這灘爛帳，誰願意接手呢？

阿秀早已猜出了清瑤的如意算盤，見眾人都不開口，便笑著道：「這幾日爺不在家，奴婢正有事情要跟爺說呢！」

阿秀說著，退後幾步，對蕭謹言福了福身子。

「原本奴婢就是新來的，當不得管理世子爺房內帳務的重任，不如讓清瑤姊姊繼續管著，以後若清瑤姊姊要走了，再換人也不遲；若是不走，等少奶奶進門，就交給少奶奶吧。

「奴婢年紀小，算術也不精通，爺要是讓我管那些事，奴婢就沒有工夫做針線、服侍爺了。」

阿秀了解蕭謹言，知道他疼起人來，便想把一切都給出去，所以故意說得可憐兮兮地，好讓他改變心意。

蕭謹言一聽，果然覺得管理那些帳務瑣事很是勞心，想了想道：「那按妳的意思吧，帳本先放在清瑤那邊。」等阿秀成為許國公世子夫人那天，也好名正言順地接下來。

清漪沒想到，她這一求情，居然掉下這麼大一個餡餅，有些反應不過來，可給清瑤告假的話已經說出口，收不回來了。

又聽蕭謹言接著道：「既然清瑤病得那麼厲害，就先讓她出去養病，等好了再回來吧。」

這會兒，清漪也沒什麼話好說了，只咬唇點了點頭。

一時間，榮安堂那邊派人來傳話，問蕭謹言收拾好沒有，丫鬟回說好了，遂定了巳時二刻一起啟程進宮。

阿秀折回內間，捧著掐絲珐瑯的手爐出來，爐外罩著剛剛才繡好的錦緞套子，遞給蕭謹言。

「爺把這手爐帶著，仔細別著涼；若是手爐冷了，只管扔給小廝。」

蕭謹言看著上面的花紋，輕輕撫摸，又抓住阿秀的小手看了一眼，見小拇指上的凍瘡已經好了許多，放下心，囑咐道：「天氣太冷就別做針線了，有空睡睡覺、養養神也是好的。」

阿秀聞言，有些無語，只抿唇笑了笑，又問道：「這兩日我們都在家，也不知小郡王在紫廬寺如何了，太后娘娘殯天，小郡王不用回宮守孝嗎？」

她雖然不大清楚狀況，但隱約知道，太后娘娘應該是小郡王名義上的祖母。

蕭謹言也想起這件事來，一拍腦門道：「差點忘了！禮部那群不中用的東西，大抵沒把這事報上去。這兩日我都沒瞧見小郡王，等會兒進宮，我跟父親提一提吧。」

阿秀見蕭謹言蹙起眉宇，知道他是真的著急了，便小聲勸慰。「爺不用著急，這些事情還要慢慢來。」

這時，外頭有人進來催了，蕭謹言便起身要走。

阿秀上前兩步，替他挽起簾子，奈何個子不夠，蕭謹言遂彎下腰，就著她的身高從房裡出去，那樣子格外有趣。

幾個大丫鬟在廊下目送蕭謹言離開，瞧著小廝跟他去了。

阿秀依稀記得，前世太后娘娘死後，許國公府也是這樣忙成一團。那時蕭瑾璃已經出閣，欣悅郡主也嫁進來了。但這一、兩個月，府裡不能沒個管家理事的長輩，所以趙氏便讓趙姨娘管家，孔氏則讓蘭姨娘掌管庶務。

那段時日是許國公府最亂的日子，鬧出不少笑話來，不知道這回會是個什麼光景？不過，這些事情和她沒什麼關係，阿秀便沒有多想了。

前日，張嬤嬤出去想了一夜，想出個辦法，狠下心腸，對清瑤道：「這些事皆是因那個小丫鬟而起，妳先出去避一避，等我收拾了她，妳回來後，世子爺斷不會再提帳本的事情。」

剛才清瑤聽清漪說蕭謹言先不要她交帳本了，頓時高興得病好了一半，再聽蕭謹言准她出去養病，一下子又委靡起來。不在蕭謹言的眼皮子底下，等她再回來時，就不知道他把她忘到什麼犄角旮旯裡了，遂嘆了口氣。

「依我看，世子爺對那小丫鬟言聽計從得很，今兒要不是她開口，只怕世子爺也不會收回成命，不如表面上先與她交好，省得世子爺不待見我們。」清漪幫清瑤出謀劃策。

清瑤聞言，恨恨道：「我就是不服。她是哪裡來的野丫頭，也配跟我們平起平坐？」

清漪也被清瑤說中了痛處，跟著道：「不過就是那張臉好看了些。如今她才十歲，便出落得如此，以後大了，只怕府裡找不出幾個這樣出挑的了。」

清瑤咬了咬牙，緊緊握住拳頭，心裡暗暗道，男人有幾個不愛美女的，若借個什麼由頭，把阿秀那張臉弄花，她就完了。

想到這裡，清瑤臉上露出了扭曲的笑來。

第四十章

蕭謹言不在家，阿秀格外老實，最多是趁著用午膳時，和阿月她們多玩一會兒。

這幾日，二少爺和三少爺也不在，所以阿月閒得發慌，又懶得做針線，恨不得阿秀天天閒下來跟她一起玩才好。

今日，雪將將停了，各院的粗使丫鬟被專管後花園的嬤嬤借去掃園子。阿秀和阿月不是粗使丫鬟，原不需要去，可她們倆貪玩，便跟著過去了。

後花園裡，除了一年四季的草木之外，還有一處花房，裡面培育著不同時節的盆景、鮮花，給各房添置擺設，平常鮮少有人來。

阿月帶著阿秀還有初晴、初雪到花房裡玩。打理花房的是管後花園嬤嬤的兒媳婦，以前是蕭謹言房裡的大丫鬟，名叫櫻桃，兩年前配了人，如今在這裡伺弄花草。阿秀對服侍過蕭謹言的人都很敬重，不過前世的她一向深居簡出，和櫻桃沒有什麼交集。

阿秀站在花房外頭，瞧見玻璃屋上還沾著未化開的雪花。

前世，她一輩子都在許國公府裡過活，因此對這樣的潑天富貴並沒覺得有不妥之處，但這輩子她在外頭流落一個多月，深有感觸。即便是蘭家那樣的巨富商賈，對許國公府的期望，不過就是能把嫡女嫁進來做個妾室而已。

阿秀愣了愣，然後被阿月拉進去，入眼全是四季的鮮花。外頭冷得直打哆嗦，花房裡卻一片春意盎然。

阿秀看見門口掛著幾件府綢夾棉的大氅，抬頭時，有個年輕婦人從裡面迎出來，大約二十出頭的年紀，鵝蛋臉，嘴角帶著笑，瞧見她們便道：「怎麼又來了？我的茉莉花露這麼快就用完了？」

阿月眉開眼笑道：「櫻桃姊姊，妳昨兒不是說讓我帶阿秀來給妳瞧瞧嗎？今兒給妳帶來了。」說著，把阿秀往前拉了拉，讓她站在中間。

阿秀有些羞澀，櫻桃上上下下打量了她一番，見她生得眉清目秀，一張俏生生小臉紅撲撲的，跟新鮮的蘋果一樣，忍不住讓人想咬上一口。果真如張嬤嬤所言，小小年紀已是這般，長大了不知道是怎樣的禍水。

櫻桃心裡嘆了口氣，這些年她欠張嬤嬤的情，是時候還了。

一時間，花房裡又是鮮花、又是少女，就連地上的泥土都散發著芬芳。

櫻桃讓阿月去採些鮮花來，又要阿秀坐下，拿桂花油給她梳頭，手法輕柔溫順。

她一邊梳、一邊道：「女孩子的頭髮最需要保養了，尤其妳們現在年紀小，頭髮還沒有長齊全，就像那些婆子說的黃毛丫頭，其實這會兒開始保養，才是最好的，等再大些，頭髮黑亮了，人也更漂亮。」說完，又誇讚道：「阿秀的頭髮真是好，我很少看見十歲孩子就有這麼好的頭髮，紮成髮髻也不容易散。」

這時，阿月採了兩朵粉色芙蓉花來。櫻桃接過，放在手中輕旋一圈，嘴角忽然輕輕一抿，裝作笑著抬起手，想把花往阿秀的頭上戴。

阿秀瞧著那抹粉紅往自己頭上靠近，腦中精光一閃，拉住櫻桃的袖子。

「櫻桃姊姊，這幾日還是國喪呢！」

這些小丫鬟沒幾個知道國喪的，只知道宮裡死了人，府裡交代不能穿亮色的衣服，其他的並沒有多說什麼，如今聽阿秀這樣鄭重其事地說出來，不由嚇了一跳。

當然，最震驚的，莫過於手裡還拿著芙蓉花的櫻桃。小丫鬟們不知道不打緊，可她這個年紀，說不知道這些規矩，實在不應該，偏生阿秀又指了出來，這戲究竟要怎麼演下去？外頭的張嬤嬤還等著藉機生事呢。

於是，櫻桃尷尬地笑了笑，忙賠不是。「瞧我這記性，竟把這事給忘了，虧得阿秀提醒，不然可就犯了大錯。」一負氣地將花丟在地上，心下有些煩躁。

阿秀見了，只淡淡道：「這花還鮮豔著，即便不戴在頭上，拿個瓶子養起來，也是一樣好看的。」

這時，櫻桃已經說不出話來了，自己這般舉動，委實不像在世子爺房裡待過的大丫鬟。倒是阿月無心為她解了圍。「櫻桃姊姊這兒滿屋子都是鮮花，只怕她才不稀罕這兩朵呢！還是我撿起來帶走，養在二少爺房裡，等二少爺回來看見了，肯定喜歡。」

櫻桃感激地看了阿月一眼，雖知她是無心的，依然笑道：「丟地上的就不用撿了，一會兒我讓小丫鬟給妳送一盆含苞待放的過去，保管等二少爺回府就開了。」

阿月笑道：「那就多謝櫻桃姊姊了。」

大家待了不少時候，打算起身告辭，櫻桃便從一旁的小立櫃抽屜裡拿出幾瓶花露遞給她們，都是白瓷小瓶子盛裝，用木塞塞著，瓶上貼著花露的名字。

「這是我過年時製的玫瑰香露，本想著開春時獻給太太跟姨娘們，可又不知道做得好不好，妳們先幫我用著試試，若是好就來說一聲，我好心裡有數。」

阿月瞧見又有好東西到手，高興地拔開木塞，低頭嗅了嗅。

「好濃的玫瑰花香啊，只要滴上一滴，就可以香好久吧？」

櫻桃笑著回答。「那是自然，我總共只做了這麼四小瓶，別人來，還捨不得給呢，看在阿秀也在文瀾院服侍的面子上，才送她的。」

阿秀聽櫻桃這麼說，隱隱覺得有些奇怪，便問道：「這話怎麼說呢？」

櫻桃道：「妳新來乍到，肯定不知道，我們世子爺很喜歡玫瑰花香。」

阿秀聞言，真的糊塗了，她陪著蕭謹言兩世，還真不知道他喜歡玫瑰花香。可櫻桃已經這麼說了，她也不好意思反駁，便笑道：「原來如此，那真是謝謝櫻桃姊姊指點了。」

眾人離開花房，阿月一直把阿秀送到文瀾院門口，依依不捨道：「等過幾日少爺們回來，可就沒那麼多工夫見面了。」

阿秀見她嘟著小嘴，一副鬱悶的表情，心軟起來，遂拉著她的手道：「那不如跟我進去裡面坐坐，前幾日清霜姊姊吩咐廚房做了板栗糕，我沒捨得吃，正好便宜妳了！」

阿月聽說有東西吃，一下子精神起來，兩人高高興興地往裡頭去了。

蕭謹言不在家，房裡的小丫鬟也懶散，只有墨琴和墨棋在大廳裡看著。

阿秀領阿月進去，也沒喊人，自己去茶房沏茶，順手把櫻桃給的玫瑰露放在擺放茶葉罐的櫃子上。

阿月一邊吃板栗糕、一邊道：「我原本以為，二少爺那邊的東西已經是極好的，誰知來了這邊才知道什麼叫做更好的。妳瞧這簾子都是錦緞的，比我們身上穿的衣服還好呢。」

阿月正說著，阿秀忽然想起一件事情來，讓她在廳裡坐一會兒，自己回後罩房，拿了兩套蘭家送的衣裳，推到阿月面前。

「這衣裳是大姑娘要我給妳的，說這會兒雖然大些，等過兩年就合身了。」

阿月收下衣服，湊上去小聲問阿秀。「上回我聽蘭姨娘房裡的翠雲姊姊說，二姑娘快病死了，如今好了沒有？」原本想問死了沒有，可終究有些不好意思，便改口了。

「世子爺請太醫去瞧過，說命保住了，只是不知道什麼時候清醒。想再欺負人，怕是做不到了。」

雖然阿秀跟蘭婉並沒有深仇大恨，可是為了讓蘭嫣活得更好，蘭婉這樣，無非是對蘭嫣最有利的。

阿月聽了，一個勁兒地點頭。

「那就好、那就好，最好讓太太把她送回老家去，永遠不要來。這樣，她就永遠欺負不到大姑娘了。」

阿秀見阿月小小年紀就這樣護主，忍不住伸手摸摸她的頭。

送阿月離去後，阿秀才空了下來。

這時，王嬤嬤派人來報，從明天開始，許國公府的主子們不必在宮裡守夜了，只要每日辰時進宮，申時三刻回府即可。

阿秀瞧了瞧房裡的沙漏，再過一會兒，蕭謹言應該就要回來了，索性起身，吩咐小丫鬟去廚房交代婆子燒熱水，省得等一下主子們都回府了，一時間來不及安排。

這時，清漪從外面進來，手裡拿著方才阿秀落在茶葉櫃上的玫瑰香露。

阿秀一時想起，櫻桃說世子爺喜歡玫瑰花香，又瞧見清漪臉上得意的笑，想了想，便沒開口說那瓶香露是自己的。

文瀾院的後罩房裡，清瑤正心不甘、情不願地整理行裝，張嬤嬤滿臉得意地站在一旁。

「妳放心，我保證等妳重回文瀾院時，妳還是這裡的大丫鬟，若是計劃成功，今兒就能把那小丫鬟弄出去！」

清瑤隨意拿了幾件衣服包好，開口道：「只盼著世子爺晚些回府才好，我們神不知、鬼不覺地就解決了問題；即便世子爺回來，瞧見她那張臉，只怕也不會再對她有什麼想法了。」

她站起來，終究還有些不放心，想了想道：「這事不會出什麼意外吧？櫻桃姊姊那邊怎麼說？若連累了她，也是不好的。」

張嬤嬤笑道：「妳放心，全安排好了，給其他人的東西都是好的，等事成了，再偷偷把那瓶也換成好的，來個一問三不知。櫻桃和阿秀素來沒有瓜葛，太太也不會相信是櫻桃下的手，到時死無對證，少不得就這麼算了。」

張嬤嬤說完，又恨恨道：「我原本想，今兒讓她戴著紅花出來，先讓王嬤嬤教訓她一頓，受些皮肉之苦，好教她知道在文瀾院做丫鬟的規矩。」

清瑤見張嬤嬤那臉篤定的表情，稍稍放下心，挽起包裹。

「姑母，那我要出去待多久？」

張嬤嬤蹙眉想了想，笑道：「用不著多久，世子爺房裡不能缺人。妳先回家等消息，沒準兒一、兩日就把妳叫回來了。」

清瑤正要起身，就聽見外頭小丫鬟脆聲道：「世子爺回來了。」腳步滯了一下，擰眉道：「世子爺早不回來、晚不回來，怎麼偏偏這個時候回來！」

話說阿秀也聽見了小丫鬟的喊聲，忙不迭放下手上的活計迎上去，見石青色的卍字不到頭門簾一掀，蕭謹言滿身寒氣的從外面進房。

他瞧見阿秀，微微退了一步。「我身上寒氣重，妳先別過來。」才開口，便呵出了一團白色霧氣。

清霜從後面跟進來，上前替蕭謹言解開大氅。

蕭謹言轉身對她道：「孔家表少爺來跟我借一本郭璞注的《山海經》，妳拿出去給柱兒吧，他在後角門口等著呢。」

清霜手上的動作一滯，這些事情，以前向來都是柱兒悄悄找她傳話的，如今怎麼是蕭謹言親自來說？

清霜有些臉紅，所幸少爺之間互相借東西也是常有的事情，便頓了頓，福身道：「那奴婢先送東西過去，天寒地凍的，不好讓表少爺等著。」

這時，丫鬟已經送了熱茶上來，蕭謹言便坐下，端著熱茶暖手，抬頭瞧見阿秀安安靜靜地站著，便問：「這兩日可無聊了？可是又做針線了？」

阿秀抬起眸子，看著蕭謹言溫柔的眉眼，小聲道：「這兩日奴婢躲懶了，並沒有做多少針線，去找阿月玩了。」

蕭謹言見阿秀回答時小心翼翼的樣子，像極了認錯的小孩，又想起阿秀如今正是愛玩的年紀，讓她整日待在房裡，確實悶了些，遂笑道：「等過一陣子，開了春，我帶妳出去踏青。」

阿秀臉上頓時出現陽光般的笑容，一個勁兒地點頭。「好呀，那世子爺可要說話算話。」

兩人正閒聊著，後罩房那邊忽然傳來一聲尖銳的慘叫，阿秀被嚇得心跳漏跳了兩拍，還沒反應過來，就有個小丫鬟急急忙忙挽了簾子跑進來道：「世子爺，不好了！不知怎麼回事，清漪姊姊的半邊臉被燒得通紅了！」

蕭謹言略略一滯，便急忙起身往前走。

阿秀心驚肉跳，跟在了他身後。

這時，清瑤和張嬤嬤也聽見清漪在隔壁的喊聲，連忙趕過去，發現了清漪放在梳妝檯前那瓶玫瑰香露。

清瑤嚇了一跳，正要開口說話，卻被張嬤嬤打斷了。「清漪，妳這玫瑰香露是哪裡來的？」

這會兒，清漪的臉燒得厲害，又疼又癢，又不敢伸手抓，只一邊哭、一邊道：「我在茶房的茶葉櫃上瞧見的，見是好東西，就拿回來用了。」

張嬤嬤便瞪著眼珠罵她。「妳這個沒眼力的，虧妳還是大少爺房裡的大丫鬟，難道沒見過這種東西嗎？怎麼就起了心思……」

她正想再往下說，就聽見外頭小丫鬟火燒火燎的聲音。

「世子爺來了、世子爺來了！」

清漪聽說蕭謹言來了，忍不住哭得更大聲，一迭聲道：「世子爺，您一定要替奴婢做主，奴婢……奴婢……」

蕭謹言上前，瞧清漪的小半邊臉上紅腫破皮，像是被什麼東西給燙到了。

還沒等他開口，清瑤忽然眼色一閃，將放在梳妝檯上的小瓷瓶遞給蕭謹言。

「世子爺，清漪的臉是用了這個被燒傷的，不如問問我們房裡誰有這個東西，便知道是誰要害清漪了。」

第四十一章

阿秀心下一驚，雙手忍不住握拳，只咬了咬唇瓣，並不發話。

倘若她不是粗心大意把這個東西留在茶房，又如何會被清漪拿了去？

倘若不是被清漪拿去，如今被燒傷臉的就是她！

阿秀忽然醒悟，只怕這東西根本是為她準備的！

她心下一冷，但畢竟不是十歲的孩子了，稍稍冷靜一下，便抬起頭對蕭謹言道：「世子爺不如先請個大夫過來，看看清漪姊姊的臉，女孩子家的容貌可是最重要的。」

清漪疼了半日，發現只有阿秀說的幾句話是為她著想，哭著點頭道：「世子爺，奴婢……奴婢的臉若是毀了，以後還怎麼服侍世子爺呢？」

蕭謹言急忙轉身吩咐小丫鬟。「去寶善堂請大夫來。」說著，伸手接過清瑤手中的小瓷瓶，放在鼻翼下嗅了嗅。

清瑤神色緊張道：「世子爺當心。」

蕭謹言眉梢一動。「是玫瑰香露，氣味倒是馨香得很。」

清瑤正想上前接過瓶子，卻見蕭謹言親自拿起梳妝檯上的木塞子，蓋好瓶口，然後把瓶子遞給阿秀。

「一會兒等大夫來了，給大夫看看裡頭有些什麼東西。」

阿秀有些忐忑不安地接過那瓶玫瑰香露，跟在蕭謹言的身後出門了。

清瑤跟了兩步，見蕭謹言走遠，悄悄遞給張嬤嬤一個眼色，兩人便也撇下清漪，往外頭去了。

「姑母，如今這玫瑰香露被清漪用了，我們還要不要拿好的去換回來呢？」

張嬤嬤在前頭走了兩步，聞言轉身看著清瑤。

「妳方才做得很好，先轉移注意，就算不能一下扳倒那小丫鬟，只要讓世子爺知道她有害人之心，即便太太心善，也不會把她留在身邊的。」

說完，她擰眉道：「現在不如……將計就計，就說她故意要害清漪。至於櫻桃那邊，我等會兒去跟她打個招呼，讓她死咬著說香露是好的，由不得那小丫鬟辯解。」

清瑤點點頭，心裡卻隱隱不安，又問道：「那我這會兒還要出去嗎？再不走，只怕天晚，府裡要掌燈了。」

張嬤嬤笑道：「走什麼走，正是有好戲看的時候，妳安心去房裡待著。」

阿秀小心翼翼跟在蕭謹言身後，手裡拿著那瓶玫瑰香露。此時的玫瑰香露，竟成了可以害人的毒藥。

猛然間，阿秀想起了什麼，急忙道：「糟了，我得告訴她們去！」

蕭謹言聽阿秀自言自語，轉身蹙眉問她。「阿秀，妳怎麼了？」

阿秀的神色更凝重了，手裡握著玫瑰香露，抬起頭看蕭謹言。

她不知道他會不會毫不懷疑地相信她，她對自己沒有信心，她向來就是這樣包子的個性。前世是這樣，今生想改，奈何還沒能改過來。

蕭謹言眸中透出擔憂的神色，凝視著阿秀。

「阿秀，不管發生什麼事情，我都會站在妳這邊。」

這句話像是陰天裡的陽光，瞬間破開重重的烏雲，讓阿秀眼前的灰暗變成一片光明。

阿秀努了努嘴，小聲道：「其實……這瓶玫瑰香露是我的。今兒我和阿月她們去花房玩，是花房裡的櫻桃姊姊送的，我們每個人都有一瓶。」

蕭謹言聽到這裡，有點明白了，又問道：「所以，清漪用過之後，臉被燒壞了，妳要去通知其他人是不是？」

阿秀重重點頭，小聲道：「櫻桃姊姊說這是新製的，還沒來得及呈上去給太太、姨娘們，讓我們先試試，看看好不好用。」

這下，蕭謹言已經完全了解了。櫻桃原是文瀾院的大丫鬟，在他房裡服侍到十八歲，才出去配了小廝，最是細心謹慎，怎麼可能會把有問題的東西拿出來給小丫鬟們用？定然是有什麼陰謀。

蕭謹言覺得有些頭疼，前世他不拘小節慣了，從沒細細想過文瀾院裡的事，如今一想，看似表面和氣的文瀾院，暗中竟也波濤洶湧。若這波濤捲及了阿秀，他是萬萬不容許的。

「若給她們的玫瑰香露都是好的，單單給妳的有問題，阿秀，那妳該怎麼辦？」

蕭謹言蹙眉，看著阿秀瘦削的肩膀和纖細的身軀，頓時心疼得無以復加。

他向前走了幾步，瞧見清霜從外頭進門，遂朗聲道：「清霜，去花房把櫻桃喊來。」

清霜還沒弄清楚發生了什麼事，就瞧見蕭謹言面色鐵青地從抄手遊廊上走過，身後跟著戰戰兢兢的阿秀，忙不迭行禮應道：「奴婢這就過去。」

清霜轉身要走，又被蕭謹言喊住。

「去二少爺那邊，把前幾日跟阿秀一起進來的小丫鬟也叫來，讓她帶上今兒櫻桃送給她的玫瑰香露。」

阿秀隱隱能看出蕭謹言的震怒了，這種怒意，她在前世未曾瞧見過。記憶中的蕭謹言總是一副溫文爾雅的樣子，即便偶爾動怒，也不曾像今天這樣。

「爺……爺不要這樣。」阿秀緊跟幾步上去，小聲勸慰。

蕭謹言也覺得方才有些失態，壓抑住情緒，對阿秀道：「妳放心，我不過就是查查事情的真相。不管是妳還是清漪，皆是文瀾院的丫鬟，任何一個人有閃失，都是文瀾院裡的事。」

阿秀還想再說些什麼，蕭謹言卻已經快步往前走了。這幾日，雖然他在宮裡守夜，睡得少些，可有些事情想得好像比前世更通透了。

阿秀緊跟在蕭謹言身後，門口的丫鬟見他們快步走來，忙挽起簾子，迎兩人進去。

阿秀去熏籠上取了熱茶，遞給蕭謹言。

「世子爺，您先喝口熱茶消消氣。」

蕭謹言抬起頭，看著阿秀白嫩細滑的臉頰，無法想像，若清漪的傷傷在她臉上，會是怎樣的後果？

他有些後怕地伸手撫摸阿秀的臉頰，柔軟指腹在光滑皮膚上摩挲而過，又低下頭，大掌扣著阿秀的後腦勺，額頭和額頭相抵，兩人之間的距離不過方寸。

「阿秀，妳不要怕，我會保護妳。」

阿秀正視著蕭謹言幽黑深邃的眼眸，一時間有些失神，想起前世的慘死，忍不住潸然淚下。

「怎麼了？」

蕭謹言慌了神，用手指擦去阿秀臉上的淚痕，以為是他這樣的動作嚇壞了她，連忙鬆開手。

「阿秀，我不是故意的。」

阿秀退後兩步，稍稍福了福身子，努力控制著自己的情緒，小聲道：「奴婢去看看清霜姊姊回來沒有。」

蕭謹言暗暗嘆氣，看著阿秀的背影，心裡覺得莫名難受。

為什麼這一世的阿秀，跟上一世不同了呢？上一世的她，完完全全依賴他，可這一世，她卻會刻意和他保持著距離，即使在最貼心的時候，也不能感受到那種全心全意依靠的感覺。

蕭謹言覺得，也許是阿秀還太小的緣故，如何能想到，是因為阿秀心裡還存著對前世悲劇的懼怕。

清霜去找櫻桃時，櫻桃正拿著水壺給花房的花木澆花，聽見清霜的聲音，愣了愣，臉上的表情僵硬起來。難道這麼快就事發了嗎？

櫻桃強壓著心裡的緊張，小聲問道：「妳知道世子爺為什麼喚我過去嗎？」

清霜搖搖頭。「我也不知道，我剛從外頭回來，世子爺就叫我來喊姊姊。不過，世子爺臉上不大好看，姊姊去了可要當心些。」又道：「我還要去二少爺那邊一趟，就不陪著姊姊過去了。」

櫻桃握著手中的水壺，有些愣怔地看著清霜離去，忽然間覺得腳上一陣冰涼。原來是壺中的水不知不覺倒了出來，潑濕了她的衣裙和鞋尖。

文瀾院裡陰沈沈的，眾人都不敢開口。

阿秀站在廊下等清霜，從茶房裡端水出來的墨琴皺著一張小臉問她。「阿秀，世子爺到底怎麼了？我從沒瞧見他那副樣子，看著好嚇人，都不敢進去添茶了。」

阿秀也不知道怎麼說，便道：「這兒沒什麼事，我來服侍就好，妳去後面瞧瞧清漪姊姊的臉怎麼樣了。」

墨琴鬆了口氣，將茶盤遞給阿秀，拍拍屁股走了。

墨琴剛走開，阿秀就聽見裡頭傳出茶盞碎裂的聲音。

阿秀端著茶盤站在門口，進去也不是、不進去也不是。看來世子爺這次是真的生氣了，只是他在氣些什麼呢？是氣有人要害她，還是氣方才她落著淚從他面前躲開？

阿秀想了想，還是掀開簾子進廳裡，卻瞧見蕭謹言正蹲在地上撿茶盞的碎片，忙不迭放下手上的茶盤，走過去蹲下道：「世子爺，還是我來吧。」

蕭謹言微微一怔，半塊碎瓷還捏在指上。

阿秀要去拿，他卻沒鬆手，霎時，阿秀粉嫩的手指被劃開一道傷痕，嫣紅血液從指尖滴落。

「小心！」

蕭謹言抓住阿秀的手，丟開碎瓷片，拉著她走到一旁，低下頭，將她流血的手指含入口中，帶著溫熱的血腥味，在他舌尖瀰漫開來。

阿秀身子僵硬地被蕭謹言摟在懷中，看著他細細舔去她指腹上最後一絲鮮血。

「這兩日不要碰水了，好好歇著吧。」蕭謹言開口道。

忽然，外頭簾子一閃，墨棋見蕭謹言拉著阿秀的手，頓時愣住了。

阿秀遂急忙把自己的手從蕭謹言掌中抽回來，藏到身後，福了福身子道：「奴婢先出去了。」

蕭謹言抬起頭看著墨棋，她才小聲道：「櫻桃姊姊來了，正在外頭候著呢。」

蕭謹言點頭，命她收拾了地上的碎瓷片。

阿秀掀簾子出門，瞧見櫻桃正有些失魂落魄地站在門口，見阿秀臉上半點傷痕也沒有，表情更疑惑了。

「櫻桃，進來吧。」蕭謹言在裡面開口道。

櫻桃愣怔片刻，整了整身上的衣物，按按鬢角，臉上強擠出笑容，往廳裡去了。

這時候又有小丫鬟進來，身後跟著寶善堂的少東家杜雲澤。

阿秀見是杜少爺親自來，便臉上堆笑，迎了過去。

「杜少爺請往後頭來。」

張嬤嬤瞧見杜雲澤進了清漪的房間，便悄悄回清瑤房裡，對她道：「大夫來了，櫻桃也來了。妳在這邊待著，我去前頭探探消息。」

清瑤和清漪畢竟有些姊妹情誼，遂起身道：「那我去清漪那邊看看，不知道她的臉還能不能治好？」

清漪的半邊臉已經完全破皮紅腫，看著面目可憎，又見是個年輕公子來看診，越發覺得臉上無光，忍不住又哭了起來。

杜雲澤拿著藥粉替清漪上了藥，取紗布蓋好傷口，再用絲帕蒙住清漪的臉頰，這才開口道：「看樣子，姑娘的臉像是被某種液體給灼傷了，也不知道是什麼東西。」

阿秀咬了咬唇，開口道：「東西在世子爺那裡，杜少爺隨我去前頭瞧瞧吧。」

清漪哭得兩眼紅腫，見杜雲澤要走了，問道：「杜大夫，奴婢的臉還能治好嗎？」

阿秀沒有漏掉杜雲澤眉峰瞬間的皺褶，卻聽他柔聲道：「最近這陣子注意飲食，不要吃任何會讓傷口更嚴重的東西，等結痂之後，我再來看看。」

他雖然沒有一口氣滅了清漪的希望，但阿秀知道，這樣的傷，又是在臉上，只怕很難痊癒了。

自櫻桃進了蕭謹言房中，蕭謹言便沒有開口說半句話。

說起來，這幾個大丫鬟，蕭謹言對櫻桃的感情最深，畢竟櫻桃從小服侍他長大。

可那些在蕭謹言心裡，都是前世的事情了，如今眼前的櫻桃，卻讓他覺得有些陌生。

兩廂無語，最後總要有人打破這份尷尬。

「世子爺喊奴婢來，不知是為了何事？花房裡還有好些事情……」

櫻桃的話還沒說完，蕭謹言忽然抬起頭，凌厲的目光似乎能洞穿櫻桃的心思，讓她無端嚇得一顫。都說世子爺落水後改了性子，看來傳言並非是空穴來風。

「阿秀是我看上的人，誰敢動她一下，就是跟我過不去。」蕭謹言不緊不慢地開口。他漸漸發現，有時候把話說清楚，比耐著性子去指點她們來得更快。他不是十七歲的孩子了，也不能讓自己停留在十七歲。

「我的話，妳聽明白了嗎？妳以前是我房裡的大丫鬟，我素來看重妳，管理花房是個還算清閒的差事，若妳不想做了，可以直接回太太。國公府在京郊的莊子不少，挑好了，我自然讓太太放妳過去。」

櫻桃霎時臉色蒼白，看著端坐在前面的蕭謹言，一時間覺得有些恍惚，他再不是她記憶中那個青澀卻溫文爾雅的世子爺了。

蕭謹言難得發這樣的火氣，可是他發現，只要牽扯到阿秀，他便很難控制自己的情緒，遂深吸一口氣道：「妳若不想去莊子，就把今天的事情如實說出來。」

這時，張嬤嬤正在門外偷聽，蕭謹言這番恩威並施的話讓她驚訝不已，見櫻桃這樣子，只怕是要全說出來的，便急忙喊了個小丫鬟來，小聲道：「快，快去海棠院把太太請來，就說是世子爺請的。」

第四十二章

大廳裡，櫻桃撲通一聲跪倒在地，臉上帶著幾分慘白之色。

張嬤嬤在門口等得著急，見阿秀帶著杜雲澤從抄手遊廊那邊走過來，故意提高了嗓音道：「杜大夫來了啊！清漪臉上的傷如何了？」

蕭謹言聽見外頭的聲音，稍稍按下怒意，冷冷掃了跪著的櫻桃一眼，開口道：「起來。」

櫻桃知道蕭謹言不想在外人面前發落她，遂緩緩起身，像以前服侍蕭謹言一樣，站在他的身側。

說話間，張嬤嬤已經挽了簾子放杜雲澤進來。

阿秀去了旁邊的茶房沏茶，進來時聽見蕭謹言拿著小白瓷瓶問杜雲澤。「她就是用這裡面的東西才燒壞了臉，你看看是些什麼？」

杜雲澤拔開小木塞子，低頭輕輕嗅了嗅，又從藥箱中拿出一把鑷子，挾了一團棉花去蘸花露。片刻後，棉花上出現被腐蝕的痕跡。

他立刻起身，將那棉花丟進大廳中的鎏銀百花香爐內，爐火忽然間往上一竄，繼而冒出一股難聞的氣味。

杜雲澤擦過手，接了阿秀送上去的茶盞，慢慢開口道：「這裡頭有綠礬。因為量不多，且玫瑰花香氣濃郁，所以一般人並不能分辨出來。」

蕭謹言也拿了阿秀遞來的茶盞，聞言微微一驚，抬起頭看著杜雲澤。

「聽說綠礬是做火藥用的，居然有人起這種歹毒心思，把它加入玫瑰香露裡害人。」

蕭謹言發怒了，重重地把茶盞擱在茶几上，裡頭的茶水濺出來，弄濕了上面的雪青色墊布。

此時櫻桃臉上又微微變色，低著頭一聲不吭，似乎在等候蕭謹言的發落。

張嬤嬤見狀，咬牙開口道：「世子爺，方才清瑤說得不錯，文瀾院總共就這麼多丫鬟，只要問問玫瑰花露是誰的，不就知道誰要害清漪了嗎？這種蛇蠍心腸的歹毒之人，定然要從文瀾院裡攆出去才行。」

蕭謹言抬頭看了張嬤嬤一眼，眼神中卻沒有多少感情，只是冷得讓張嬤嬤哆嗦，一時沒敢再往下說。

他忽然笑了笑，道：「張嬤嬤說得沒錯，這樣的人光攆出文瀾院還不夠，還要攆出國公府，才算是個教訓。」

張嬤嬤總覺得蕭謹言話中有話，但她是個老江湖了，況且蕭謹言素來是聽話溫順的主子，便繼續道：「世子爺如今大了，房裡難免有幾個不老實的丫鬟，不如趁著這個機會一併收拾了，太太那邊也更放心些。」

蕭謹言聽了，倒是有些好笑了，笑著笑著又有些悔恨，前世張嬤嬤若說這樣的話，他還當真以為她們是一心待自己好，現在卻發現，壓根兒不是這麼簡單的事情。所謂對自己好，無非是對她們更有好處罷了。

「嬤嬤，這裡還有外人呢，說這種話，也不怕杜少爺笑話。我房裡的事情，自有太太操心，嬤嬤如今年紀大了，倒不如回家好好歇歇吧。」

蕭謹言不緊不慢地道，言語中雖沒有不恭，但明眼人都能聽出這是在攆人，張嬤嬤的臉色頓時就有些不好看了。

這時，外頭有小丫鬟進來稟報，說是太太來了。

蕭謹言原本壓抑著的怒火漸漸放大，攏在袖中的手握拳，強忍怒意道：「阿秀，送杜大夫出門吧。」

阿秀抬起頭，瞧見蕭謹言腦門上凸起的青筋，是他發怒的前兆，這個時候支開她，分明是不想讓她瞧見他生氣的樣子，於是頓了頓，福身道：「奴婢先送杜大夫出去。」

阿秀領著杜雲澤出了正廳，就看到孔氏帶著兩個丫鬟進來，忙靠邊行禮。

孔氏瞧見阿秀身後的杜雲澤，笑著道：「杜少爺今兒是過來玩嗎？」才說完，便注意到他後頭揹著藥箱的小丫鬟，忙追問：「怎麼？文瀾院裡有人病了？」

阿秀恭恭敬敬地回話。「清漪姊姊的臉傷了，世子爺請杜少爺來瞧。」

丫鬟不小心有個磕磕碰碰也是尋常事，孔氏便沒有繼續追問，和杜雲澤打過招呼後，往房裡去了。

阿秀把杜雲澤送到二門口，見柱兒正在那邊守著，便道：「柱兒，你送杜少爺出門。文瀾院有些事情，我還要回去。」

阿秀想起蕭謹言方才那極力控制怒意的表情，心裡有些發怵，忍不住加快了腳步。

孔氏進門，看蕭謹言坐在廳裡，難得櫻桃也在，不知道發生了什麼事情，只笑著道：「都快用晚膳了，還巴巴地把我請來做什麼？難道是今兒櫻桃在，請我過來聊聊家常？」

這時，清霜領著阿月從外頭進來，瞧見孔氏身邊的兩個丫鬟在門口候著，不由放慢了腳步，近到門口時，才出聲道：「世子爺，奴婢把阿月帶來了。」

櫻桃又是一驚，抬頭看了張嬤嬤一眼，張嬤嬤便忙不迭笑著對孔氏道：「太太，這麼晚請您過來，也沒什麼大事，就是方才世子爺房裡的清漪不小心弄傷了臉，杜大夫說是用的玫瑰香露裡有問題，所以世子爺請了太太來，想替清漪做主，查查這玫瑰香露到底是誰的，好還她一個公道。」

蕭謹言耐著性子聽完張嬤嬤這段話，唯一的想法是，前世居然沒發現身邊有這麼個老刁奴，他一定是被豬油蒙了心，連人的好壞都分不清楚了。

孔氏聞言，不由震怒，大戶人家少爺房裡的丫鬟有些爭執，雖是常有的事，但做出這樣的事情，無異於鬧出家醜一般。如今蕭謹言尚未婚配，若傳了出去，對名聲可是不好的。

孔氏擰了擰眉，開口問道：「這東西到底是誰的，問出來沒有？」

清霜已經領著怯生生的阿月進來了，張嬤嬤看準時機，開口問道：「妳是叫阿月嗎？我問妳，今兒下午櫻桃送的玫瑰香露，都給了哪幾個人？」

阿月被這陣仗嚇唬住了，忘了思考，只睜大了眼珠子，不敢說話。

孔氏認出這原是蘭家的小丫鬟，便笑著道：「妳別怕，知道什麼就說什麼。」

阿月抿了抿嘴，小聲道：「一共送了四個人，除了我，還有老太太房裡的初雪、初晴，和世子爺房裡的阿秀。」

等阿月說完，張嬤嬤忙接著道：「原來竟是阿秀那小丫鬟，居然做這等傷天害理的事情！太太是沒瞧見，清漪的臉就這麼毀了，好好一個姑娘，奴婢是看著她長大的。」說著，不忘作戲地擦了擦眼角。

蕭謹言已經在怒火爆發的邊緣，卻強忍住了，想再多看這人骯髒的嘴臉一眼，索性假作淡然地端起旁邊的茶盞，抿了一口茶。

這時，阿秀正好從外面回來，小心翼翼地挽起簾子，瞧見蕭謹言淡定喝茶的樣子，一顆心頓時回到胸口，嘴角忍不住露出些許笑意。

孔氏見阿秀回來，厲聲道：「歹毒的小丫鬟，還不快給我跪下！」

阿秀嚇了一跳，立刻跪下來。

忽然，蕭謹言將茶盞砸到了張嬤嬤腳前，大聲道：「阿秀，妳給我起來！」

張嬤嬤被蕭謹言突如其來的發難嚇了一跳，阿秀則左右為難。

蕭謹言站起身，幾步走到阿秀跟前，伸手拉她，冷眼看著張嬤嬤。

「妳們瞧見我多寵了她一些，便想方設法要害她，見事情敗露，就來個反咬一口。「今天，我也把話說明白了，即便妳們的計劃得逞，毀了阿秀的容貌，我也不會讓她離開我半步！」

孔氏頭一次瞧見蕭謹言這副模樣，瞪大的雙眸裡，燃燒著熊熊怒火，一向內斂沈穩的兒子，竟為了個小丫鬟在她面前大發雷霆。

孔氏氣得往後退了兩步，跌坐在紅木圈椅上。

蕭謹言轉過身子，將阿秀護在身後。

「母親，今兒請您來的不是我，而是那老刁奴；想害人的也不是阿秀，到底是誰要害人，太太問問櫻桃就知道了。」

這時，一直低著頭站在旁邊的櫻桃撲通跪下，雙眸含淚道：「太太饒了奴婢吧！奴婢也不想的，奴婢……」

見蕭謹言這架勢，必定是要將那個叫阿秀的小丫鬟護到底了，櫻桃知道此事必定沒有半點勝算，遂哭著求饒。

「奴婢……奴婢先前在文瀾院當差時，曾剋扣了一些銀子，後來帳本交出去，是張嬤嬤和清瑤替奴婢擔著，如今她們便以此為要脅，讓奴婢幫她們把阿秀的容貌……」說到這裡，泣不成聲了。

孔氏素知公卿豪門之家從不少這些陰私勾當，但她畢竟是名門孔家出來的，管理許國公府多年，也算是治家清明。本以為許國公府比起別的人家，門風不止好了一點、兩點，誰知道今日世子爺的院子裡居然出了這樣的骯髒事情，氣得一甩袖子，將茶几上的茶盞掃落在地。

瓷片碎裂的聲音把張嬤嬤從方才的震驚中驚醒，忙屈膝跪下，含淚看著孔氏。

「太太，您不能聽信櫻桃的片面之詞啊，奴婢怎麼會做這種事情呢？世子爺是奴婢奶大的，奴婢怎麼會害世子爺的人。」

蕭謹言聽見奶大這句，真是噁心得要吐出來，還不等他開口，孔氏已先道：「是我的錯，竟讓言哥兒喝了妳這種人的奶水。幸好如今言哥兒仍舊行得正、坐得直，不然我便是死了，也對不住蕭家的列祖列宗！」

張嬤嬤聽孔氏這麼說，心裡哀嘆一聲，孔氏平素就喜歡裝大度、愛面子，只要認定的事情，很難改變；況且櫻桃當年也是孔氏身邊的人，後來又服侍蕭謹言五、六年，主僕情分依舊。

張嬤嬤見勢不妙，哭著道：「太太，奴婢這麼做，也是為了世子爺好啊！您想想看，府裡那麼多丫鬟，哪個不是出挑的？文瀾院裡的四個大丫鬟，哪個不是頂尖的美人？可世子爺偏偏喜歡這個身子還沒長開的小丫鬟。奴婢怕世子爺染上不好的習性，丟了許國公府的臉面，才會出此下策，想替太太把這小丫鬟弄走。」

這時，一直站在旁邊的清霜忍不住了，開口道：「張嬤嬤說這話，不怕遭天誅地滅嗎？哪家的公子房裡沒有幾個得寵的小丫鬟？太太把阿秀留在世子爺身邊，無非就是這麼個念想。難道因為阿秀長得好看了些，世子爺寵她厲害了些，妳們便要害她嗎？

「話說白了，不就是因為世子爺想讓清瑤把帳本交給阿秀！妳們交不出來，便想著法子告病躲出去。如今阿秀都親自和世子爺說了，她不要管帳本，妳們還是容不下她，要弄壞她的臉，到底是誰蛇蠍心腸，明眼人都看在眼裡呢！」

清霜平素少言寡語，卻也是個厲害人，一番話說出來，頭頭是道，由不得張嬤嬤反駁半句。

可張嬤嬤在文瀾院裡向來作威作福慣了，這時候聽清霜說她，竟瞪大了眼睛，恨不得上去招呼她一巴掌。

孔氏聽完這些話，忍不住頭疼起來，揉著腦門，吩咐站在身邊的春桃。「妳去喊王嬤嬤來，讓她把張嬤嬤和清瑤一家發賣出去，許國公府容不下這樣的下人，這手段簡直駭人聽聞。

「至於櫻桃，他們一家子管著花園好些年了，就讓他們去莊子上，管管莊子也是一樣的。」

張嬤嬤聞言，無力反駁了，吭出一聲氣，往前倒了下去，那張老臉正對著阿秀的腳尖。阿秀嚇得後退兩步，蕭謹言拉著她的手，讓她站在他身旁。

「母親不要為這件事生氣了，如今查出來就好，只是清漪的臉……」蕭謹言提了兩句，繼續道：「若是以後好不了了，也請您給她指一戶好人家。」

孔氏點點頭，心裡有些傷感。

「清瑤和清漪都是我調教出來的丫鬟，清漪雖然大大咧咧了點，可人品不壞，清瑤更不用說了，從小就是乖順溫柔的性子，誰知道會做出這樣的事情來。我原本想著，她是個妥帖人，可以長長久久服侍你一輩子。」說著，她忍不住拿帕子擦了擦眼角的淚痕。

這時，外頭傳來清瑤撕心裂肺的哭聲，拉長著嗓音道：「太太……太太……是奴婢一個人的錯，跟奴婢的姑母和家人無關，太太要罰就罰奴婢一個人吧！是奴婢小心眼，容不下那丫頭！」

孔氏抬起頭，看著被蕭謹言護在身後的嬌小身軀，那張臉雖然尚未長開，但眉目中確實已有了幾分柔媚之色。

這樣的孩子，若是教不好，以後留在蕭謹言身邊，也是禍害大於益處。

孔氏對阿秀招了招手，把她喊到跟前。

「阿秀，太太知道世子爺喜歡妳，可國公府有國公府的規矩，今日她們要害妳，雖然是她們的錯，但歸根結柢，還是因為妳壞了府裡的規矩。這樣吧，以後妳待在我的海棠院，先做個二等丫鬟。」

孔氏這話一出，連蕭謹言都驚呆了，長相廝守的日子還沒開始呢，難道就要兩地相隔？一時懊惱得恨不得撞牆。

可他心裡知道，若是這會兒向孔氏求情，非但不會讓孔氏收回成命，還很可能連累阿秀，讓她在孔氏面前更受冷待。

誰能想到，他對阿秀的寵愛，終究還是成了傷害她的利器。

阿秀倒是表現出難得的平靜，雖然在蕭謹言身邊服侍是她莫大的心願，可她也知道，如今這年紀，即便做個二等丫鬟，也是孔氏抬舉了。

孔氏這麼做的目的，無非是想把她調教到最好，再送回蕭謹言跟前。到那個時候，整個許國公府，就沒人會有半句微詞了。

阿秀忽然覺得，這是個兩全的辦法，況且她也不想再經歷那日沐浴的尷尬。蕭謹言正是食髓知味的年紀，她卻給不了他這些，與其在他身邊苦惱，不如在太太身邊服侍兩年，等她長大。

阿秀想通了，臉上帶著平和的笑，恭恭敬敬地向孔氏行禮。

「多謝太太抬舉，奴婢願意跟著太太去海棠院。」

孔氏還在想，若阿秀不肯跟她去，執意要留在文瀾院，她就真要好好考慮一下阿秀的去留了。

可這一刻，她看見阿秀平靜的面容、嘴角微微勾起的笑意，頓時對她高看了幾分，拍著她的手背道：「好孩子，放心吧，文瀾院裡總會留好妳的缺的。」

於是，孔氏起身，阿秀忙不迭上前虛扶了她一把。站在一邊的春桃幫孔氏將方才脫下的大氅披上，隨著她走到門口。

清霜挽起簾子，目送她們出去。

此時，蕭謹言眼中已掩蓋不了落寞，看著阿秀小小的身影，緊緊握拳。

清瑤跪在鵝毛大雪中，凍僵了臉頰，瞧見阿秀扶孔氏出來，跪著上前兩步，卻被身後的婆子拉住了。

清瑤哭道：「太太當初把奴婢賞給世子爺，為的不就是讓奴婢做世子爺的通房嗎？太太怎麼因為這個小丫鬟而不要奴婢了呢？奴婢生是世子爺的人、死是世子爺的鬼！」

孔氏居高臨下地望著她，一向溫婉的臉上，透出幾分冷淡。

「不知好歹的丫頭。」

清瑤想去拉孔氏，阿秀上前，稍稍擋開了清瑤伸出來的手，扶著孔氏離開文瀾院。

兩個粗使婆子進來，把昏死在地上的張嬤嬤拖走了。

幾個小丫鬟安安靜靜地蹲在地上，收拾廳裡被砸壞的茶盞，偶爾發出碎瓷片碰撞的清脆聲音。

蕭謹言一動不動地坐在紅木圈椅上，表情凝重。

前世他沒有護好阿秀，難道這一世又要重蹈覆轍嗎？

不能在眼前看著她長大、不能在房裡聽著她睡著的呼吸聲，光想，他便覺得難熬。

把阿月送走後，清霜端著茶盞進來，見蕭謹言還在那邊唉聲嘆氣，便開口勸道：「其實阿秀跟著太太過去，未嘗不是件好事。」

清霜小心翼翼地觀察蕭謹言的表情，見他沒有動怒，才繼續道：「阿秀年紀這麼小，就在文瀾院當一等丫鬟，府裡不知有多少人眼紅呢。今兒是清瑤和張嬤嬤，明兒不知道還有誰。世子爺防得了一天，卻防不了一世，還不如讓阿秀跟其他小丫鬟一樣，從低等丫鬟做起。

「如今，阿秀跟在太太身邊，太太必定盡心竭力教她，總比在這兒事事都要自己摸索得強。況且阿秀服侍過太太，以後世子爺想將她收房，老太太也會高看她幾分。」

蕭謹言如何不懂這些道理，可是一想到好不容易弄到身邊的人又飛了，心裡還是止不住地懊惱，只一個勁兒嘆氣。

清霜瞧蕭謹言這樣子，忍不住笑了起來。

「世子爺也真是的，有句話說：『心急吃不了熱豆腐。』世子爺就是再著急，也得讓阿秀……」說到這裡，忍不住覺得有些臉紅了。

蕭謹言見狀，接過她手中的茶盞，略帶煩躁地一口喝了下去。

第四十三章

阿秀跟著孔氏回了海棠院。海棠院在許國公府的坤位，昭示著孔氏在府裡的地位。

孔氏身邊一共有十六個丫鬟，四個一等、四個二等，還有八個粗使丫鬟。除了一等丫鬟不大認得之外，其他四個二等丫鬟，阿秀還是有些印象的。

孔氏將一等丫鬟與二等丫鬟全喊進了正廳，吩咐道：「如今阿秀也來了我們院子，妳們都是年輕的小姊妹，要互相照應著。」

一等的大丫鬟倒還好，幾個二等的小丫鬟便忍不住朝阿秀看去，能在孔氏跟前當二等丫鬟，少不了也是家裡有些背景、年紀有十二、三歲的，所以瞧見阿秀這十歲的樣子，便有些輕慢。

不過其中有人知道阿秀的來頭，看阿秀的眼神中便多了幾分少女天生的妒忌，但在孔氏跟前，還算收斂。

大丫鬟春桃便笑道：「太太放心，奴婢們一定會跟阿秀和睦相處的。」

眾人以春桃馬首是瞻，遂點頭跟著她應了聲。

孔氏又看這些丫鬟一眼，想起蕭謹言那邊如今沒了清瑤，又少個阿秀，清漪的臉也毀了，五個一等丫鬟折了三個，有些不放心。

她抬起頭掃過去，見冬梅和熙春的容貌最出挑，便開口道：「冬梅、熙春，以後妳們兩個就去文瀾院服侍吧。」

熙春聞言，眼中閃過一絲笑意，小心翼翼地跟著冬梅一起謝恩。

府裡不知多少人想去文瀾院當差，奈何這幾年文瀾院總沒有空缺。前些日子聽說清珞的娘想求太太讓女兒出去嫁人，熙春便想著如何在王嬤嬤跟前疏通疏通，好讓太太把她安插到文瀾院裡，可巧這運道忽然間就來了。

孔氏吩咐完，聽見外頭傳來火燒火燎的腳步聲，緊接著簾子一閃，王嬤嬤皺著眉頭進來回話。

「太太，方才幾個婆子押櫻桃出門，走到後花園的九曲橋時，那丫頭翻身就跳了進去。這三九寒冬的，人又穿得厚實，一下子就沈了，這會兒正讓小廝趕緊撈上來呢！」

這時天有些晚了，外頭又下著雪，陰沈沈的，孔氏聞言，也嚇了一跳。

王嬤嬤瞧見孔氏臉上的神色，忙道：「太太別著急，奴婢只是先來跟太太說一聲。小廝正在那邊救人，奴婢這就去看看怎麼樣了。」

孔氏連連點頭。「快去快去，再一點，別鬧出太大動靜。榮安堂那邊也請人去說一聲，千萬不能驚動了老太太。」

王嬤嬤慌忙點頭，轉身而去。

孔氏有些頭疼，往後走了幾步，瞧見阿秀低眉順眼站在跟前，又想起今日這些事情都是因她而起，便生出幾分心煩，揮揮手道：「妳們出去吧。」

且說蕭謹言聽進清霜的一番勸告，也想通了，這才想起竟忘記沐浴更衣。

清霜忙喊丫鬟、婆子去打水，卻瞧見一個小丫鬟慌慌張張地從外面跑進來。

「不好了、不好了！櫻桃姊姊投水了！」

清霜手裡正端著茶盤，冷不防顫了一下，聽見蕭謹言在房中問道：「怎麼了？」

清霜瞪了大呼小叫的小丫鬟一眼，吸口氣道：「聽小丫鬟說，櫻桃投水了。」

蕭謹言卻沒有她想像中的驚訝，前世許國公府裡也有幾個投水的丫鬟，這些事情對他來說不算新鮮，只是心裡有些嘆息。

「她是覺得連累一家人，沒臉了。早知今日，何必當初呢？」

清霜一時不知如何接話，頓了片刻才道：「世子爺還是先沐浴更衣吧，一會兒太太那邊就要傳膳了。」

蕭謹言想起，如今要進了海棠院才能見到阿秀，便站起來道：「好吧，妳快去打點。」

孔氏還在房裡焦急地等消息，不一會兒王嬤嬤又差了小丫鬟來回話，說是幸好府裡的荷花池淺，人已經救上來了，叫她家裡人帶回去，也請大夫瞧過，應該沒有大礙。

孔氏默唸了一遍阿彌陀佛，看看時辰已經晚了，便把冬梅和熙春喊進來吩咐。「妳們今兒就去世子爺那邊當差吧，這會兒時辰不早，該預備晚膳了。」

孔氏說著，又喚阿秀進來。「妳跟著她們過去，把妳的東西收拾收拾，就過來吧。」

阿秀畢恭畢敬地應了，跟著冬梅和熙春出去。

冬梅今年已經十六，按照許國公府的規矩，丫鬟到了十八歲，要麼在府裡配人，要麼出去嫁人。冬梅是蕭家的家生子，到了年紀，若是沒給世子爺收房，必定就是配個小廝的命。孔氏喜歡安分老實的人，所以便想著讓冬梅過去，至於能不能得蕭謹言的青眼，就看她自己的造化了。

至於熙春，孔氏倒沒想那麼多，她是清漪的妹妹，如今清漪不中用了，讓她過去，也算是種安慰。

可熙春哪裡知道，她去文瀾院的機會，竟是填了姊姊的缺，這會兒正一味高興，從孔氏房中出來後，便臉上堆笑，去後頭收拾東西了。

阿秀站在抄手遊廊的末端，等冬梅跟熙春出來。

這時，海棠院裡正在布晚膳，丫鬟來來往往，見阿秀站在那邊，有的人抬頭看她一眼，有的人權當沒看見，只做自己的事情。

春桃帶著幾個提食盒的小丫鬟進來，瞧見阿秀小小的身子站在廊下，一張臉凍得通紅。想起方才在文瀾院中的驚濤駭浪，這個小姑娘大概被嚇壞了，她哪裡知道，世子爺的寵愛有時候也會害了她呢？不過幸好她腦筋清楚，願意跟著太太過來，應該是個聰明的孩子。

「阿秀，妳怎麼站在這兒呢？外頭風雪大，不去房裡待著嗎？」春桃上前問道。

「太太吩咐我跟冬梅、熙春兩位姊姊回文瀾院取東西，我正等著兩位姊姊收拾呢。」

春桃往後面看了一眼，見遊廊盡頭半點動靜也沒有，便笑著拉阿秀的手。

「妳去正房廊下等著，一會兒她們出來了，再迎上去也不遲。這裡是風口，仔細受了風，病倒可不好。我們做丫鬟的千萬不能病，妳懂嗎？」

阿秀忍不住點點頭，前世春桃後來嫁給許國公府二管家的小兒子，是太太的左膀右臂。阿秀素來知道她人面廣又心善，遂感激地看著她。

一時間，冬梅和熙春揣著包袱出來了，見春桃站在阿秀旁邊，便笑著道：「就先整理了幾件常換洗的衣服，還有好些東西，等明兒空了，喊婆子一起搬過去。」

春桃看看天色，點頭道：「去吧，時候不早了。這幾日主子們也累了，早些用過晚膳，就休息吧。」

阿秀想起蕭謹言已經幾日沒睡好覺了，有些心疼，便趕緊跟在冬梅和熙春身後，去了文瀾院。

冬梅和熙春在前頭走著，阿秀小心翼翼地跟在後面，聽見兩人閒聊起來，雖然故意壓低了聲音，奈何這風是朝後頭吹的，所以阿秀一句沒漏地聽了個清楚。

熙春道：「還是太太有辦法，把那小丫鬟給弄走了。前兩天我姊姊才跟我說，世子爺見了那小丫鬟，跟見了妖精似的，一刻都離不開身呢。」

冬梅便道：「妳小聲些，人還在後頭跟著呢。」

熙春笑道：「怕什麼？太太把她弄到跟前，不就是不想讓世子爺跟她在一塊兒嗎？如今她沒了世子爺這座靠山，又進了太太的正院，還不得規規矩矩地從小丫鬟開始做起。」

「太太可沒說讓她做末等的小丫鬟。如今我跟妳都走了，會有一等和二等丫鬟的缺，沒準兒太太是想把她留在跟前調教幾年，再讓她回世子爺那邊服侍。」

熙春哈哈笑了起來，又怕阿秀聽見般，故意壓低了嗓門道：「世子爺會喜歡她？不過就是一時新鮮，加上那天在後花園裡的事情，要給蘭姨娘家一個交代罷了，妳還真當世子爺會喜歡一個毛還沒長全的小丫鬟呢！」

阿秀垂眸聽著，卻越發覺得她們說得有些道理。男人的寵愛哪能長久，若是真的離開了蕭謹言，是否還有機會再回去，誰也不知道。

阿秀想著想著，忽然又傷感起來，忍不住吸了吸鼻子，覺得臉上涼涼一片，遂急忙伸手，把淚痕給擦了。

阿秀回文瀾院時，蕭謹言剛剛沐浴更衣完畢，正捧著一杯熱茶，坐在次間臨窗的大炕上。

想起那日阿秀睡在這炕上的情景，蕭謹言忍不住嘆了口氣。

清霜挽了簾子進來，福身道：「爺，太太那邊遣了冬梅和熙春過來服侍，爺看看讓她們補誰的缺吧。」

蕭謹言腦子裡想著前世這兩人後來的發展，一時沒想出來。許國公府的丫鬟太多，除了文瀾院裡的丫鬟，其他丫鬟最後是什麼下場，他實在記不清了。

冬梅和熙春進了廳，清霜便把她們喊過來，兩人忙跪下給蕭謹言磕頭行禮。行完禮，冬梅只低著頭，熙春卻忍不住抬起眼，悄悄瞧了蕭謹言一下。

蕭謹言放下茶盞，並沒有遺漏熙春方才那個小動作。

前世他不拘小節，如今才稍稍用心，便覺得那一切就如幻象一般。經歷了張嬤嬤和清瑤陷害阿秀這件事，蕭謹言覺得自己真的需要警醒一些了。

「冬梅就補清瑤的缺。」蕭謹言說完，又問道：「妳識字嗎？」

冬梅小聲道：「略略識得幾個字。」

蕭謹言便道：「那明兒開始，妳和清霜一起把清瑤留下來的帳本及文瀾院小庫房裡的東西好好清點清點，弄清楚了，以後這帳就交到妳的手上。」

蕭謹言原是想把文瀾院的帳交給清霜管，又想起他允了清霜，以後會把她送給孔文，所以乾脆把帳務交給冬梅，她在孔氏跟前服侍這麼多年，應該靠得住。

蕭謹言想到這裡，又想起櫻桃和清瑤，哪個不是孔氏跟前出來的，最後卻做出那樣的事情，便苦笑一聲，對冬梅道：「希望妳能做得比別人好。」

冬梅新來乍到，還沒弄清楚文瀾院發生的事，聽蕭謹言這麼說，只小心翼翼地應了聲是。

這時，孔氏那邊派了小丫鬟過來請蕭謹言去用膳。

蕭謹言正欲起身，熙春卻抬起眸子，帶著幾分羞澀，小聲問蕭謹言。「世子爺，那奴婢呢？奴婢補誰的缺？是不是補了阿秀的缺？」

熙春只是隨口一說，既然冬梅補了清瑤的缺，那她補阿秀的缺，也說得過去啊。

可是她哪裡知道，阿秀的缺，在蕭謹言心裡是無人能補的，只這一句，就讓蕭謹言對她厭惡橫生，隨口丟下一句話。「清漪病著，妳先去服侍妳姊姊。等她好了，再看看文瀾院還有什麼地方缺人吧。」

熙春聞言，臉色一陣紅、一陣白，見蕭謹言起身就走，心裡又急又惱，只能哼了一聲，兀自生悶氣。

清霜挽了簾子引蕭謹言出來，外頭的雪又大了一點，清珞忙不迭把手上的駝色素面杭綢鶴氅給他披上，又將手爐遞過去，招呼婆子上前打好傘，這才開口道：「爺，可以走了。」

蕭謹言低下頭，瞧見手爐上套著的正好是阿秀繡的歲寒三友錦緞套子，又忍不住想起阿秀。

這時，他忽然瞧見一旁的抄手遊廊上，走來一個挽著小包袱的瘦小身影。

蕭謹言開口喊了一聲。「阿秀。」

阿秀抬起頭，發現蕭謹言正在雪裡望著她。

如今已是分別的時刻，阿秀顧不得避嫌，上前恭恭敬敬給蕭謹言行了禮。

「世子爺，奴婢過來拿幾樣東西，今晚就要在太太那邊當值了。」

蕭謹言看阿秀的神色沈靜溫婉，稍稍放下心，點頭道：「去吧，太太最是寬厚溫和，妳在她身邊要好好服侍。」

阿秀點點頭，嘴角揚起淺笑。

「阿秀知道，阿秀一定會好好服侍太太，請世子爺放心。世子爺也要多加注意身子，晚上看書不要熬得太晚了……」心裡終究還是捨不得，越說，越覺得鼻子酸溜溜的，眼眶熱了起來，眼淚很不爭氣地在裡面轉來轉去。

天知道蕭謹言這會兒有多想把阿秀抱在懷中，可當著那麼多下人的面，他不能這樣。他對阿秀的寵愛已經傷害了她，唯一的辦法，就是讓自己變得更加強大，強大到沒有人敢因他對她的疼寵而傷害她。

蕭謹言的嗓音也有些沙啞。「走吧，跟我一塊兒去太太那邊。」

阿秀福了福身子，跟在蕭謹言的身後。

一晃眼，正月已經過去了大半。因為太后娘娘的喪事，整個年裡沒有好好熱鬧，十五的燈會也取消了。按照大雍的老例，太后娘娘的棺槨在永壽宮停靈二十七日，然後送往東郊皇陵安葬，部分官員與有品級的夫人須隨行。

最近孔氏入宮頻繁，沒空管家裡的事，所幸海棠院裡有春桃看著，再加上阿秀乖巧懂事，大家從一開始的又羨又妒，變成了只羨慕不敢嫉妒，畢竟這樣的女娃兒，受人疼愛也是尋常事。

現在蕭謹言每日早晚來海棠院用膳時，就會瞧見阿秀，兩人雖然不在一個院子，但蕭謹言對阿秀的想念是一分也沒有減，還時常吩咐廚房做些糕點小吃，命文瀾院的小丫鬟偷偷送過來。

對於這樣的事情，孔氏是睜一眼，閉一眼，孩子大了，有喜歡的人是正常的。如今阿秀在海棠院裡老老實實地待著，孔氏也真心覺得阿秀貼心，這不，才幾日工夫，阿秀已經給她做好兩方帕子、幾雙鞋襪了。

孔氏雖然面上不說什麼，但心裡暖暖的。蕭瑾瑜和蕭瑾璃雖然都是她一手教養的，但用孔氏的話說，就是萬事不沾手。以前蕭瑾瑜在家時，還曾為許國公和蕭謹言做過幾樣東西，偶爾也會做給孔氏和趙氏。後來，蕭瑾璃更不像話，孔氏連她的一條手帕都沒收過。

這日，蕭瑾璃正好來孔氏這邊用晚膳，瞧見孔氏用了阿秀繡的帕子，便追問道：「母親，這帕子是外頭買的吧？我們家繡房裡可沒這種花樣，四個角上四種紋飾，真是好看呢！」

這方帕子其實是阿秀繡的，還花了一些小心思。因為孔氏身邊的丫鬟是以春夏秋冬來取名，所以阿秀央求清霜給她描了春天的蘭花、夏天的荷花、秋天的菊花以及冬天的梅花，各代表一個季節，繡出這樣的帕子。

孔氏收到這帕子時，瞧出竟是和蘭嫣身上荷包一模一樣的針法，當下恍然大悟，把王嬤嬤喊到身邊，笑著說：「嬤嬤，妳看看，言哥兒真是騙得我好苦啊！原來他早就醉翁之意不在酒了。」

王嬤嬤見了上頭的針腳，也點點頭。

「這真不知是什麼緣分了。不過，我瞧著阿秀這姑娘，真是乖巧懂事，比起我們府裡的丫鬟也不差。如今她在太太身邊，以後調教好了，讓她長長久久服侍著世子爺，太太也能放心。」

如今孔氏聽蕭瑾璃說這帕子好，心裡又高興了幾分，笑著道：「這可不是外頭買的，是阿秀繡的。」

蕭瑾璃努了努嘴，在房裡看了一圈，沒瞧見阿秀，想起她只是二等丫鬟，平常不常到屋裡服侍，便開口道：「那娘讓阿秀也給女兒繡幾塊帕子吧，如今正是國孝，女兒還缺幾方素色帕子換著用呢！」

孔氏萬般寵愛地伸手戳了蕭瑾璃的腦門一記，嗔怪道：「妳房裡有那麼多丫鬟，還惦記著我這裡的？罷了，就讓她給妳繡幾方吧，不過不能多，要是把她累著了，只怕要找妳的人可不是我了。」

蕭瑾璃自然懂得孔氏的言外之意，嘟嘴道：「大哥就是少見多怪，一個小丫鬟也值得他寶貝成這樣，我才不服。」

這時，蕭謹言正好從外面進來，聽見蕭瑾璃最後一句話，笑著問道：「妳有什麼不服，說來我聽聽，我替妳出氣！」

孔氏便笑道：「她能有什麼不服，不過是小孩子心思罷了。」

這幾日，孔氏雖然比之前空了些，心裡卻是焦急。

再過幾日，便是太后出殯的日子，雖說東郊不遠，但下葬前還要做七七四十九日的法事，到時可不像現在這樣，可以早出晚歸，定要在那邊住上一陣子。

為了這件事，她一早就打發了人去東郊，把許國公府家廟裡的幾間院子收拾出來。

蕭謹言瞧孔氏面上有些倦怠憂慮，便問道：「母親有什麼心事嗎？」

孔氏嘆了口氣。「再過幾日，我和老太太、老爺就要去皇陵，不知留你們幾個人在家怎麼辦呀？」

蕭瑾璃笑道：「什麼怎麼辦的，不一樣吃飯過日子嗎？」

蕭謹言知道孔氏擔心的不是這些，而是這四十來天府裡的管理。

他依稀記得，前世是趙姨娘跟蘭姨娘一起管的，結果他們回來時一團亂，兩位姨娘互相穿小鞋穿得不亦樂乎，蘭姨娘也因此失寵。那時候正好來了個新姨娘，懷著身孕，一胎生了個兒子，一下子變成許國公心尖上的人。好在今世的發展變了，這個新姨娘根本沒進府，事情應該不會像前世那麼亂才是。

蕭謹言蹙眉想了想，看著坐在孔氏身旁、一臉天真無邪的蕭瑾璃，想起前世她剛嫁去趙家時，因為太夫人身子不好，趙夫人又跟著趙將軍待在邊關，她小小年紀便要打理中饋，沒少哭鼻子回家請教孔氏的。

那會兒，孔氏傷心難過得不得了，想著一般人家的閨女，嫁到別人家裡，少說也能享幾年少奶奶的清福，只有蕭瑾璃和蕭瑾瑜，一樣都是命苦的，才過門就要給人做牛做馬。

蕭謹言眉梢一動，趁著這個機會，不如讓蕭瑾璃學學管家的本事；再怎麼說，蕭瑾璃是許國公府的嫡女，這段時日由她管家，不比任何一個人更名正言順？

「依我看，二妹妹也大了，應該讓她學著管理家務。既然母親要出門，索性把家裡的事情交給二妹妹，就當是讓她歷練歷練。」蕭謹言緩緩開口道。

孔氏最近也發現蕭謹言比起以前似乎有了更多主見，雖然在她跟前依舊恭順，但想想那日他在文瀾院裡怒斥張嬤嬤的樣子，頓時覺得這個兒子越發深不可測。如今他提出讓蕭瑾璃管家，確實是最折衷又公允的辦法。

蕭瑾璃聞言，卻是嚇了一跳，急忙道：「那、那可不行，我做不來這些，整天見這個管事、找那個媳婦，煩都煩死了，母親快饒了我吧！」

看蕭瑾璃求饒，孔氏當真有些不捨，可想起女兒是國公府出身的姑娘，這些是躲得過初一、躲不過十五的事情，便笑著道：「璃姐兒今年都十四了，是應該學著管家，若不是今年要守國喪，我也該和妳父親討論妳的婚事了。」

蕭瑾璃聞言，頓時脹紅了臉，急忙道：「母親又說我。哥哥比我大好幾歲，不也還沒定嗎？怎麼說也要等我先見過了新嫂嫂，才會嫁出門的。」

提起這事，孔氏忍不住嘆氣，蕭謹言都十七了，這下又耽誤一年，大婚時，豈不就要十八、九歲？平常十八、九歲的公子哥兒，家裡孩子都會走路了呢！

孔氏看了蕭謹言一眼，深深覺得自己這個當母親的失職，本來想著今年把婚事給辦了，誰知道遇上太后娘娘的孝期，又要耽誤。

「妳放心，總會讓妳看見新嫂嫂再出閣的。至於妳當不當家的事，也不是我一個人說了算，明兒早上問過老太太，再做定奪吧。」

趙氏畢竟年紀大了，這陣子多次入宮，身子實在有些支持不住了。

這幾日，皇上下旨，不需要各家的老封君每日進宮，她才歇下來，在榮安堂裡好好補了幾回覺，今兒便醒得早了些。

原本服侍趙氏是孔氏的職責，但趙氏念她管家辛苦，加上孔氏是名門閨秀，趙氏也不要她在跟前服侍，所以這些年伺候趙氏的，一直是趙姨娘。

這些日子，府裡都在商議去東郊皇陵送葬的事，趙姨娘心裡便有了些念想。

六年前，老國公爺仙逝時，一家人去家廟送葬，她因此代為管理中饋。就那短短一段時日，便撈了不少油水，可見這當家人要是心黑一些，還不知道要怎樣中飽私囊呢！

趙姨娘服侍完趙氏梳頭，跟往常一樣，扶著她去偏廳用早膳，又陪她閒聊。

這時，大廳裡簾子一掀，兩個丫鬟進來，為首的丫鬟轉身問身後捧花那個。「都什麼時候了，怎麼才送過來？老太太昨天還問，房裡的花怎麼沒換呢！」

話還沒說完，只見如意從偏廳裡出來，對著嘴做了個噤聲的動作，那丫鬟便忙不迭閉上了嘴，接過後頭小丫鬟手中的花盆。

「好了，妳把這盆枯掉的搬走吧，可記得了，以後不准再記錯時間送來。」

那小丫鬟唯唯諾諾地應了，上前抱著花盆出去。

趙氏用膳的地方和外頭只隔著一道簾子，自然聽見了她們的話，見如意進來，便問道：「怎麼，花房裡送花的小丫鬟又懶散了？不行就換一個，如今的孩子淨是好吃懶做的。」

如意本想幾句糊弄過去，誰知一旁的趙姨娘開口道：「老太太是最近忙糊塗了，連家裡發生的大事都不知道。這花房的花送得晚了，可不是因為小丫鬟躲懶。」

趙氏一聽，不由奇怪了，問道：「家裡發生了什麼大事？我怎麼沒聽說？」說著，抬起眼皮看了如意一眼。

如意原本覺得這事情沒什麼，趙氏如今不管家了，何必說這些讓她心煩，所以才沒在她跟前透露。

如今被趙姨娘這麼一說，反倒像是她故意隱瞞一樣，頓時脹紅了臉，壓著怒意小聲道：「奴婢也不知道家裡發生了什麼大事，趙姨娘若是知道，不如也講給奴婢聽聽。」

趙姨娘實在是個腦子不好用的，聽如意這麼說，還真以為她不知情，笑著道：「妳們也忒老實了，就守著榮安堂這個院子。妳們不知道，前幾日文瀾院裡出了事，張嬤嬤和清瑤使壞心腸，要把新來小丫鬟的臉弄爛，誰知道那東西竟然被清漪用了，從面頰到下巴，活活爛了半邊臉。我房裡的丫鬟去瞧過，以後能不能好，還兩說呢！」

「有這樣的事？」

趙氏不由訝異，平常丫鬟、姨娘之間爭寵，是常有的事，私下打罵也不是沒有，但弄到要毀容這一步，的確有些駭人聽聞了。

「那後來怎麼樣了？」

「後來，世子爺問了出來，原來那東西是張嬤嬤叫櫻桃給那小丫鬟的，不過後來怎麼被清漪拿去用，我就不得而知了。老太太也瞧見世子爺對那小丫鬟的心思，這回把他給氣得，所以直接把清瑤、張嬤嬤還有櫻桃全家都打發了。」

「這櫻桃不正管著花房的事嗎？聽說那日的東西，她也送了榮安堂裡的小丫鬟，我還以為老太太知道呢！」

趙姨娘一邊說、一邊掩嘴笑。「平常看著清瑤挺老實的，沒想到會是這種人，說起來都讓人後怕。」

趙氏聽了半日，覺得趙姨娘有些囉嗦，便道：「反正如今打發了，行了。妳去外頭沏茶吧，一會兒太太就要來了。」

趙姨娘見趙氏又開始陰晴不定起來，只得訕訕起身，福了福身子告退了。

趙氏看了如意一眼，把手裡的勺子一擱。「不吃了，一早上那麼多事，我都飽了。」

第四十四章

如意端了茶讓趙氏漱口，這才緩緩開口道：「其實事情還沒完呢，奴婢倒是覺得老太太聽或不聽都無妨；若老太太想聽，奴婢就把後面的事情再同您說一說。」

趙氏起身，一邊聽如意說話、一邊往大廳裡去。

「妳是說，太太把那小丫鬟留在自己身邊，又給世子爺跟前添了兩個人？」

如意點點頭。「正是呢。奴婢昨兒去文瀾院瞧過清漪，臉上傷得確實很重，只怕以後也好不了了。」

趙氏蹙眉道：「那如今言哥兒房裡有幾個一等丫鬟，又有幾個二等丫鬟？」

如意照實回答。「如今一等丫鬟還是四個，清霜、清珞、清漪，還有太太新派去的冬梅；二等丫鬟也是四個，墨琴、墨棋、倚翠，還有太太派去的熙春；至於三等丫鬟，奴婢就不大清楚了。」

趙氏點了點頭，笑道：「太太倒還知道留個缺。妳瞧瞧我們這裡，由誰過去比較合適？」

如意見趙氏看著她微笑，面色無端一紅，一時不知說什麼好，頓了頓才道：「奴婢愚昧，倒是沒瞧出來世子爺那邊有缺的。」

這時，小丫鬟挽了簾子進來回話。「太太和世子爺、二姑娘來給老太太請安了。」

趙氏聞言，便噤下了方才的話，坐下等著他們進來。

這幾日外頭正化雪，才掀開簾子，就冒進一陣寒氣，丫鬟們在門口服侍主子們把大氅脫下來，才走到趙氏跟前請安。

一時間，趙姨娘也端了茶送上，眾人喝了一口暖暖身子，這才和趙氏閒聊起來。

沒想到，趙氏瞧見孔氏的第一句話，是這樣問的。「蘭家那小丫頭進府也有些日子了，我卻沒瞧見過，都說是個長得好的，什麼時候帶來給我瞧瞧？」

孔氏沒想到趙氏會問起這個，愣了愣，開口道：「老太太要見她，我現在把她喊過來便是。」

說著，她吩咐侍立在一旁的春桃。「妳去海棠院把阿秀帶過來，就說老太太要見她。」

趙氏便好奇問道：「怎麼，她如今在海棠院？不在文瀾院了？」

孔氏便笑道：「媳婦見她年紀小，在言哥兒跟前服侍也不方便，所以把人帶回了海棠院，放在身邊好好調教，以後若是去了言哥兒房裡，我也放心。」

趙氏從孔氏的話中，聽出她對這個丫頭很是滿意，正好前兩日趙暖玉來看她時，也提及這個丫頭懂事，所以便生了要親自過目的想法。雖然太后娘娘仙逝，言哥兒的婚事因此被耽誤，但給他房裡添人的事情，可以慢慢來。

這時，阿秀正在海棠院裡做針線，聽說老太太叫她過去，頓時就有些慌了神。

她急忙起身，偷偷拿針線簍子裡的菱花鏡照了照，又怕被春桃看見，就收下去，裝作整理身上的衣服。

春桃見了，笑著道：「走吧，老太太平時是很和善的，妳之前不是跟著蘭家姑娘見過老太太嗎？怎麼這會兒卻害怕起來。」

阿秀聞言，不覺有些臉紅。上回她還是蘭家的丫鬟，這一次，她可是許國公府的丫鬟了。

春桃看阿秀帶著幾分羞澀又緊張的樣子，上前拉著她的手安慰。「走吧走吧，世子爺也在呢。」

阿秀聽說蕭謹言也在，頓時覺得底氣足了些，笑著向春桃點了點頭。

榮安堂裡，眾人談起過幾天太后娘娘出殯的事。

趙姨娘聽孔氏提到這個，一雙眼睛就放出光來。

只聽孔氏不緊不慢道：「雖說只出去四十來天，但家裡的事情也不能全丟下來。我思前想後，如今璃姐兒也大了，不如讓她學著管家，我把王嬤嬤留下，幫襯著點，也就差不多了。」

孔氏有這樣的見地，讓趙氏意外得很。孔氏最寵愛蕭瑾璃，平常連女孩子家最基本的針線活也很少讓她摸，如今卻說出要她管家的話，不知道是誰給她出的主意。
「我也覺得這辦法不錯，只是不知璃姐兒是個什麼想法呢？」
趙氏看著蕭瑾璃，見她皺著一張臉坐在那邊，便知道她是不肯的，只見她噘著小嘴道：「老太太居然還說這想法不錯，都怪大哥哥，他一個男的不需要管家理事，反倒出主意讓我受這份罪，我才不幹呢！」
趙氏一聽，果然是蕭謹言的主意，便笑道：「妳大哥哥是為了妳好。妳大姊姊像妳這麼大時，已經開始幫妳娘理事，如今妳卻還只知道玩，是該好好學學了。」
趙姨娘方才正打如意算盤呢，沒想到孔氏提了這樣一個主意，一盆冷水潑下來，讓她心口拔涼拔涼的，聽蕭瑾璃這麼說，便陪笑道：「依奴婢看，二姑娘還沒及笄呢，管家理事……的確還早了些。」
趙氏見趙姨娘又要腦子不清楚了，生怕孔氏再譏諷她，遂抬眸掃了趙姨娘一眼。
「妳回去吧，過幾日老爺要檢查哥兒們的功課，上回行哥兒受了老爺的戒尺，這回妳還想讓兒子挨打嗎？」
趙姨娘嚇了一跳，忙不迭道：「奴婢這就回去督促那小子唸書。」
孔氏見趙姨娘走了，收回厭惡的目光，又笑著對老太太道：「媳婦也是這麼想的。雖說璃姐兒年紀不大，但這些管家理事的活兒，現在學起來也不算早了。」
蕭瑾璃嘟嘴坐著，不時瞥向蕭謹言，深深埋怨他把自己給坑了。

蕭謹言端著茶盞，只當不知道，想起以後蕭瑾璃嫁入趙家，管家理事得心應手時回來謝他，便覺得這麼做值得。

這時，春桃帶著阿秀到了榮安堂，小丫鬟在外頭傳話，挽起簾子引兩人進去。

阿秀穿著油綠色窄袖對襟上衣，下面是丫鬟式樣的八幅裙，外罩嫩黃色團花折枝小襖，頭上梳著雙髻，雖然斂著眉，還是能看見一雙大眼睛亮閃閃的，眸光晶瑩。

趙氏想起來了，原來是那天見過的蘭家丫鬟，不過這時瞧起來，倒是又比之前看上去更好看了些。

趙氏把阿秀喊到跟前，上上下下、仔仔細細地看了一遍，抬起頭瞧見坐在一旁蕭謹言的表情，這才笑著道：「確實是個好模樣，難為蘭家有這樣的奴才。」

孔氏便道：「蘭家的奴才向來是不差的，看蘭姨娘那兩個陪嫁丫鬟就知道了。」

趙氏聞言，輕哼了一聲。「妳也知道？女人都是愛美的，更何況是男人。」

孔氏沒料到趙氏會在孩子們面前說這樣的話，頓時面紅耳赤，卻忍住氣。趙氏就是個說話不經腦子的人，何必跟她認真呢！

「老太太說得是，媳婦受教了。」說是受教，畢竟心有不甘，想了想又覺得窩火，孔氏的手攏在袖中，暗暗握拳。

蕭謹言重活一世，已不是當年的毛頭小子，自然聽得懂趙氏的話，也明白孔氏的尷尬，便笑著解圍。「這麼冷的天，老太太喊了人過來，上上下下看了一圈，怎麼連個荷包也沒有呢？孫兒倒是要替阿秀向您討了。」

趙氏笑道：「少貧嘴，還說是替別人討的，我看是你自己想要荷包吧？」說著，命如意去裡面取個尋常賞人的荷包，親自接了遞給阿秀。

「收著吧，以後在太太房裡要好好服侍，知道嗎？」

阿秀柔柔地應了，跪下來謝恩。

於是，趙氏言歸正傳，對孔氏道：「妳方才說讓璃姐兒管家，我覺得可以。這樣吧，我把劉旺媳婦留下來，跟著王嬤嬤一起幫璃姐兒，有兩個人照應著，總出不了大錯。」劉旺媳婦是趙氏陪房嬤嬤的兒媳，也是外院的管事媳婦，還幫著管幾個趙氏陪嫁莊子的地租，很受趙氏器重。

孔氏見趙氏把劉旺媳婦留下，更是放心，笑著道：「那明兒開始，我就讓璃姐兒跟著我，見見內院、外院的幾個管事，先把人認清楚了。」

眾人商量妥當，又說了一回話，方散了。

阿秀是跟著蕭謹言他們一起走的，孔氏跟蕭瑾璃走在前頭，蕭謹言便故意落後幾步，走到阿秀的身邊，笑著道：「怎麼，得了荷包也不記得分我一點？」

阿秀抬起眸子看了蕭謹言一眼，手一伸，把荷包丟到蕭謹言掌中，嗔道：「明明是您要荷包，怎麼說到了我頭上？我是什麼人，哪裡配向老太太要荷包呢！」

其實阿秀只是發發嬌嗔，誰知蕭謹言真當她不高興了，接了她的荷包，上前兩步道：「我不過是隨口說說，妳別生氣。這幾日在海棠院還好嗎？」

阿秀見蕭謹言這一本正經的模樣，知道他被逗到了，轉身看他，忽然捏著帕子笑了起來。

「我也是隨口說說，爺怎麼還當真了？」說罷，轉身就走。

蕭謹言在身後愣愣看著她，一時反應過來，追了上去。

「妳還沒回答我的問題呢！這幾日在海棠院過得如何？我送給妳吃的紅豆糕、豌豆黃、酥油杏仁餅都吃了嗎？」

阿秀放慢了腳步，低著頭，細聲細氣地回答。「我一個人哪裡吃得了這麼多，只得分給別人一起吃。以後爺別送了，讓太太知道了不好，別人瞧見，還以為太太苛待我，讓我每天吃不飽飯似的。」

蕭謹言想了想，也有道理，遂蹙眉道：「那這樣吧，我以後少送些就是了。」

阿秀抬起頭，忽然瞧見蕭謹言腰間佩戴著的那枚青竹荷包，覺得有些眼熟，跟她在紫廬寺裡丟了的那個似乎一模一樣，便追問道：「我丟在廟裡的荷包，怎麼在爺身上？」

原本蕭謹言是藏著那個荷包的，最近阿秀不在文瀾院，這才拿出來戴上，誰知今天竟被她看見了，遂捂著荷包道：「哪有，妳看錯了，這是我自己的。妳還沒送過荷包給我呢，趕明兒繡一個給我！」

阿秀聽蕭謹言這麼說，信以為真，乖乖點頭。

「那爺先等幾日，我答應了給二姑娘繡幾方手帕，等做完她的，就給爺做。」

蕭謹言聽了，蹙眉道：「什麼時候先輪到她了？我命令妳，先做給我！」

阿秀跟著孔氏一起回了海棠院，瞧見蘭姨娘身邊的花嬤嬤正在門口探頭探腦。花嬤嬤原是孔氏身邊的人，蘭姨娘生了禮哥兒後，孔氏便讓她過去帶孩子。

見孔氏一行人走近，花嬤嬤忙迎上來，孔氏看她臉上神情帶著幾分焦急，便問道：「這是怎麼了？」

這幾日，蘭姨娘身上不舒服，所以清早時沒來海棠院服侍。孔氏素知蘭姨娘嬌弱，只吩咐下人好好照應，有什麼事情再來回她。

「太太，今兒一早蘭姨娘起身時直犯噁心，奴婢請了寶善堂的大夫給她把脈，說蘭姨娘又有喜了。」

花嬤嬤一邊跟著孔氏往裡走、一邊道：「都怪奴婢，最近蘭姨娘的癸水不準，老爺去得又勤，所以……」因後面還跟著幾個丫鬟，花嬤嬤的聲音便越來越低。

孔氏無奈地嘆了口氣。「我也不是不讓她生，雖說多子多福，但我想著，要是生個女兒，頂多賠一副嫁妝；若再生個兒子，到時候分家可就麻煩了。說來說去，分的還不是言哥兒的錢。」

花嬤嬤聞言，臉上便有些尷尬，小聲道：「奴婢知道太太的想法，太太是最寬厚的，若非太太大度，老爺如何會有行哥兒和禮哥兒呢？」

孔氏見花嬤嬤一味奉承她，心裡頗為受用，便笑著道：「我也是為了老爺好，眼看著言哥兒成親的日子快到了，不出一、兩年，我就是當祖母的人，到時候，老爺若再弄出幾個小的來，這姪兒不像姪兒、叔叔不像叔叔的，成什麼樣子？」

孔氏又嘆口氣，想了想道：「既然蘭姨娘有了，也是她的造化。等今兒老爺回府，我回了他，讓他高興高興。」

大宅門裡，若想傳個消息，也是快得很，第二天早上，許國公府上上下下的人便知道蘭姨娘又有身孕了。

為此，趙氏特意喊了蘭姨娘過去，賞了她不少東西，又囑咐孔氏好好讓蘭姨娘養胎，一應瑣事都免去，孔氏自然是一一答應。

結果，趙姨娘沒爭到管家的位置就罷了，連肚子也沒有蘭姨娘爭氣，當真是生了不少的悶氣。

這日，孔氏依舊去了宮裡，阿秀忙完瑣事，便在自己房裡做針線。

外頭有小丫鬟來傳話。「阿秀，蘭姨娘那邊的翠雲姊姊說，蘭夫人和蘭姑娘進府瞧蘭姨娘，想請妳過去坐坐。」

阿秀聞言，喜上眉梢，從矮墩上站起來，笑著道：「那妳幫我跟春桃姊姊帶個話，我去去就來。」

小丫鬟便道：「方才翠雲姊姊來的時候，春桃姊姊也在，就是她讓我來喊妳的，還說今兒太太不在家，趕在申時之前回來就好，可以在那邊用午膳。」

阿秀脆生生地應了，對鏡整理好頭髮，笑咪咪地去了。

第四十五章

蘭姨娘的蘭香院裡，朱氏和蘭嫣分坐兩側，聽聞阿秀如今在孔氏房裡服侍，俱是一驚。

蘭姨娘勸慰兩人道：「妳們放心，這對阿秀來說，是件大大的好事。太太肯讓阿秀進海棠院，擺明是要好好調教她一番，讓她以後跟著世子爺，蘭家這步棋，倒也沒走錯。但是我這身分，不能常喊她過來，平日裡只能派人打聽打聽。」

朱氏聽蘭姨娘這麼說，稍稍放下心。

「阿秀是個懂事孩子，難得又是一副好相貌，太太會喜歡的。」

蘭姨娘聽朱氏這麼說，笑道：「受寵招妒啊，妳不知道她是怎麼進海棠院的，說起來也是驚心動魄，若不是她運氣好，只怕這會兒已經被送回蘭家了。」

蘭姨娘打開了話匣子，將阿秀被人謀害的事情一五一十說出來。

「……家醜不可外揚，太太囑咐了，這事情是不能說出去的，省得外頭風傳世子爺房裡的丫鬟不守規矩，壞了世子爺的清譽。」

蘭嫣聽蘭姨娘說完這席話，氣得站起身，恨恨道：「這國公府果然是吃人不吐骨頭的地方，要不是阿秀運氣好……」

她看著朱氏，心裡一陣後怕。

蘭姨娘勸慰道：「好歹事情已經解決，該處置的人也處置了。阿秀被太太帶去海棠院，這件事就會淡了。」

朱氏默唸了一句阿彌陀佛，悶悶不樂道：「若那孩子真出了什麼事情，豈不是我們蘭家把她推入了火坑裡。」

蘭姨娘聞言，自嘲一笑。「明知是火坑，不也要往裡面跳嗎？」

一時間，眾人有些尷尬，蘭姨娘便轉了話題，問道：「婉姐兒如何了？她的病有起色嗎？」

「還是老樣子，能吃飯睡覺，就是不知人事，問她什麼都不知道。請太醫瞧過了，再看也看不出什麼名堂，只能聽天由命。老爺說，過一陣子有回老家的商隊，讓二管家送她回去。」

蘭姨娘便冷冷道：「像她那樣也未嘗不好，省得別人為她操心。」

這時，外頭有小丫鬟傳話。「回姨娘，太太房裡的阿秀來了。」

話音剛落，便瞧見簾子一閃，阿秀低著頭從外面進來，瞧見蘭嫣和朱氏，立刻覺得胸口一熱，急忙上前向兩人福身行禮。

「太太、姑娘。」

「欸，快別這麼喊了。如今妳的太太是國公夫人，我是妳乾娘、嫣姐兒是妳乾姊姊。」

朱氏起身拉著阿秀的手，又摸摸她的臉頰。「這麼漂亮的姑娘，若是臉毀了，那要怎麼活啊！」

蘭嫣也站起來，拉著阿秀上下左右看了一圈，笑著道：「我看妳倒是胖了些，怎麼，許國公府的飯食比蘭家的好許多嗎？」

阿秀忍不住抿嘴笑了起來。說起來，許國公府的飯食真沒比蘭家好多少，哪裡像蘭家，小廚房清清爽爽的。許國公府裡，不算外院，光內院就有上百個下人，哪能有什麼好吃的？是世子爺平日給她開的小灶有點多，所以才……

阿秀只羞澀地笑，問道：「姊姊最近可好？乾娘身體可好？」

朱氏點頭。「好，一切都好。早想進來看妳的，知道最近國公府事忙，所以一直等著。正好今兒妳姑母遣了小廝回府遞消息，我聽了便跟嫣姐兒道：『別等了，今日去吧。』所以直接上車，跟著傳話的小廝一起來了。」

蘭嫣坐到一旁，幾日不見，看起來又成熟了幾分。許是蘭婉生病的緣故，先前她眼底隱含著的怒氣似被沖淡了，透出一股平和的氣質來。

「五月我及笄，到時候下帖子請妳，妳跟國公夫人告個假，回蘭家玩一天吧。」蘭嫣一邊說、一邊端起茶盞，抿了一口。

朱氏看向蘭嫣，眼底有幾分擔心。太后娘娘一死，貴族與官家的婚期得往後推遲一年，愁死了家中有子女待嫁娶的父母。這樣一來，蕭謹言的婚期必定也要延後，到時蘭嫣就十六歲了，萬一真像蘭姨娘說的，頭兩年不納妾，蘭嫣若要進許國公府，豈不是要等到十八歲？

那可真的是老姑娘了，蕭謹言又怎麼會放著年輕姑娘不要，而要一個老的呢？

朱氏越想越覺得不能再等了，私下裡開始急著給蘭嫣張羅親事，又請柳嬤嬤找來京城最有名的媒婆，務必要給蘭嫣找個門當戶對的人家。而許國公府這邊，則把所有希望都放在阿秀身上。

「到時候來吧，不過是一天的工夫。妳姑母有了身孕，自然不能去，可妳總是能來的。」

朱氏說著，有些抱歉地看了蘭姨娘一眼。那種場合，嫁出門當妾室的人是不好參加的，雖然蘭家如今靠蘭姨娘傍著許國公府，卻無法完全不介意蘭姨娘的小妾身分。

蘭姨娘似乎已習慣了這些，只低下頭，狀似隨意地開口道：「前幾日國公爺說，今年正是三年一澇的年分，大哥若是有銀子，不妨先囤些糧食，到時洪水來了，朝廷徵收的價格肯定會比現在漲上許多。

「等過兩日國公爺空些了，請哥哥遞帖子進府商量吧，最好能趕在太后娘娘出殯前頂下這事，不然耽誤一個多月，銀子就被別人賺了。」

朱氏聞言，眉梢一挑，這時阿秀卻忽然想起，前世好像真發過這麼一場大水，許國公府的二老爺就死在那場洪災裡，遂忍不住開口道：「我爹說舊年下大雪，新年就會發大水。今年的雪一直沒停過，肯定會發大水。」

蘭嫣聽了，笑道：「從來沒聽妳提起過妳爹，這會兒倒是說起來了。妳爹難道是個看風水的？」

阿秀低下頭，小聲道：「我爹是個秀才，以前沒錢的時候，也會幫人算命。」可惜他也不過是騙人幾個錢的，不然的話，如何沒有算出她的命來呢？

阿秀在蘭香院裡用過午膳，又陪著朱氏和蘭嫣閒聊片刻。

此時，朱氏見時辰已經不早了，便起身告辭。

蘭姨娘派了翠竹送她們出去，又囑咐翠雲把阿秀送回海棠院。

阿秀剛回海棠院，就瞧見冬梅來院裡串門子，幾個大丫鬟圍著她說話。

這幾日，冬梅在文瀾院當值，多多少少聽說了阿秀和蕭謹言之間的事情，此時見阿秀進來，便熱絡地把她喊過去。

阿秀並不是愛說閒話的性子，但冬梅難得來，又特意招呼她，倒不好意思不理人。

這時，海棠院裡的人對阿秀多少有了些好感，給她騰出一個位置，又津津有味地聽冬梅說了起來。

「咱們這位世子爺啊，還真是個不理世事的。文瀾院裡的帳，簡直亂得一團糟，我整整弄了五、六天，如今才算是理清楚了。」

如今清瑤已經走了，大家的膽子也大起來，只聽大丫鬟夏荷笑著道：「也怪太太做人太和善大度。我聽說，前陣子清瑤她哥在外頭賭到那些債主跑去他家了，最後還是看在許國公府的面子上，事情才算壓了下去。張嬤嬤親自過來求王嬤嬤，請她別把這件事告訴太太，王嬤嬤心善，這才瞞下來。

「我想著，欠了這麼多錢，若是不還，事情自然要鬧出來的，只怕到時太太會連著王嬤嬤一起數落呢。」

這房裡的丫鬟中，春桃最年長，聽夏荷這麼說，便壓低聲音道：「這件事，我們幾個說說就罷了，千萬別讓外人知道。太太最是倚重王嬤嬤，萬一有人拿著這些事情在太太跟前挑唆，我們以後的日子也不好過。」

夏荷聞言，忙噤了聲，又聽冬梅繼續道：「這幾日，我和清霜都在清點世子爺的東西，妳們可知道，世子爺前兩年的舊衣服，竟然有一半不見了！

「我們稟了世子爺，世子爺便派小廝去清瑤家裡問，竟找出厚厚一疊當票。世子爺想著，橫豎那些衣服也穿不下了，就沒贖回來。只有幾樣東西是老太太賞的，便留下當票，等手上寬裕點再贖。」

眾人聽了，都覺得匪夷所思，又看阿秀一眼，笑道：「怪不得人家要對妳出手呢，妳若真把帳本接過來，可不就要東窗事發了。」

阿秀活了兩世，還是頭一次見到這麼貪婪的奴才，只笑著道：「我剛去的時候不懂事，後來想明白了，便不想接，世子爺也同意了。我只想安安穩穩服侍世子爺就好，這些東西，我小小年紀也是弄不清楚的。」

春桃見阿秀這老實本分的樣子，打心眼裡喜歡，伸手摸摸她的頭。「如今妳在這邊好好服侍太太兩年，太太還是會讓妳回去的。聽說今年世子爺還要下場參加鄉試，太太這麼做，也是為了世子爺好。」

阿秀微微點頭，見外頭天色不早了，便起身道：「我去茶房看看小丫鬟們燒好熱水沒有，別等太太回來了沒熱茶喝。」

阿秀才走開，夏荷看著她的背影道：「我就挺喜歡阿秀的，別看她年紀小，腦子可清楚得很呢，本本分分的。」

冬梅原本也只當阿秀是長得好看些，沒什麼別的好處，如今見她行事這樣穩妥，也道：「難怪世子爺喜歡了。」又問道：「如今我和熙春都去了世子爺房裡，我們的缺有誰頂上了嗎？」

春桃便笑道：「為了這事，這幾日，我們這院子可沒少熱鬧呢，不過太太事忙，沒顧著這些，倒是還未定下人選來。熙春的缺暫時由阿秀替了；妳的缺，太太還沒提過，大概會在二等丫鬟裡挑個人補上，然後再從外頭選一個小丫鬟進來。」

冬梅聞言，笑了笑，沒再說話了。

阿秀去茶房檢查熱水，回來見冬梅已經走了，幾個大丫鬟趁著孔氏還沒回來，各自歇一會兒休息。阿秀便拿著針線簍子，端坐在房裡做針線。

雖說要讓蕭謹言再等幾日，可她終究不忍心，才給蕭瑾璃繡好一方帕子，又開始為蕭謹言趕製荷包，用的是蘇州的真絲綢緞、豆綠色面子，配上竹青色繡線，很是清雅。阿秀的針線手藝是前世懷孕時，特意請了府裡繡娘教的，才有了這樣的水準。說起來，這也算是多活了一世的好處。

大約到了申時二刻，外頭忽然有人來傳話，說今兒太太去了豫王府，要用過晚膳才回來，讓房裡的人不必備晚膳了。

春桃聽了，派阿秀去跟二姑娘說一聲，讓她自己在玲瓏院用晚膳。阿秀便順道把繡好的帕子帶過去。

阿秀到時，蕭瑾璃正在書房裡練字，身邊的丫鬟領她到門口，掀起珠簾稟報。「姑娘，太太房裡的阿秀來傳話了。」

蕭瑾璃便擱下筆，讓阿秀進房，問道：「太太回來了嗎？」

阿秀回答。「太太沒回來，是春桃姊姊讓奴婢跟姑娘說一聲，今兒太太不回府用晚膳，要請姑娘自己安排了。」

蕭瑾璃便笑著道：「原來就為了這個，大冷的天還讓妳特地跑一趟。其實妳不必來，一會兒我也會派丫鬟去瞧的，既然妳來了，不如坐一會兒吧。」

蕭瑾璃雖然從小受孔氏寵愛，多少有些小姐脾氣，但不是看不起下人的個性，便是她房裡的丫鬟，也都相處融洽，就是有些小女兒的嬌態罷了。

阿秀有些受寵若驚，從袖中拿出一方疊得整整齊齊的帕子，遞給蕭瑾璃。

「二姑娘要的帕子，奴婢繡好了一條，請二姑娘瞧瞧。」

蕭瑾璃沒料到阿秀的動作這麼快，興奮地接過來，攤開反覆看著。「這麼快就繡好了！」

阿秀聽了，低著頭，臉頰微微泛紅。

蕭瑾璃一邊看、一邊稱讚。「雖然這繡工算不得頂好，但花樣真好看，是妳自己描的嗎？」

阿秀老老實實地回道：「是奴婢請了清霜姊姊幫忙，從世子爺書房裡的畫冊上描下來的。」

蕭瑾璃聞言，笑了起來。「妳倒是肯動腦子。我哥房裡那些畫冊，哪一本不是名家之作，自然是好看的。」又道：「趕明兒，妳再去我哥的書房看看有沒有芙蓉花、茉莉花、桂花的樣子，描幾個下來，再幫我繡幾方手帕。」

阿秀點頭應了，又問道：「姑娘怎麼不喜歡玫瑰花、芍藥花、牡丹花那些圖案呢？」

蕭瑾璃揮揮手道：「快別跟我提那些花，一大朵一大朵的，繡在帕子上，擦臉都覺得磨皮呢。我就喜歡妳繡的這種，四周點綴著小花，看著乾淨清爽又漂亮，這才實用呢。」

阿秀點頭，笑了起來，覺得二姑娘其實是再直率不過的人，只是蘭家二姑娘運氣太背，偏生遇上了她。

阿秀正思緒飄忽，忽然聽蕭瑾璃問道：「聽說上回跟妳一起落水的蘭二姑娘病了，今天蘭夫人不是進府來嗎？妳有沒有問問她的病怎麼樣了？」

蕭瑾璃雖然任性妄為，但心地不壞，這時候還能關心蘭婉，就說明她不過是無心之失。

阿秀便道：「蘭夫人說二姑娘好多了，已經可以起身吃飯，還說過一陣子要把她送回安徽老家養病，就能好得快一些了。」

蕭瑾璃臉上淡淡的，只輕輕哦了聲，又提高了聲音道：「讓她好好跟自己姊姊學學什麼叫做規矩，以後沒準兒就不會遇上這樣的倒楣事了。」

說著，她忽然朝阿秀眨了眨眼睛。

「我知道那天妳就在旁邊，我可警告妳，要是敢隨便亂說話，我就告訴太太，讓她以後不准妳去哥哥房裡！」

阿秀聽了，暗暗蹙起眉頭，才對蕭瑾璃生出的一些好感，頓時又少了一半。

孔氏和蕭謹言在豫王府用過晚膳才回來。

這幾日，蕭瑾瑜來回奔波，受了勞累，微微見紅，幸好有杜老太醫把脈醫治，說是並無大礙，卻是禁不起長途跋涉了。

皇帝才死了老娘，不想為此再失去孫子，便下旨讓豫王妃留京養胎，不必跟著大家去皇陵。

孔氏回府後，便喊了王嬤嬤進房，兩人商議起過幾天他們出府後的事。

雖說要蕭瑾璃學著管家，但她是清貴的姑娘，自然不能事必躬親，不過就是聽聽媳婦、婆子們回話罷了，把關的事情還是要交給王嬤嬤。

孔氏端著茶盞，斜倚在臨窗大炕上，聽王嬤嬤一五一十稟報今兒府裡的事。兩人說著說著，又說回了蘭姨娘有孕這件事上頭。

昨兒晚上，孔氏將蘭姨娘有孕的事告訴了許國公。

許國公如今已是四十開外，聽說蘭姨娘又有了身孕，著實高興了一番。孔氏臉上也一直帶著淺淺的笑意，看不出有半點不悅。

許國公爺很安慰，囑咐孔氏，一定要好好讓蘭姨娘養胎。

孔氏放下茶盞，揉了揉有些腫脹的太陽穴，緩緩道：「我這一走就是四十來天，萬一出了點什麼事，倒是不好跟老爺交代了。雖說我不在府裡，不能怪到我身上，可若真的發生事情，老爺難免遷怒。」

王嬤嬤擰眉想了半日，小聲問孔氏。「太太是想讓蘭姨娘留著這孩子呢？還是……」

孔氏抬眸看了王嬤嬤一眼，略有深意。

「既然懷上了，那就留著吧，做那種事情是有損陰德的，即便為了世子爺，我也不會下這種手；只是不知道趙姨娘那邊，會不會沈不住氣？」

王嬤嬤便道：「趙姨娘不至於這般沒腦子，她的二少爺比三少爺還大半年，奴婢覺得她不會做這種事情。不如，太太讓趙姨娘照應著蘭姨娘養胎，就算出了什麼事，國公爺也不會怪罪到太太身上。」

孔氏點了點頭，笑道：「那我不在的這段日子，就讓趙姨娘照顧蘭姨娘吧。」

王嬤嬤這招可謂聰明絕頂，本來女子懷孕就沒有萬無一失的，既然孔氏對蘭姨娘這個孩子的態度本就是可有可無，無奈許國公囑咐，難以推託，乾脆藉著出門，把這事情交代給趙姨娘。

這樣一來，蘭姨娘母子均安自然最好，即便出了事，許國公也不會怪罪孔氏，只會遷怒於趙姨娘。若是沒事，大家便平平安安；若是有事，最倒楣的無疑就是趙姨娘了。

兩人商量好，孔氏便放了王嬤嬤出去。

這時，春桃送了消夜進來，孔氏稍稍用了兩口，問道：「今兒文瀾院傳了什麼消夜？」

春桃回答。「只傳一碗雞肉粥，沒別的了。」

孔氏瞧見食盒裡還放著一碟芝麻鳳凰卷，遂開口道：「妳讓阿秀把這碟鳳凰卷給世子爺送去，囑咐她看著世子爺用下再回來。外頭天黑路滑，記得多派兩個小丫鬟跟著。」

春桃猜出孔氏的心思，笑著應下。「奴婢知道了。聽說這幾日世子爺越發用功了，每日從宮裡回來還看書看到深夜，難道世子爺真想給國公府考個狀元回來？」

孔氏聽了，便笑道：「他是懶怠去玉山書院，想留在家裡溫習，所以才這樣用功；不然他老子見他對功課不上心，又要把他趕出家門。」

春桃笑著說：「在家裡自然比外頭舒服，難怪世子爺這麼拚命了。」

阿秀在房裡做針線，卻被喊出去給蕭謹言送消夜，心裡有些納悶。蕭謹言的消夜向來是文瀾院的人去傳，從來用不著海棠院派人送去。

春桃見她一臉緊張的樣子，笑著道：「是太太的意思。最近世子爺看書看得晚，太太心疼不過，只怕送消夜是假，讓妳去勸兩句是真，到時候別忘記正事就好了。」

阿秀一下子明白過來，點點頭，領著兩個小丫鬟去了文瀾院。

如今阿秀不在身邊，蕭謹言唸書果然專心不少。

以前阿秀在時，他看著看著，就忍不住往她臉上看去。現在他沒個念想，反倒能看得下書了，一入讀書的門，竟有些停不下來。

阿秀來時，蕭謹言正一邊端著雞絲粥吃著、一邊盯著桌上攤開的大書，整間書房裡點滿蠟燭，明晃晃的一片。

清霜拉著阿秀往裡頭走，高興道：「爺，您快看看是誰來了？」

蕭謹言看得入神，微微蹙了蹙眉，抬起頭時瞧見阿秀跟在清霜身後，慢慢地走進來，手裡還提著一個雕花紅漆的食盒。

阿秀進了書房，恭恭敬敬地給蕭謹言行禮。

「給爺請安。這是太太讓奴婢送來的消夜，太太說最近天冷，請爺用完了消夜，早些就寢。」

蕭謹言放下了手中的粥碗，幾步走上前，親自把阿秀的小身子扶起來。

清霜見狀，閃身出門，還沒忘了將書房的簾子放下。

阿秀見清霜走了，心裡莫名有些緊張了，只低著頭把食盒裡的芝麻鳳凰卷拿出來，放在一旁的茶几上，又遞了筷子給蕭謹言。

「請世子爺用消夜。」

蕭謹言不緊不慢地坐下，阿秀回身去熏籠倒了熱茶過來，將茶盞遞到他面前。

蕭謹言伸手，明明是去接熱茶的，卻也握住了阿秀的小手不放。

阿秀有些忸怩，低下頭不敢看他。

蕭謹言遂用力拉了一把，把阿秀帶到自己跟前，茶盞放到一旁，伸手將她抱在懷裡。

阿秀掙扎一下，見蕭謹言加重力道，不敢用力了，就這樣任由他抱著。

蕭謹言見阿秀不掙扎了，嘴角露出笑意，一手抱著她、一手拿起筷子，吃了兩、三個芝麻鳳凰卷，才丟下筷子，滿意地喝了口茶。

這會兒，阿秀的臉已經紅成一顆蘋果，見蕭謹言吃完了，這才小聲開口道：「世子爺，可以放奴婢下來了嗎？」

蕭謹言搖搖頭。

「不可以。母親不是讓妳看著我把這碟消夜吃完嗎？如今裡頭還有兩個，妳替我吃了吧。」

阿秀皺了皺小鼻子，心想還好今兒晚膳吃得少，不然這兩個下去，也要撐死的。

蕭謹言提起筷子，挾了一個芝麻鳳凰卷送到阿秀唇邊，哄道：「乖，張嘴。」

阿秀心中默默流汗，蕭謹言如今還真是把她當成十歲的孩子呢。

阿秀張開嘴，咬了一口，安靜地吃了起來，時不時抬頭偷偷看蕭謹言。

雖然冬天大家穿得不少，但男人身上起反應的地方，溫度總比別處高一些。阿秀坐了一會兒，就覺得屁股下頭熱呼呼的，她不是十歲小孩子，自然知道那是什麼，可也只能強裝不知道，稍稍嚼快了些，希望早點吃完，讓蕭謹言放她下來。

蕭謹言不慌不忙地看著阿秀，見她乖乖吃完所有消夜，獎勵了一口茶給她。

阿秀喝過茶，蕭謹言看著茶几上空了的碟子和茶盞，才把阿秀放下來，開口道：「沒比之前離開文瀾院時重幾兩肉，看來還是吃得不好；既然這樣，妳去回了太太，從明兒開始，每日讓妳來給我送消夜，我也好吃得受用些。」

阿秀的臉一下綠了，她是腦子壞掉才會去回這樣的話，苦著臉看蕭謹言。

蕭謹言見阿秀這副表情，忍不住哈哈笑起來，彎腰在她的唇瓣上親了一口，這才轉身道：「行了，時候不早，妳回去吧，替我謝謝母親。」

阿秀忍不住伸手摸了摸自己的唇瓣，這一世，這還是蕭謹言第一次親她的嘴，莫名歡喜起來，瞬間對他生出了依賴。

見蕭謹言背對她站著，房裡又沒有別人，阿秀便鼓足勇氣，往前走了幾步，從身後抱住蕭謹言，臉頰貼在他的後背上。

「爺要好好注意身子，阿秀等著爺高中舉人，給國公府爭光。」

蕭謹言覺得心裡瞬間燃起了熊熊火焰，這可是阿秀第一次主動抱他，這種感覺簡直太美好了。

他覺得有股熱流在胸口湧動，伸出大掌拍了拍阿秀纖瘦的小手，聲音低沈道：「行了，妳回去吧。一會兒要我好好注意身子、一會兒又想著我高中舉人，我到底要聽哪句？」

阿秀見蕭謹言這樣打趣自己，臉立刻又脹得通紅，忙不迭縮回手，轉身整理食盒，飛快溜走了。

一晃又是幾日過去，孔氏忙著打點行裝，簡直可以用腳不沾地來形容。

另一邊，蕭瑾璃也終於不能悠閒地躲在玲瓏院裡描紅，被孔氏拉出來見一應管事媳婦，鄭重其事地接了孔氏遞給她的對牌。

這日，所有行李打點完畢，阿秀略識幾個字，便給春桃做了幫手，把孔氏攜帶的東西整理成冊，另外，每個箱子放的東西也分類歸攏。若孔氏要找什麼，不用開箱亂翻，只要先看看冊子，便可以對照著找出東西來。

春桃見阿秀整理得如此清楚，忍不住讚道：「虧妳想出這個辦法，這下可方便多了。之前太太常說要把不穿的衣服收拾一下，列張單子，有些收起來、有些乾脆賞人，不然海棠院裡的東西越來越多，都快堆不下了。不如等太太從東郊回來後，妳做個文書，我們幾個好好清點清點。」

夏荷拿著阿秀整理好的冊子，翻了幾頁，笑道：「妳的字真是比我們幾個強多了。太太往日喊我們記帳，總嫌棄我們字醜，這回可有人替了。」

阿秀謙虛道：「我爹是個秀才，以前教過我寫字。」總不能說，她比她們多活了一世，這些都是前世學的。

眾人收拾好東西，小丫鬟進來給春桃傳話，說是太太已經用完早膳，要去老太太那邊一趟，春桃就忙不迭出去了。

阿秀和夏荷一起，又把每個箱子裡的東西清點一遍，才舒了口氣道：「太太出一次門，要帶這麼多東西，可真不簡單。」

夏荷便笑道：「我昨兒遇見老太太房裡的吉祥，說是老太太比太太還多裝了兩箱呢，太太不敢比老太太多，所以才特意精簡了。這裡還包括國公爺的，所以太太其實也沒帶什麼。」

阿秀瞧了下自己記錄的東西，什麼太湖石筆洗、徽墨、一品紫毫、檀木筆架、紫檀長條刻松石紋鎮紙，還真都是許國公的東西。

她不由有些冒汗，不過就是出門幾日，怎麼好像要把整個書房都帶走一樣，更別說那些穿戴衣物，更是少不得的。

這時，蕭謹言和蕭瑾璃都在海棠院用早膳。

孔氏見春桃出來，就問道：「行李收拾得怎麼樣了？國公爺開單子的東西，有沒有準備齊全？」

平常許國公外出，都是蘭姨娘整理行裝的，如今她有孕在身，這回便由孔氏親自整理，自然比之前更小心謹慎。

春桃回道：「太太放心，一樣都不缺。阿秀列了冊子，照著國公爺的單子一樣樣比過，又跟箱子裡的東西核對，保證連毛筆上的狼毫都不會少一根。」

孔氏笑道：「難為那孩子細心，怎麼就想到這樣的法子？」

蕭謹言聽了，心裡卻是微微一動。前世他外出時，阿秀也是這樣替他整理行裝，不光有東西，還有一本冊子，裡面記載著每個箱子裡的東西，確保下人不會弄錯。

孔氏並沒注意到蕭謹言的神色，只轉向蕭瑾璃道：「怎麼樣，吃完了沒有？吃好了就過去老太太那邊吧，明兒一早就要走，我還得去問問老太太有什麼缺的。」

蕭瑾璃學了兩天管家，腦筋立刻活了，笑著道：「若是缺東西，早兩日就補上了，今兒便是有缺，也未必能補，母親何必去問呢？萬一真有什麼缺的，又來不及補上，豈不是讓老太太不高興。」

孔氏聞言，伸手戳了蕭瑾璃的腦門一把，嗔怪道：「別的沒學到，這躲懶的本事倒是學得一等一。這叫禮數，不拘老太太缺什麼，都要問一句才好。」

孔氏說著，領眾人往榮安堂去了。

第四十六章

趙氏早已用完早膳，在廳裡等著孔氏等人過來。

「我這裡沒什麼缺的，倒是老爺的東西，千萬要帶齊全，不然到時來回跑可不方便。妳不在，沒個人知道他那些東西放在哪兒，難免弄得手忙腳亂。」

趙氏一本正經地說著，抬頭瞧見蕭瑾璃端坐在一旁，便笑著問道：「璃姐兒，管了兩天的家，妳有什麼想法，說給我這個老婆子聽一聽。」

孔氏對蕭瑾璃的要求是多聽、多看、多想，但蕭瑾璃是個悶不住的性子，看見不好的就會說、看見不對的就會講，因她是正兒八經的姑娘，誰也不敢小看了她去，這一、兩天下來，下人們倒也不敢怎麼樣。

如今，孔氏和趙氏還沒走；若是走了，她能不能壓住場子，就不得而知了。

蕭瑾璃想了想，開口道：「也沒什麼想法。母親已經把這兩個月的月銀支出來，等到了日子，我讓管事媳婦們分下去就好；其他事情，還是按照母親的規矩辦，有王嬤嬤盯著呢，我又不用操什麼心，不過是坐在那邊，聽她們說說閒話罷了。」

趙氏聽她說得簡單，笑道：「哪家的管事媳婦是光負責發銀子的？幸好我們只出去一個多月，若時日長了，這國公府就被妳敗得差不多了。」

蕭瑾璃便撝著嘴巴笑了起來，站起身，走到趙氏身邊撒嬌。

「我就是想讓老太太和母親早些回來，才這麼說呢！我要是什麼都會了，老太太沒準兒就不著急著回來了。」

趙氏哈哈笑了起來，拍拍蕭瑾璃的手背。

「行了，我跟妳娘記著呢，橫豎會趕在妳把家敗光之前回來。」

孔氏也跟著笑了，只有在孩子們跟前，趙氏能多給她幾分面子。

趙氏跟蕭瑾璃說完，轉頭看蕭謹言。

「言哥兒，聽說你這幾日看書很是用功，可唸書要緊，身子也要緊，你爹雖然想讓你考取功名，但也不必太過執著。我們這樣的人家，有沒有功名都一樣，若是因為唸書而累壞身子，就得不償失了。」

蕭謹言一邊聽、一邊覺得好笑，他前世從未認真唸過書，今生稍微用功一些，大家便是這樣的態度。

其實，他這樣子比起書院裡那些用功的學子，真的算不上什麼。人家是頭懸樑、錐刺股，他不過是稍微熬了幾宿，沒想到一個個都來勸了。怪不得前世他沒半點讀書的心思，肯定是被這群人勸回去的。

「老太太放心吧，去年生病落下不少功課，最近身子骨兒好些了，所以開始溫習起來。再說這幾本書是從孔家表哥那邊借的，過了龍抬頭，玉山書院就要開課，得在這之前還給他。今年我不打算去書院上學了，就在家裡讀書。」

趙氏聞言，點點頭。

「既然這樣，那你自己看著辦吧。我再說一句，我們不是那種非得在科舉一條道走到黑的人。」

孔氏聽見趙氏這話，心中不豫，卻只能裝作若無其事。與許國公府相比，孔家雖是書香門第，卻沒有世襲罔替的爵位，為了家族的興盛，孔家人必須考了秀才、考舉人；考了舉人、考進士。

這時，小丫鬟進門回話，說是劉旺媳婦來了。

趙氏知道劉旺媳婦素來在外院管事，鮮少進院子，今兒一早就來了，肯定有什麼事，忙喊她進廳。

只見一個穿著寶藍色綢緞夾襖的年輕媳婦從外頭走入，見了眾人，便先一一行禮。

趙氏問道：「妳一大早進來，只怕有什麼事吧？」

劉旺媳婦笑著回答。「不瞞老太太，是我們劉旺讓奴婢進來給您回話，昨兒晚上收到淮南來的信，因為太后娘娘的事，皇上下旨要二老爺回京。算算日子，老太太和太太從東郊回府時，二老爺正好到家，可以一家團聚了。」

趙氏聽說二兒子要回來，頓時喜上眉梢，笑著道：「我說是什麼事呢，虧得劉旺有心思，讓妳跑一趟，不然這消息不知什麼時候才會傳到內院。我那二兒媳婦又是個慢性子，只怕等她的信到，我們都已經出發了。」

劉旺媳婦笑道：「所以我們劉旺特意讓我進來跟老太太和太太說一聲，老太太心裡好有個數，便是過幾日收到二太太的書信，下人們也不用著急了。」

「妳說得很是。」趙氏一邊說、一邊點頭。「從淮南回京，不過半個多月的路程，我們卻要在東郊待上四十九天，路上若有耽誤，也許會花上兩個月的工夫。」

趙氏頓了頓，抬頭看向蕭謹言。「言哥兒，這樣一來，招呼你二叔的工作，你得擔下了，若是你二叔比我們早到，要好好照應著。」

蕭謹言點頭應下，又聽趙氏道：「璃姐兒，妳的活兒又來了。這個月，妳吩咐下人把妳二叔和二嬸娘，還有弟弟、妹妹們住的地方打掃乾淨。他們房裡的東西，去淮南時收拾了不少帶走，我給妳對牌，若缺了什麼，只管去我的小倉庫取。」

蕭瑾璃聞言，臉上頓時變了色，哪裡知道還有這樣的差事等著她，皺著眉頭不肯應。

孔氏自然心疼蕭瑾璃，想了想道：「老太太，璃姐兒是個小姑娘，哪裡懂這些，不如把這件事交給趙姨娘辦。如今趙姨娘只是幫著照看蘭姨娘的身子，也沒別的事忙。」

原本趙姨娘有些心不在焉地站在旁邊伺候，聞言立刻有了精神，臉上堆起笑來。

趙氏看了趙姨娘一眼，點點頭。「那好吧，這件事就交給妳來辦。」

趙姨娘滿臉堆笑地福了福身子，等著趙氏把對牌拿出來。

誰知，趙氏竟慢悠悠地開口道：「若是缺什麼東西，妳只管開了單子，上璃姐兒那邊領去。」

趙姨娘一聽，頓時生出了幾分失望的表情。

孔氏抿嘴笑了笑，看來，趙姨娘在趙氏身邊這麼多年，還是不知道趙氏的手段有多高。

眾人從榮安堂回來，又去了孔氏的海棠院。

要把這個家交給蕭瑾璃，孔氏還是很不放心，千叮萬囑道：「平常家裡也沒什麼大事，妳若是拿不定主意，就去問妳哥哥，橫豎還有他這麼個大活人在呢。」

這時，蕭瑾璃倒也懂事起來，擰眉道：「哥哥看書還來不及呢，哪裡有空顧這些。母親放心，我自然留心著，多的不敢說，就兩個月，還是能熬過去的。」

蕭謹言見蕭瑾璃鄭重其事的模樣，也放了心，笑著道：「妳放心當這個家，實在不行，還有大姊姊呢，皇上可是下了旨讓她留京養胎，如果真有不懂的地方，只管坐車請教她去。」

蕭瑾璃聽了，撇撇嘴。「大姊姊留在京城是為了養胎，虧你給我想出這種辦法來。大姊姊是個火燒火燎的脾氣，萬一要往家裡跑，那就不好了。依我看，萬事求穩，平平安安度過這兩個月才好呢。」

孔氏難得見蕭瑾璃如此一本正經的樣子，心裡安慰，一個勁兒點頭。

「說得是呢，千萬別驚動了豫王妃。至於你們二叔，反正國公府也是他家，不算來做客的，就一切從簡吧。若他們來得比我們早，那就等我們回來，再給他們接風也不遲。」

蕭瑾璃應了，說話間已到巳時初，孔氏便領著她一起到外院回事處去見管事媳婦們。

蕭謹言看孔氏要走，忙開口道：「母親能把阿秀借我用一天嗎？」

孔氏擰起眉，轉身問道：「怎麼了？文瀾院的丫鬟還不夠用嗎？居然要到我的房裡來借。」

蕭謹言有些不好意思地撓撓頭。

「是小郡王想見見阿秀。上回經了阿秀的提醒，我才想起讓小郡王回京的事。如今我已經在皇上跟前白擔了這個好處，總不能在小郡王面前還白擔著吧？」

孔氏聞言，無奈地搖搖頭。「你這孩子，越大越不懂得避嫌了。我把阿秀從文瀾院裡弄出來是為了什麼，你到底懂不懂？」

若說一開始蕭謹言還有點不理解，可這段時日下來，他也想明白了，孔氏是想親自調教好阿秀，讓她以後進他房裡服侍。話雖這麼說，但整日只能瞧上一、兩眼，不能在懷裡摟摟抱抱，還是很難熬的。

蕭謹言便一本正經道：「我自然知道母親的一片苦心，只是我已經答應小郡王，要帶阿秀去見他，若是沒把人帶去，豈不失禮？」

孔氏見蕭謹言諸多藉口，只得無奈地答應了，嘆著氣，轉頭吩咐。「春桃，妳去叫阿秀，讓她今兒跟著世子爺出門，記得讓她穿好看一些，別丟了許國公府的臉。」

春桃脆生生應了，抬起頭瞧見蕭謹言那張俊美容顏正帶笑看著她，只當沒看見，淡然地轉身出去了。

這會兒，阿秀正在茶房裡看著小丫鬟燒熱水，見春桃來找她，以為太太有事叫她過去。春桃說明來意，阿秀應下，回自己的房間換衣裳。

既然要出門，倒不拘只能穿著許國公府的丫鬟服，阿秀便從箱子裡拿出蘭嫣送她的藕荷色衣裙，外頭再搭前幾日孔氏賞的蔥綠色貉子毛小襖，看起來也相配得很。

阿秀穿好衣服，理了理頭髮，在髮髻上紮兩根五彩絲帶，瞧著拾掇得差不多了，這才往前頭去。

蕭謹言已經在門口等她了。外面陽光明媚，他穿著銀白色狐裘大氅，輕裘緩帶地站在日頭底下，整個人被照得流光溢彩起來。

阿秀站在抄手遊廊，看見蕭謹言，忍不住翹起了嘴角。

蕭謹言轉身，瞧阿秀站在遠處，十歲的身子雖說沒長開，但因纖瘦，看著也很窈窕；一張白皙紅潤的小臉，在日光下更顯得光彩照人。

蕭謹言看著看著，就想起前世第一次見到阿秀的情景。

那日，阿秀穿著外院小丫鬟的粗布衣服，站在井邊打水，若不是他抄小路經過那座院子，就不會瞧見她吃力地拎起一桶水，小臉脹得通紅的模樣。雖是那樣狼狽，卻沒能掩蓋住阿秀的美貌，僅僅一眼，就讓他的目光被牢牢鎖住了。

阿秀走到蕭謹言跟前，蕭謹言上下打量她一下，眸中帶著暖暖的光澤，卻沒有說什麼，轉過身子，讓阿秀跟在他身後，兩個人一前一後地走出院子。

「上回妳跟我提小郡王的事情，後來老爺向皇上稟報了，皇上還親自褒獎我。不過，小郡王知道是妳的功勞，讓我邀妳去他家做客。」

阿秀跟在後頭，聽蕭謹言這麼說，忙不迭道：「小郡王太抬舉奴婢了，奴婢可當不起，奴婢還是陪著爺一起去赴約吧。」

蕭謹言轉身看阿秀一眼，笑道：「也不是什麼約，就是去瞧一瞧，他的身子還沒好，皇上讓他留京休養。我算是去探病吧，順便帶妳出去玩玩。」

說到這裡，蕭謹言頓了頓，又道：「本來說好開春後要帶妳去踏青的，但老太太跟母親要出去這麼久，我不能隨意把妳帶出門，若被老爺知道，可有罪受了。」

阿秀抿著唇瓣笑了起來，沒想到蕭謹言還記得這事，便笑著道：「世子爺如今用功唸書，等高中了舉人，老爺一定不會罰世子爺的。」

蕭謹言聽了阿秀的話，腦子頓時有點發脹，擰眉道：「聽妳這麼說，這大好的時光，更應該留在家裡唸書才是。」

阿秀聞言，一時急了，想張嘴說不是，才抬起頭，就看見蕭謹言戲謔的眼神，便知道自己上當，撇撇嘴道：「世子爺若不想帶奴婢出去，那奴婢就不出去了。」

蕭謹言越發喜愛阿秀現在的樣子，不像前世那樣萬般乖順，偶爾耍些小脾氣，更是自然靈動，遂忍不住轉過身子，伸手在她的鼻尖上點了一下。

「我不帶妳出去，帶誰出去？妳這個越發會使壞的小丫頭。」

第四十七章

卻說太后娘娘殯天之後，禮部那些人因為太后娘娘和恒王府的陳年恩怨，怕遭勢力龐大的安國公府忌憚，居然沒人敢提議將恒郡王周顯從紫廬寺接回京城。

直到阿秀提起此事，蕭謹言才向許國公提了。

許國公和恒親王是故交，遂乘機向皇上稟報這件事，且群臣附議。皇帝本就不是不顧念手足之情的人，況且子姪輩中，他向來疼愛周顯；皇后娘娘更不用說了，本就是周顯的親姨母，於是，當天皇上就命人將周顯接回宮中。

誰知周顯在紫廬寺時，因沒有好好將養，病情反覆，回宮後竟高燒昏迷了。

皇上得知，怒斥禮部官員，指責他們要讓他做不仁不義之君。幸好杜老太醫把得一手好脈，又道出前幾日杜少爺曾去紫廬寺為小郡王醫治，雖然這病看似來勢洶洶，卻並不危及性命。皇上聽了杜老太醫的話，才稍緩怒意。

因此，周顯在宮裡住了十幾天，直到身子大致好了，皇上和皇后才放他出宮回府。

「那現在小郡王的病已經好了嗎？」

阿秀跟在蕭謹言身後，聽他說起周顯這段時日的遭遇，眼中透出幾分同情。雖說做丫鬟的命苦，可像小郡王這樣的人，年紀小小即無父無母，雖然生在富貴之門，又有什麼用？還不是受盡苦楚。

阿秀想著，眼眶忍不住紅了起來。

蕭謹言見她那副模樣，心裡又有些泛酸了。說起小郡王的事情，阿秀就這麼上心，現在還一副悶悶不樂的樣子。她對他，好像從來沒有這樣過呢！

「他的病早好了。妳也不想想，皇帝是他的親叔父，請了十幾個太醫圍著他瞧，能不好嗎？」蕭謹言故意帶著幾分挖苦道。

阿秀便道：「那是因為他病了，才這樣的，如果可以一直平平安安、無病無災，那才好呢。」說著，閉上眼睛，按了按胸口。

她的胸口掛著除夕夜蕭謹言送她的銅錢，堅信這枚銅錢會給她帶來好運，可以消災祛病、永保平安。

恒王府離許國公府並不遠，只隔著三條街道。大雍皇城的建制就是如此，京城西北角住著公卿侯門，這一帶除了恒王府，還有明慧長公主府、恭王府等宅邸。

馬車在青石板的地面上轆轆前行，蕭謹言向阿秀簡單說了恒王府的故事。

當年恒王驍勇善戰，先帝對他很是器重，奈何先帝病危之時，恒王尚在邊關，大敵當前，若是不抵禦韃子，只怕大雍要有大禍患。待邊關一戰告捷，先帝卻已經駕崩了。

當時，徐貴妃把持後宮，遂夥同安國公等人，把她的兒子推上了皇位。雖說有先帝遺詔，但在那樣的情況下，仍有許多大臣對這個結果不滿。

誰知恒王回京後，並沒有一絲不悅，主動放棄兵權，只想做個閒散王爺。那時恰逢恒王妃有孕，皇帝便答應了他的要求。

恒王妃懷胎十月，一朝分娩，沒想到卻遇上難產，努力了三天三夜後，生下周顯，隨即撒手人寰。

從此，恒王一蹶不振，直到南方起了戰事，東南叛軍企圖揮軍北上，他才再次出來帶兵剿匪，花了兩年工夫將叛軍逼至嶺南，剩餘叛軍投海而亡。

那時，恒王納了錢塘總兵的庶女明若玉為側妃，生下小郡主，可惜叛軍突襲，不小心弄丟了，從此尋尋覓覓，整整十年，卻再沒找到那個可憐的孩子。這些事情，外人是不知道的，只有恒王府的主人跟幾個老奴知情。

恒王死後，恒王府便敗落了，只留下周顯這棵獨苗，原本寄予厚望，卻被太后娘娘安上莫須有的罪名，弄得賭氣當了和尚。為此，周顯的外公氣得差點起不來床。

其實這些事，阿秀都知道，但都是前世道聽塗說的，如今聽蕭謹言親口說出來，更感覺殘酷得讓人嘆息。

不久，馬車到了恒王府左角門，看門的小廝瞧見蕭謹言的車，急忙迎上來，笑道：「爺惦記著世子爺要過來，讓奴才起個大早，在門口候著呢。」

阿秀跟著蕭謹言下車，發現這小廝就是在廟裡服侍周顯的小和尚，如今也跟著還俗了，頭上戴著氈帽，所以方才一下子沒認出來。

阿秀見狀，想起了初一，抬頭問蕭謹言。「爺，這兩天我沒在府裡瞧見初一，她是不是還在服侍小郡王？」

小廝聽了，笑著道：「姑娘放心，初一姑娘在裡頭呢。之前我們府裡的奴才都遣了出去，家生子也只有十來戶，都在莊子上幹活。這兩日，我奶奶走訪了幾個莊子，讓各家各戶年紀到了的小姑娘進府，到時候讓小郡王好好挑選。」

阿秀聞言，一邊跟著蕭謹言走進門、一邊對小廝說：「小郡王身子不好，這種事情還是不要勞動他，讓你們管事嬤嬤做主就好了。」

恒王府是親王府，占地頗大，比許國公府還要大上幾分。但是，許國公府裡，進了大門後，若是去院子的路遠，便有車子接送，可恒王府裡卻連一輛車都沒有。阿秀心想，這大抵是人手不夠的緣故。

眾人走了一會兒，來到一處小院，進門就是長長的抄手遊廊，廊上的紅漆都掉了色，看上去很是殘破，上頭連一只裝飾的鳥籠也沒掛上。

阿秀看著，心裡有些嘆息，同樣年紀的人，蕭謹言活得這樣滋潤，周顯卻如此清苦。

「世子爺，我記得文瀾院裡有一對八哥，您常說牠們吵著您唸書都不安生，不如送給小郡王吧。您瞧這裡靜悄悄的，哪裡像人住的地方。」

蕭謹言看阿秀一眼，雖覺她說得很有道理，但還是假裝生氣道：「我倒不知，原來妳也有這麼個敗家的毛病。」

阿秀聞言，低下頭，略略噘起嘴，模樣調皮可愛。

正說著，三人已經到正廳門口。

小廝通傳了一聲，就瞧見門簾一閃，初一從裡面探出頭，見到蕭謹言和阿秀，急忙上前將他們迎進去。

阿秀進了廳，就看見周顯從裡屋出來，身上穿著月白色銀絲暗紋團花長袍，外面披同色的大氅，頭上戴著氈帽，雖然看上去還是一如既往的清瘦，但臉色已經有了幾分精神。

見到蕭謹言，周顯忙請他入座，阿秀和初一便去了茶房沏茶。

阿秀跟初一邊走邊聊了起來。

「怎麼還只有妳一個人在小郡王身邊服侍，府裡沒有其他丫鬟嗎？」阿秀隨口問道。

「我也不清楚，我和小廝阿福先被送回來，小郡王則在宮裡住了十來天。聽說皇后娘娘賞了好些宮女姊姊給小郡王，可他硬是一個也沒要，說是習慣了一個人。」

初一皺著眉頭，繼續道：「我平常也沒做什麼，就是熬藥、沏茶，其他的都是阿福服侍。」

阿秀聽初一這麼說，擰起了眉。「這可不行，妳得學著服侍了。」看著初一，鄭重道：

「妳是想留在小郡王身邊呢？還是跟著世子爺回國公府？」

初一聽阿秀這麼問她，頓時有些疑惑了，睜大眼睛問道：「我可以不回國公府嗎？」

阿秀想著恒王府的境況，道：「如今這裡連幾個像樣的下人都沒有，世子爺肯定想讓妳留下來服侍小郡王的。妳服侍的日子長了，小郡王必定離不開妳，到時世子爺說不定會真把妳送給小郡王。」

富家公子之間送幾個丫鬟使喚，並不是什麼大事，更何況恒王府是這般光景，蕭謹言不可能不出一點力。

初一想了想，點點頭。

「那……我先不回去了。我瞧著小郡王的身子還沒好全，早中晚的藥，還是得有人照顧。」

兩人說著，洗好茶壺、茶杯，泡了一壺好茶送過去。

蕭謹言在廳中坐了片刻，問周顯。「皇上有沒有說，從東郊回來後，讓你去哪邊應卯？」

周顯見蕭謹言焦急的模樣，笑了起來。

「皇上倒是提過，可是我沒應。太后娘娘才剛死，安國公那邊的勢力不容小覷，這時讓我回去，有些操之過急了。」

原來皇帝雖然是太后娘娘的親子，卻也痛恨安國公打著老國舅爺的名號，在朝中結黨營私，奈何太后娘娘健在，所以沒辦法整治他。如今太后娘娘殯天，給了皇上時機，遂也把蕭二老爺從淮南召回來。

但蕭謹言急的，其實不是這件事。

前陣子去豫王府，他曾向豫王妃暗示今年淮南要鬧洪災的事；可最近在宮裡見了豫王幾次，看豫王的樣子，很明顯地，蕭瑾瑜並沒有把這件事告訴他。

蕭謹言想起，再過兩、三個月，洪水來襲，生靈塗炭，心裡是說不出的焦急。

這幾天，他埋頭苦讀，正是在想解決之道。工部帳目有弊，背後牽扯甚多，不能莽撞行事；若此時有人去翻工部的帳目，看出造堤的銀錢有出入，便能引起警覺。

現在看來，最好的辦法，是找個皇帝信得過的人，把事情說出來。

這三年，周顯不曾參與任何政務，清清白白，若讓他查出這事，皇帝不會懷疑他別有居心，必然會追查到底。

「我也有意報效朝廷，奈何父親非要我考上了舉人，才肯為我上書求個一官半職，如今只能在家裡溫書乾著急。

「這幾日，我翻了酈道元的《水經注》，發現河道水系之事很有意思，心裡想著，若是能出仕，不如去工部當兩年堂官，多看看那裡的存書。」

這時，阿秀和初一掀起簾子，送茶進來。

阿秀把茶盞送至兩人手中，周顯接過，低頭看著眼前秀美靈巧的小姑娘，不知為何，心裡總是浮起想要親近之意。可阿秀是蕭謹言的丫鬟，若真的說出來，反倒顯得失禮了。

周顯低下頭，抿了口茶，緩緩道：「去年大雪一直下到早春，按著大雍的年例，今年恰巧是三年一澇的年分。前些天我在宮裡時，跟皇上提過這事，皇上說去年光花在治水上的銀子就有二千萬兩，為的就是保住今年的平安。」

阿秀聞言，心臟怦怦跳了起來，忍不住開口道：「這麼多銀子，都花在刀口上了嗎？若是到時該沖毀的田還是沖毀了、該死的人還是死了，這些銀子豈不是打水漂了？」

蕭謹言聽見阿秀的話，暗暗吃驚，抬頭看她一眼。

阿秀見狀，慌忙低下頭，福了福身子。

「奴婢失禮了。奴婢只是害怕……害怕發大水而已。」

周顯忍不住看向低眉順目、侍立在一旁的阿秀，又轉頭看蕭謹言，忽然覺得這也許不是巧合，沈吟片刻，道：「既然如此，那等會兒我進宮去見皇上。」

蕭謹言和阿秀聽了，臉上不約而同露出了笑容。

周顯垂眸飲茶，並沒漏看兩人神色的變化。

阿秀高高興興地上前，為周顯添了茶。

此時丫鬟來回話，說明側妃已經吩咐廚房的人備好午膳，可以開席了。

初一聽見，便熟門熟路地出去，領著幾個婆子進旁邊的小門，把午膳安置在右次間裡，跟大廳隔著一道簾子，很是清靜。

阿秀心中一愣，原來王府裡還有其他人。想想也是，當王爺的，誰沒個三妻四妾，恒王妃雖然去世了，王府裡還有幾個寡居的妾室，也是尋常。

蕭謹言聽說周顯要進宮，喜上眉梢，笑著道：「你也不用特意在皇上面前說什麼，只說想去工部歷練歷練，讓皇上准你察看工部歷年的紀錄跟典籍，估計也就夠了。」

他記得，前世事發之後，工部的帳本查出很大的問題。那些人膽大包天，本以為萬無一失，結果出事，便沒得推託了。

這一世，只要趁著太后出殯這段日子，在工部帳冊裡找出證據，就來得及挽救。那些大臣都在東郊送葬，顧不上京城裡的事，況且那些人從不把周顯放在眼裡，比起豫王親自去工部查帳，更不容易引起注意。

周顯從蕭謹言的目光中發現了笑意，低眉道：「都說你從去年落水之後就轉了性子，當真是這樣。以前你從不喜歡這些仕途經濟上的事，我和孔文拉著你聊兩句，也會被你數落半天，如今倒是變了。」

他頓了頓，挑眉看著蕭謹言。「佛家有涅槃重生一說，不知你是否相信？或許去年的落水之災，就是一場劫難，讓你能夠重生。」

蕭謹言聞言，心裡微微驚訝，周顯過了三年吃齋唸佛的日子，當真有些得道高僧的感覺了，怎麼說得這麼準呢？立時尷尬起來，只笑著道：「照你這麼說，人生一次病、受一次災，都可以叫做劫難了？」

周顯見蕭謹言有意迴避這個話題，微微一笑，不再追問了。

阿秀站在一旁，卻是心跳得厲害，再抬起頭看蕭謹言時，心裡越發緊張。

難道……小郡王說的是真的？

阿秀仔細回想這一世重遇蕭謹言後的點點滴滴，越來越覺得，與前世相比，蕭謹言對她果真更加體貼。若不是因為前世的緣分，今生一見面，蕭謹言就看上了她，委實有些說不過去。

阿秀抓著紅漆茶盤的手指有些發白，瞧見熏籠上茶壺裡的水少了，遂慌忙端起茶盤，福身出去添茶了。

第四十八章

正午的陽光下，幾個粗使婆子進進出出，提著食盒送午膳過來。

阿秀抬起頭，從茶房窗外瞧見垂花門前站著一名身形瘦削，卻容貌清麗的女子。她穿著素色衣衫，烏黑髮髻上戴著雪白的珍珠釵，翦水雙瞳含憂，像是望不盡眼前的悲傷。

阿秀被她的樣子吸引，鬼使神差般放下手中的茶盤，出了茶房，提著裙子走到垂花門口，抬頭看著她。

這女子正是恒王府的明側妃，片刻的愣怔後，回神瞧見跟前站著個嬌俏可人的小姑娘，臉上便擠出一絲笑，問道：「妳是許國公府的小丫鬟嗎？」

不知為何，阿秀遠遠看著她時，感覺她有些冷淡，但聽見她柔和的聲音後，便覺得她是再溫婉不過的人，遂笑著道：「奴婢是世子爺跟前的丫鬟，不知夫人怎麼稱呼？」

這個年紀的人，多半是恒王爺的妾室，但若貿然開口喊姨娘也是不敬，恭恭敬敬地喊一聲夫人，最有禮貌。

明側妃聽了，眉梢微微生出笑意，見阿秀如此乖巧懂事，忍不住伸手摸了摸她的臉頰，心裡卻想，若是她的閨女沒有丟掉，現在也有這麼大了。

明側妃想到這些，心口隱隱痛了起來，忍不住偏頭掩嘴咳了幾聲，見阿秀關切地看著她，便開口道：「妳進去吧，我是久病孀居之人，不便出席。若妳家世子爺有空，請他常來瞧瞧小郡王，年輕人之間，多走動走動才好呢。」

明側妃說完，轉身走了，身後卻沒有半個丫鬟跟著。

阿秀福了福身子，送明側妃離開，看著她孤寂的背影，忽然生出了幾分親近之心。

恒王府沒落了，這個女人還能一心一意守著，想必對這裡是有真感情的。

阿秀想起自己的前世，一樣是做妾室的，她不指望蕭謹言心裡只有她一個人，只盼著能長長久久待在他身邊，即便做個使喚丫鬟，也是件幸福的事。

阿秀端著茶水回去時，右次間已經擺上一桌菜餚。

蕭謹言用了幾口，誇讚道：「竟然還是三年前的口味，你們王府的廚子沒有換？」

周顯低下頭，眉梢略帶笑意。

「明姨娘說，別的人都好請，若廚子走了，以後再想吃這個口味的菜就難了。所以，之前打發下人時，唯獨留下了這幾個廚子。」

明側妃照顧周顯長大，兩人很親近。私底下，他也不喚側妃，學著民間的稱呼，喊她姨娘。

「明側妃的身子好些了嗎？」

「好些了。這種病就是這樣，天氣一冷就會犯，這幾日太陽出來，在日頭底下走動走動，便好了很多。都怪我太執拗，把她一個人留在家裡，這宅子又大又陰，不適合養病。」

一般侯門府邸的宅院，三、五年就要重新收拾，但恒王府沒什麼人住，自然就省了這講究，久而久之，看上去便老舊得很。

周顯抬起頭道：「我原本打算吩咐陸總管，先把明姨娘住的院子修一修，沒想到遇上太后娘娘孝期，只能再等一陣子了。」

蕭謹言笑著道：「這些事情慢慢來，要撐起恒王府可不容易，你剛回京，應當先韜光養晦。」

周顯聞言，便笑道：「你方才才哄著我去皇上那邊求個工部的職位，現在又讓我韜光養晦，我到底聽你哪一句好呢？」

蕭謹言一時無語，挾起一筷子菜，放入周顯的碗中。

「多吃些，難為了你家廚子，隔了三年還能給你做出這幾道菜來。」

周顯用了兩口，瞧阿秀垂眸站在一旁，見房裡也沒別人，便開口道：「阿秀，妳過來坐下一起吃吧。」

阿秀正在想剛剛遇見的女人，有些走神兒，冷不丁聽周顯這麼喊她，嚇了一跳，一時不知如何應答。

蕭謹言見狀，索性伸手拉過阿秀，往身邊的椅子上一按，還沒有半點避嫌的樣子，摟著她的腰，恨不得蹭上她的臉頰。

周顥早知道蕭謹言對阿秀很不一般，如今見他這副樣子，更是心知肚明，心裡暗笑，才誇他終於懂些仕途經濟的道理，怎麼又跟以前一樣，看見稍微出挑的姑娘，便輕浮起來。瞧阿秀的年紀，不過十歲出頭，蕭謹言還真是胡鬧。

蕭謹言見周顥眼神中露出一絲無奈神色，便知道他在心裡狠狠鄙視了他一回，只得鬆開手，讓阿秀坐好。

阿秀想起身為兩人布菜，卻被蕭謹言按住了。

阿秀見蕭謹言眉宇間透出鬱色，知道他有話要說，便乖乖地坐下來。

蕭謹言轉頭，對周顥道：「我有個不情之請，等過幾年，你這小郡王的位置坐穩了，請你收阿秀當義妹。若有辦法讓她得到郡主的封號最好；若是沒辦法，也只能盡力而為了。」

他想讓阿秀做正室，最大的問題就是阿秀的身分，一個國公府丫鬟，即便做個通房，也已經算是極體面的了。

周顥難得見蕭謹言這樣一本正經地求人，很佩服他的用心，一下改變了方才他對蕭謹言的看法。

周顥低眉想了想，恒王府人丁稀少，他連半個兄弟姊妹也沒有，唯一的妹妹，現在也不知是死是活。阿秀如此乖巧，若實在找不到親妹妹，讓阿秀代替她的身分活著，如此既可以幫了蕭謹言，又可以讓明側妃高興一番。

想到這裡，周顥有些興奮，開口問道：「阿秀，妳多大了？」

阿秀小聲回答。「奴婢是甲申年冬天生的，今年虛歲十一。」竟是同一年生的！周顯聞言，眉梢的笑意更大了。

他抬頭問蕭謹言。「既然如此，何不現在就認了？讓阿秀在恒王府當幾年郡主，到時候再風風光光地嫁過去。」

兩個半大的男人，居然毫不避諱，就在阿秀面前談起這些。阿秀聽著聽著，不禁紅透了半邊臉頰。

蕭謹言一本正經地回道：「那怎麼行，我還想多留阿秀幾年呢！你少打她的主意，白得了個便宜妹子，還想讓她多陪你，可沒這麼好的事情。」

周顯聞言，哈哈笑起來，端著熱茶飲了一口。

「好，那你欠我一個人情，今後可要記得還。」

蕭謹言看看阿秀，不覺露出了喜色，笑道：「以後讓阿秀給你生個小外甥玩玩，夠了吧？」

這時，阿秀真的坐不住了。他們好歹考慮一下，這席上還有個姑娘呢，如此露骨的話，哪裡就能說出來啊！

阿秀瞧著周顯氈帽下剛長出的頭髮，心裡暗暗哀嘆，果然脫離佛門之地，就六根不淨了。

不過，不知道為什麼，瞧見周顯這樣哈哈地笑，阿秀心裡也覺得高興得很。

三人用過了午膳，蕭謹言見時辰不早，起身告辭。

外頭的太陽正好，暖暖地照在院子裡。雖是寒冬草木枯萎之時，這時也有了幾分生機。

周顯送他們到垂花門外，蕭謹言請他留步了。

周顯瞧見阿秀乖順地站在蕭謹言身後，小臉被風吹得有些泛紅，便調侃道：「言世子，如今阿秀是我的義妹，她若在許國公府有什麼不如意的地方，我可是會為她討回公道的。」

不知為何，從第一眼瞧見阿秀開始，他就覺得投緣，想要親近，這感覺一直縈繞在他的心裡，但似乎又別於男女之情。

周顯的目光從阿秀身上收回，暗暗生出幾分捉摸不透的自嘲。難道真是因為他在寺裡住的時日太長，才會對一個外人有這樣的親切感？

此時，蕭謹言心裡倒是略略鬆了口氣，總算解決了一個心頭大結，還是一舉兩得。如今他在明面上開口提了要讓阿秀當周顯的義妹，就算周顯對阿秀有什麼念想，怕也只能埋進心裡了。他雖不是吝嗇的人，可阿秀對他來說，意義非常。

「外頭風大，小郡王不必送了。」

蕭謹言拱手告別，帶著阿秀離去。

見日光尚好，周顯便沒有回院子，而是順著夾道走了幾步，沒想到，竟不由自主到了明側妃住的地方。

周顯年幼喪母，從小周圍只有奶娘和丫鬟，恒親王雖然疼愛他，但畢竟是個男子，不能給他心靈上的撫慰。明側妃進府後，恒親王依然長年在外征戰，府裡經常只剩她和周顯，兩人雖不是親生母子，卻也有了深厚的感情。

明側妃住在後花園的小偏院，裡面種滿紫薇花，夏天時，院子的樹梢上都是紫色花朵，像鋪在房頂的綢緞一樣；可這個時候，卻顯得凋敝了。

隔著一道布簾，房裡傳出了沈沈的咳嗽聲。明側妃患有肺疾，一到冬天就藥不離口，已經熬了好幾個冬夏。

以前，周顯有著屬於少年的執拗，出家為僧是他做過最桀驁不馴的事。離開王府前，明側妃哭著對他說：「我這一生只有一子一女，女兒生出來沒幾天就丟了；好不容易有個兒子，現在居然要出家為僧了。」

那時，周顯還不明白明側妃的心境，可此時想來，卻也難掩悲傷。

在垂花門口站了片刻，周顯靜靜地轉身離開。

想起方才和蕭謹言商量的事情，他換了身衣裳，進宮去了。

蕭謹言坐在馬車裡，半瞇著眼睛靠在角落，臉上神色帶著幾分瀟灑恣意。這一世活得沒有上一世瀟灑無拘，可他越活越覺得比上一世精采。

他睜開眼睛，看見阿秀靠在車壁上，已經合眸睡著了。

蕭謹言挪了挪身子，伸手把阿秀抱在懷裡，低下頭，凝視她白皙嫩滑的臉頰。她身上有著淡淡的香氣，讓他聞了，心裡越發清醒。

這一世，他給阿秀的，一定要比上一世多！

不過……要給阿秀求個正兒八經的身分，並不是件容易的事情。皇家的人，不管做什麼決定，都會涉及朝政。

但周顯卻那麼輕易就答應他的要求……蕭謹言覺得納悶極了。

阿秀回到海棠院時，院裡的粗使婆子正把八個大箱子搬到門口的抱廈裡。每個箱子都貼了封條，只等明日一早，孔氏吩咐出發後，由小廝直接搬到二門外運上車。

孔氏在房裡跟春桃和王嬤嬤說話，言語中仍帶著幾分不安。

「越到出發的時候，反倒越放心不下了。」

阿秀送茶上去，孔氏接過杯子喝了一口，問道：「世子爺也回來了嗎？」

阿秀回答。「世子爺已經回了文瀾院，說一會兒來用晚膳時，再向太太請安。」

孔氏瞧著阿秀低眉順眼的樣子，打心裡喜歡，見她收了茶盤，掀開簾子出去，這才開口道：「我這一走，還是有些事情放心不下。」

王嬤嬤看出了孔氏心裡的擔憂，開口問道：「太太是不放心把阿秀留在府裡？」

孔氏眉梢一挑，蹙眉道：「也不是不放心。不過……春桃是肯定要跟我去東郊的，妳又要幫襯璃姐兒打理家事，剩下兩個大丫鬟，我還要帶走一個，留下的那個又不能擔事情。

「之前我把阿秀弄來海棠院，就是想多護著她幾分。那些刁奴之所以敢向她動手，分明是看在言哥兒年紀小，護不住她罷了。」

王嬤嬤很明白孔氏的擔憂。一個丫鬟對於許國公府來說，實在算不上什麼，要弄死一個小丫鬟，就跟碾死一隻螞蟻一樣。因為丫鬟的命太不值錢，所以大家也從不把小丫鬟的死活當作一回事，況且像許國公府這樣的人家，死了個把下人，又算得上什麼呢？

王嬤嬤低頭想了片刻，才抬起頭道：「不如……太太讓阿秀回蘭家住一陣子吧。眼下這個節骨眼，若再把阿秀送回文瀾院，只怕越發引得一幫人眼紅心癢，沒準兒就有人想趁著太太不在，做出出格的事來。

「既然太太決定把阿秀給了世子爺，索性護到底。世子爺如今越發懂事了，肯定也能明白太太的這番苦心。」

孔氏聽了，揉了揉眉梢，抬眸看向春桃。

春桃便笑道：「王嬤嬤說得是。太太不在家，要是把阿秀送回文瀾院，如今世子爺這年紀，也正好是……」說到這裡，頓了頓，委婉道：「阿秀卻只有十來歲，萬一一個沒當心，出了點什麼事，便是國公府的醜事了。」

孔氏心下一冷，緊張起來，給長成的公子房裡放人，是常有的事情，但卻沒聽說過哪家小少爺喜歡十歲的童女，要是真鬧出笑話，蕭謹言以後的仕途就完了。

孔氏點點頭，一個勁兒道：「我忙糊塗了，怎麼就沒想到這一層，幸好妳們提醒得及時。我最怕的就是我們走後，趙姨娘到處使絆子，要是讓她敗壞了言哥兒的名聲，我是萬死也難辭其咎了。」

孔氏想明白了，便打定主意，抬眸道：「春桃，妳把阿秀喊來，讓她收拾幾件衣服，跟王嬤嬤一起回蘭家去。」

阿秀剛從外面回來，這會兒正在房裡換衣裳，聽見春桃來傳話，心下就明白了幾分。

孔氏一走兩個月，她在海棠院裡，可說是孤身一人，萬一有什麼事情，蕭謹言也鞭長莫及。可這個時候，孔氏若把她送回文瀾院，也不大妥當，唯一的辦法，就是讓她回蘭家暫住。

阿秀收拾好，便揣著包袱到廳裡見孔氏。

孔氏招手喚她上前，見她鬢邊掉下幾縷髮絲，親手為她理了理，笑著道：「明兒我就要啟程了，妳在海棠院也沒什麼事情，我把妳送回蘭家，跟妳們姑娘住一陣子可好？」

阿秀聞言，乖順地點點頭，住在蘭家確實比待在許國公府安全很多。清瑤和張嬤嬤雖然被打發了，可她們都是許國公府的老人，難免還有幾個相熟的奴才，孔氏不在家，有恃無恐的人只怕會更多。上次逃過一劫，其實是靠運氣，她實在不能保證，她的運氣是不是每次都那麼好。

孔氏見阿秀答應了，眉宇舒緩開來，吩咐春桃到庫裡挑選幾樣禮物，差王嬤嬤親自送阿秀回蘭家去。

第四十九章

馬車駛出許國公府的後大街，王嬤嬤瞧見阿秀有些走神兒，便笑著道：「阿秀，怎麼了？讓妳回蘭家，妳不高興嗎？」

阿秀慌忙搖了搖頭，她知道這是孔氏的一片好意，只是被真的當作十歲孩子對待，還是讓她很不習慣。

不過，阿秀心裡明白，孔氏是真心要護著她的。有孔氏的庇護，不管許國公府將來的世子夫人是誰，她都不會過得很辛苦。

「奴婢還要謝謝太太和嬤嬤的關照呢，怎麼會不高興。」

王嬤嬤聽阿秀說出這句話，便知道她理解了孔氏的一片苦心，伸手摸了摸她的頭頂。

「妳能這麼想，太太就算沒白疼妳了。」

阿秀靠在王嬤嬤懷裡，點了點頭，只盼著孔氏能快點從皇陵回來，這樣她也可以早些回許國公府。

王嬤嬤帶著阿秀到蘭家時，朱氏正在正院大廳裡看舊年的帳本，聽門房說許國公府的人來了，忙帶著邢嬤嬤迎出去。

朱氏瞧見阿秀跟著王嬤嬤進門，手裡還揣著包袱，便有些擔憂，臉上卻還是帶著幾分笑意。

邢嬤嬤上前招呼兩人。「有什麼事情，王嬤嬤派人過來說一聲就好，怎麼親自上門了？」又低頭看阿秀一眼，見她臉上沒有不快的表情，便笑道：「阿秀也回來了？是要在家裡住幾天嗎？」

王嬤嬤笑著回答。「正是呢。明天我們家太太、老太太要跟著皇上去東郊給太后娘娘送葬，怕阿秀一個人在府裡待著無聊，所以讓她回來住幾日。」

朱氏想起那日在蘭姨娘院子裡聽說的事，頓時明白了王嬤嬤的言下之意，遂笑道：「嬤嬤只管回去告訴國公夫人，讓她放心。阿秀是我的乾女兒，在蘭家，她就是小姐，我保證把她養得水靈靈的，等著太太回來。」

王嬤嬤聞言，一個勁兒陪笑，朱氏便讓邢嬤嬤帶阿秀去繡閣找蘭嫣，請王嬤嬤在廳裡坐了，閒聊起來。

此時大廳裡並無閒雜人等，王嬤嬤才把話挑明了說。

「太太的意思是，不怕一萬，只怕萬一。國公府裡人多嘴雜，為了上次的事，太太發賣了兩戶家生子，又攆走一戶，但多少還有幾個跟那些人沾親帶故的在府裡服侍著。若太太在，她們有個敬畏的人，不敢明著動手；可如今太太不在家，要是出了什麼事，等太太回來，也晚了。」

朱氏沒想到孔氏能這樣為阿秀著想，心裡越發比以前更高看了阿秀幾分。她小小年紀，進許國公府沒多久，就能得到孔氏的青眼，可想而知，定然是乖巧得讓人心疼。

王嬤嬤又和朱氏聊了幾句，便推說府裡事多，起身告辭。

朱氏親自送王嬤嬤到二門口，折回去時，瞧見蘭嫣領著阿秀來找她。

蘭嫣見到朱氏，笑著迎過來。

「娘，沒想到許國公夫人是這樣好相處的人呢！可見阿秀是個有福分的。」

朱氏把阿秀拉到跟前，細細打量一番，開口道：「妳安心在家裡住上兩個月吧。過一陣子，二姑娘要回老家去，家裡就更清靜了。」

卻說蕭謹言正在文瀾院的書房裡看書，冷不防見清霜掀開簾子走了進來。他不喜看書時被人打擾，臉色頓時有些不好看。

清霜上前，向他福了福身子。「世子爺，有件事情，奴婢不知道該不該告訴您。」

蕭謹言見清霜難得說話吞吐，便耐著性子問道：「什麼事？」

「是好事，也是壞事。」清霜上前，給蕭謹言倒了杯熱茶。

「我方才去了海棠院，聽說太太讓王嬤嬤把阿秀送去蘭家，說是等她們從東郊回來後，再接她回府。」

蕭謹言聞言，握著茶盞的手微微一滯，愣怔片刻，想清楚了裡頭的厲害關係，才開口道：「罷了，這確實是件好事。」

上次收拾了清瑤和張嬤嬤，但蕭謹言心裡仍有幾分後怕，聽見孔氏命人將阿秀送走，雖然有幾分不捨，也還是接受了。

清霜見蕭謹言臉上帶著幾分愁容，卻沒有動怒，知道他想明白了孔氏的用心，便勸慰道：「世子爺能這麼想，那是最好不過了。如今世子爺也該知道，太太是有心護著阿秀的。」

蕭謹言點點頭，想再低下頭繼續看書，卻怎麼也集中不了心緒，索性放下書，靠在榻上小憩起來。

孔氏安排好一應事情，覺得一身輕鬆，早早洗漱就寢了。

第二日一早，孔氏卯時初刻即起身，天光還沒有大亮，老太太那邊已經派人來催。卯時三刻，眾人用完早膳，皆去大門口送行，蕭謹言立在中間。

許國公的年紀大約四十出頭，正值盛年，蕭家男子多半魁梧，此時他騎在御賜的汗血寶馬上，更顯得英武威嚴。

見蕭謹言出來，他原本就嚴肅的臉色越發冷淡了幾分，開口道：「聽說前陣子你為了一個小丫鬟，發落了幾個下人，趕的趕、賣的賣。這些事情，你別當我不知道，不要以為如今你肯唸幾頁書了，我就會由著你胡作非為。

「你記住了，等我從東郊回來，就要抽查你的文章，若還像去年一樣只能寫個四不像，我就把那嬌俏的小丫鬟給賣了。」

蕭謹言嚇出一身冷汗，內宅的事情，許國公向來很少過問，即便知道了，也很少提，這會兒卻說得清清楚楚，分明是有人在許國公跟前把事情謊報一通，不然為何說的都是他的錯處。

孔氏剛上馬車，聽見許國公這樣數落蕭謹言，心下也是一冷。她在許國公府當家多年，這些後宅瑣事從不說給許國公聽，只在涉及外院人事時，會跟他提一提，但就是走個過場而已。

孔氏臉色一暗，用腳趾想也能想到這些話是怎麼傳到許國公耳中，小聲恨恨道：「車還沒動呢，趙姨娘已經開始拿大了。」

春桃勸了孔氏幾句，孔氏正欲開口，聽見坐在前頭馬車上的趙氏發話了。「教訓兒子也不急於這一時半刻，耽誤了太后娘娘出殯的時辰，我們國公府可擔待不起。」

許國公聞言，只得嚥下想說的話，恭敬道：「老太太說得對，先啟程要緊。」

說完，他低頭瞪著站在旁邊的蕭謹言。「好好唸書，今年鄉試若是中不了，看我怎麼收拾你。」

這會兒，孔氏心裡的火氣再難壓抑，正要替蕭謹言辯解幾句，許國公卻命了車隊開路，遂按下怒火，稍稍撩開簾子，看著蕭謹言目送他們離去。

蕭謹言回到文瀾院，立刻喊了杜兒，笑著道：「老爺走了，你快去備一輛車，我要去蘭家。」

清霜見了，急忙攔住他。

「我的爺，您少鬧騰了，且再等幾日吧。方才老爺的話，您沒聽見嗎？阿秀的事情已經鬧到了老爺跟前，只怕有人故意在暗地裡使絆子呢！爺還這麼不知檢點，若想出門，也得等幾日才好。」

許國公府的人出入，都有門房登記，每日馬車去了哪些地方也會記下；若有人真想在許國公面前給蕭謹言穿小鞋，利用這些是最容易達成目的的。

蕭謹言聽了，覺得清霜說得有道理，嘆息道：「罷了，聽妳一回。」說著，便揮手讓杜兒退下。

杜兒正轉身要走，蕭謹言想了想，又喊住他。「等會兒你去杏花樓買些紅豆糕，一份送到蘭家，另一份帶回來。」

杜兒應下，笑著道：「爺放心，小的屁股已經好了，腿腳快，到蘭家時，保證紅豆糕還是熱騰騰的，讓秀姨娘吃得高高興興！」

「胡說什麼呢！」

蕭謹言假裝伸手要去打杜兒，杜兒慌忙後退兩步，絆到一塊小石頭，差點跌一跤，笑著跑了。

書房裡終於安靜下來，蕭謹言看了半晌的書，門前的小廝進來傳話，說恒王府派人送信來。

蕭謹言吩咐把人帶進房，送信的人正是以前許國公府的丫鬟初一。

蕭謹言見周顯派了初一來送信，便知道信裡的內容事關重大，不然的話，請人傳句話就好了，不須如此勞師動眾。

蕭謹言打開信封，抽出信看起來，薄薄的信紙在他指尖晃動了幾下。

初一道：「世子爺，小郡王說，您看完信，就把它燒了吧。」

蕭謹言沈吟一聲，順手拿起一旁的絹紗燈罩，就著燭火點燃信紙一角，火苗瞬間飛竄上來，將整張信紙吞噬了。

信裡的內容是說，原來皇帝早就不滿安國公把持朝政，打算開始肅清安國公的黨羽，聽周顯提起淮南的事，便私下給了他一道秘旨，讓他去工部應卯，暗中搜集安國公的罪證。

蕭謹言只覺後背微微發熱，前世從未關心過仕途經濟的他，忽然感到莫名的興奮，胸中像是燃燒起熊熊巨火，能把整個人點燃。

燒完信，蕭謹言又問起恒王府的近況，然後在書房裡來回走了幾圈，便喊清霜進來。

「妳收拾收拾東西，從今天起，就去恒王府服侍小郡王。」

清霜一驚，杏眼中泛出淚光，正要跪下求情，卻聽蕭謹言道：「孔家有四十無子方可納妾的家規，我和孔文是表兄弟，貿然塞個妾室給他，於禮不合。妳去恒王府服侍一段時日，找個機會，我讓小郡王把妳賞給孔家少爺。」

蕭謹言讓清霜過去，除了這個目的，其實還有著別的打算。周顯應承了他說的事情，雖然有皇帝在背後支持，可其中的險境令人擔憂，再讓初一這樣的小丫鬟送信，只怕不妥。

清霜聽蕭謹言這般為她著想，眸子裡蓄滿了淚水，抬起頭看他，竟一時無語。

蕭謹言便道：「妳不用謝我，這事情成與不成，我也不清楚；不過，若妳留在我身邊，將來就是配個小廝而已。我知道妳原是官家小姐，定然不想這樣了此殘生。」

清霜聞言，垂淚道：「如今阿秀不在爺的身邊，奴婢又要去恒王府，爺身邊連個知冷知熱的人都沒有，奴婢放心不下。」

蕭謹言便笑道：「能使喚的丫鬟，文瀾院裡多得是，但服侍小郡王可不是一般的差事。小郡王幾經挫折，如今從紫廬寺回京，正是前程似錦，妳現在去服侍他，即便以後孔家表哥那邊出了岔子，去不了了，小郡王也不會丟下妳不管。」

清霜聽了，臉紅起來，周顯的人品學識，也是京中人人盛讚的，她如何不知？便在蕭謹言跟前磕了幾個響頭，帶著初一告退了。

安排好一應事情，蕭謹言合眸，在榻上靠了一會兒，陽光從窗戶裡透進來，暖暖地照在他臉上。

想起前世這樣的大好時光多半被他用來睡覺，覺得從前的他真是個富貴閒人。如今稍稍動起腦筋，研究了一些門道，便發現仕途經濟裡的講究，的確深不可測。

他不想像前世一樣依靠聯姻獲得朝中勢力的保障，但許國公府也不能沒有豫王這棵大樹，既然目的相同，那他應該在這條道上出幾分力氣。唯有這樣，他才能成為和前世不一樣的人，不受長輩的意志所控制。

想到這裡，蕭謹言又興奮起來，遂提筆寫了帖子，讓丫鬟送去豫王府。

卻說阿秀回到蘭家後，朱氏把她當成親閨女一樣看待，又命邢嬤嬤給她做了幾套衣服。蘭家不是官宦人家，不受國孝限制，過了二十七天，就不必再穿素服。

這幾日，蘭老爺也不在府裡，聽蘭嫣說，是跟著夥計一起去了南方，想在春汛前多收些糧食。這消息是蘭姨娘上回提醒的，想必這筆生意裡，也有許國公府入股的銀子。

孫繡娘又來了蘭家教課，蘭嫣依舊對繡花沒有半點興趣，做到一半，就留下阿秀一個人學了。

孫繡娘看著阿秀認真的樣子，打心眼裡喜歡，便悄悄把她的絕學「雙面繡」也傳授給她。

第五十章

這日，朱氏從外面回來，邢嬤嬤帶著幾個小丫鬟進府讓她挑選。

之前許國公府送來的小丫鬟，朱氏全退了回去，倒不是覺得不好，只是她心裡想著，那些小丫鬟原本指望進許國公府這樣的高門，忽然到了蘭家，只怕不肯安心服侍，所以留用了她們幾天，就讓邢嬤嬤送還給王嬤嬤。

現在蘭嫣不想著進許國公府了，不須再選長得好看的丫鬟，遂只挑了兩個看上去老實的放在身邊。

接著，朱氏命人請了方姨娘來選丫鬟。

因蘭婉生病，蘭老爺也不在家，所以方姨娘看起來比以前憔悴不少，也沒什麼心思挑選丫鬟，只隨便指了兩個，連謝都沒謝朱氏一聲。

邢嬤嬤看不過去，正想開口說話，卻被朱氏攔住了。

朱氏看了方姨娘這個樣子，有些發怵，囑咐邢嬤嬤。「這些日子，少讓阿秀出繡閣吧。國公夫人把阿秀送回來，是因為放心不下她，若在我們家出了岔子，那就不好了。」

邢嬤嬤知道朱氏是怕方姨娘將蘭婉的病怪到阿秀身上，應下了，又道：「老爺來了信，說過兩日二管家到了，就把二姑娘帶回老家。」

朱氏聞言，擰眉點了點頭。

皇帝親去皇陵送葬，表現了天子的一片孝心，豫王也被臨時授命，監管京城的治安。至於奏摺，每日都會有快馬送至東郊，讓皇帝親自批閱後，再送回京城，交由豫王傳達聖意。

這日，蕭謹言去了豫王府，瞧見府裡有不少客人，想來那些有想法的，已經開始選邊站了。

因蕭謹言尚未出仕，所以沒見那些人，招待他的，依舊是豫王妃蕭瑾瑜。

此時，蕭瑾瑜看起來臉色尚好，顯然上次的見紅沒有傷到她的元氣。

其實蕭謹言並不知道，所謂見紅，不過是蕭瑾瑜聯合太醫做的一場戲而已。這種私密之事，即便有人懷疑她說謊，難不成還真請太醫院的人給她檢查身子不成？

蕭瑾瑜腹中這個胎兒，當真是好使的藉口，也因為如此，豫王藉照顧豫王妃之名，懇請留在京城。皇帝見他這般愛護妻小，就大方地把整個京城的治安工作一併交給了他。

如今是二月裡，正是春寒料峭的時候，大廳裡燒著熱熱的地龍，地下鋪著猩猩氈的毛毯。

蕭瑾璃微微眯著眼睛靠在榻上，見蕭謹言進來，笑著招他到跟前，打趣道：「聽說你最近讀書比以前勤奮了些？怎麼，想考個功名光宗耀祖了？」

蕭謹言見左右無人，便也跟著打趣。「咱們家已經出了一個光宗耀祖的王妃，我考不考得上功名有什麼關係?以後若能當上國舅爺,自然也會像安國公那樣風風光光。」

蕭瑾瑜聞言,眉梢微微一蹙,見裡外沒有下人,才嗔怪道:「你這孩子,越發膽大妄為了,這種話也敢說出來!」

蕭瑾言只微微一笑,在蕭瑾瑜身邊的椅子坐下。「我不過是實話實說。」頓了頓,又問:「方才來時,我瞧見外頭停著幾輛馬車。怎麼,今兒豫王府有客人嗎?」

蕭瑾瑜笑著回答。「是幾個回京述職的官員。他們到得早了,皇上又不在京城,所以就上豫王府走動走動。」

蕭瑾言心下了然,想了想,開口道:「這時候,豫王倒是不便與官員走得太近。太后娘娘剛去了,安國公那邊的手還長著呢!」

蕭瑾言的話音剛落,就聽見一個溫厚的聲音從簾子外傳進來——

「小舅子這話倒是說得有幾分道理,幾日不見,當真是要刮目相看了。」

蕭瑾言連忙起身,瞧見有丫鬟打起簾子,迎豫王進來。

豫王正值二十三、四歲的年紀,五官端正、濃眉大眼,雖說少了幾分俊逸,但單單這份英氣,也讓人覺得眼睛一亮。

蕭瑾瑜正要起身服侍他解開身上的斗篷,豫王揮手止住了她,身後服侍的丫鬟便上前,解下他的斗篷收好,然後恭恭敬敬地退出去了。

蕭瑾言這才發現,那丫鬟是跟著蕭瑾瑜一起陪嫁過來的,如今已開了臉,想來是做了豫王的通房。

不久，那丫鬟送了一壺茶進來，豫王在蕭瑾瑜對面的炕上坐下，姿態悠閒。

「我今兒見的幾個人，都是南邊的地方官，遂也查了江南米倉的存糧。去年的雪特別大，今春只怕會有洪澇，若幾個糧倉的米不夠，要提早向戶部支銀子買。」

豫王的話才說完，蕭瑾瑜遂立刻接道：「怪道我總覺得有什麼事情沒說，原來是這件事。上次言哥兒來時，說什麼三年一大澇，應該就是這回事吧？」一邊說、一邊瞧著蕭謹言。

蕭謹言聽了，微笑道：「我瞧著書上這麼寫，也未必是真的。不過，這幾年風調雨順，沒鬧過什麼大災，皇天庇佑，今年應該是個平安年吧。」

見豫王已經有準備，蕭謹言覺得不必再提醒他，便只說了幾句官話，想蒙混過去。

豫王聞言，微微沈吟。「今年未必是個平安年……太后殯天，欽天監那邊也隱約瞧見災相。這次父皇去皇陵，除了送太后下葬之外，還要祭掃太廟，以慰先祖。」

蕭謹言便道：「小心駛得萬年船，這句話總是沒錯的。」

豫王抬起頭，看了蕭謹言一眼，目光中帶著幾分審視，抿了口茶，緩緩道：「如今連恒郡王都求了父皇給他一個閒職，你真的不想早些為朝廷出力嗎？」

蕭謹言低頭笑道：「父親說，讓我考過今年鄉試再說。」

豫王擰眉想了片刻，點了點頭。

許國公終究還是看重這個兒子，蕭瑾瑜這一胎，到秋天便要瓜熟落地，而他們籌謀的事，那時也應該初見分曉。在這之前，只要蕭謹言沒有出仕，後面不管出了什麼事情，都不至於受到株連。

豫王明白了許國公的一片苦心，對蕭謹言道：「也是。如今朝中新貴多半都是科舉出仕的，你若也能從正途來，又有許國公府這棵大樹，將來的仕途必定順遂。」

蕭謹言從豫王府出來時，才想起他已經有半個多月沒見到阿秀。如今，他不像前世那般閒散，知道不少排解相思的辦法，比如說看書看上大半天，時間就過去了。

馬車在青石板路上駛了一小段，蕭謹言才從簾子裡探出頭來。今兒他出門只帶了杜兒，為的正是抽空上蘭家看看阿秀。

杜兒不愧是蕭謹言肚子裡的蛔蟲，到第一個路口時，沒等他吩咐，未曾拐彎，直接往前去了。

蕭謹言在簾子後瞧見，勾了勾嘴唇，沒再多說什麼。

於是，杜兒假裝小聲小氣道：「爺，奴才一時心急，好像走錯路了。」

蕭謹言便故意道：「既然走錯，那再折回去好了。」

杜兒笑著道：「都已經走錯了，爺不如將錯就錯，上蘭家看看秀姨娘去？」

蕭謹言瞪了柱兒一眼，嚴肅道：「以後別動不動秀姨娘、秀姨娘的，太不尊重了，好好說話。」

柱兒連連點頭，揮動馬鞭，載著蕭謹言往蘭家去了。

這時，阿秀正在繡閣裡做針線。

前幾日聽蘭嫣說，再過兩、三個月就是朱氏的壽辰，阿秀便想著送禮物給朱氏。偏生她除了繡花，也不會別的，遂央著蘭嫣幫忙寫個壽字，在四周畫上如意祥雲的花樣，繡成成品，鑲在木架子上，也可以做一面小炕屏。

蘭嫣覺得這個主意極好，認真寫了給阿秀繡，算是姊妹倆給朱氏的一點心意。

阿秀剛剛繡好一小片雲彩，琴芳笑著進來道：「阿秀，許國公府的世子爺來了，太太讓妳換身衣服見客。」

今兒阿秀只穿了家常的衣服，聽琴芳這麼說，有些慌亂了。

半個月沒見到蕭謹言，不知道他過得如何？想著這些，她恨不得連衣服都不換，直接出去見人。

琴芳見狀，便上前從箱子裡拿出朱氏給阿秀新做的衣服。

「快換上吧。」

阿秀放下針線，急急忙忙換起衣服來。

外頭春光甚好，阿秀瞧見，小院裡的梅花雖然落盡，可樹枝上已經抽出綠色枝條，看著很是喜氣。有隻喜鵲停在上頭，嘰嘰喳喳地叫著。

這會兒，蕭謹言坐在大廳裡，一邊喝茶、一邊等著阿秀。

朱氏沒有請蘭嫣出來見客，既然已斷了這念想，便要避嫌，一心一意給她另覓夫家了。

奶娘不知道府裡有客人，帶著泓哥兒過來了。

泓哥兒見到朱氏，開開心心地跑過去，靠在朱氏身上。

「娘，您快看我寫的字，瞧瞧好看不好看？」

朱氏見狀，對蕭謹言不好意思地笑了笑。

「泓哥兒，娘正招呼客人呢，你去繡閣找姊姊玩吧。」

泓哥兒聽了，哭喪著臉道：「我才剛從繡閣出來，這字還是姊姊教我描的呢！」

朱氏看了泓哥兒描的字，心裡自然高興，誇了他幾句，正想讓他出去玩時，蕭謹言忽然開口問道：「泓哥兒開蒙了嗎？府上可有請西席？」

朱氏有些尷尬，回答。「府裡倒是有個西席，不過是教女兒的。如今泓哥兒還未開蒙，老爺的意思是，男孩子不比姑娘家矜貴，可以去外頭的私塾上學。」

蕭謹言瞧泓哥兒長得虎頭虎腦，看起來可愛得緊，便笑道：「我們府裡有族學，就在許國公府後大街上，二少爺和三少爺都在那邊上學，還有幾個本家的孩子，都是開蒙的年紀。

學裡請的先生，是翰林院退下來的老翰林，夫人若是不嫌棄，就送哥兒過去唸書吧。」

朱氏雖然不知道老翰林的學問有多高，但一想到這是許國公府的族學，肯定不會請一般的先生，就急忙拉著泓哥兒的手道：「泓哥兒，快給世子爺磕頭，這可是天大的好事呢！」

她說著，又想起大少爺瀟哥兒，忍不住道：「世子爺，我們蘭家還有一個哥兒，已經十歲開外了，不知道能不能一起進府上的族學？」

朱氏雖然討厭方姨娘，對瀟哥兒也沒有好感，但念在蘭老爺的分上，對瀟哥兒也是一視同仁，便開了這個口。

蕭謹言道：「太太儘管放心，讓兩位哥兒去吧，不過就是多安置一張書桌的事情罷了。」

朱氏聽了，越發對蕭謹言感激起來。

這時，阿秀已經換好衣服，來到了廳門前。

如今開了春，門口的簾子便撤下來，阿秀遠遠就瞧見蕭謹言坐在裡面，一身寶藍底鴉青色卍字穿梅團花蘭綢直裰，頭髮梳得一絲不苟，臉上帶著幾分淡然的笑意，讓人看了，就生出幾分親切。

朱氏望見阿秀，又瞧出蕭謹言眼底的那分寵溺，遂笑著起身，帶泓哥兒出去了。

阿秀跨過高高的門檻，她背對著日頭，強烈的逆光下，每根髮絲似乎都透著金光。

蕭謹言站起身，定定地看著阿秀帶笑向他走來。

「爺，您來了。」

阿秀朝蕭謹言福了福身子，溫柔的嗓音雖然還帶著幾分童聲，口氣卻像極了前世蕭謹言去阿秀院子裡，她站在門口迎他的樣子。雖然如今兩人換了一個個兒，可那種帶著眷戀和掛念的情愫，卻一點也沒有變。

蕭謹言忽然邁出腳，幾步上前，將阿秀納入懷中，莫名的悲傷湧上心頭，就像那日清晨，他看見阿秀安靜地睡在床上，永遠都醒不過來時。

阿秀似乎感覺到蕭謹言的情緒，乖順地將頭靠在他的胸口，小聲問道：「爺是怎麼了？在家唸書累了嗎？」

蕭謹言平復心緒，鬆開手，目光柔和地看著阿秀。

「半個月沒見著妳，想妳了。」

阿秀紅著臉，低頭道：「阿秀也想爺了。」說著，從袖中拿出一個荷包。

豆綠色的料子，配上竹青色繡線，正是阿秀在許國公府時就開始為蕭謹言做的荷包。

蕭謹言拿起荷包，握在掌心反覆看了幾眼，又抬起頭看眼前尚且年幼的阿秀，才將荷包放進袖中收起來。

這時廳中並沒有其他人，阿秀上前為蕭謹言倒了茶水。蕭謹言便拉著她，在旁邊的椅子坐下。

兩人閒聊起來，阿秀問了許國公府裡的事。

「二姑娘管家管得如何？世子爺還有空往外頭跑，大抵是還不錯吧？」

「難為我幫她爭取這次機會，她卻只會躲懶。幸好趙小將軍也去了東郊，不然的話，只怕她連家裡都待不住了。」

阿秀聽了，抿嘴笑了笑。

蕭謹言看著阿秀，每次抬起頭，他都希望時光能過得再快一點，只等某一次忽然抬頭，就發現阿秀已經出落成十四、五歲的大姑娘了。

然而，不管蕭謹言抬多少次頭，看見的阿秀仍是十歲的模樣。

時間過得飛快，不一會兒就到了申時末刻。

朱氏本想留蕭謹言用晚膳，又怕許國公府規矩大，蘭家服侍不周，只能眼看著他告辭了。

第五十一章

用晚膳時，蘭老爺不在家，照例還是朱氏帶著孩子們一起吃。

如今蘭婉已經可以自己吃東西，方姨娘便騰出手，和以前一樣，在朱氏跟前服侍。

因為蘭婉的事情，朱氏對方姨娘多了幾分同情，即便她在她跟前不恭，也就算了，所以才又攬下瀟哥兒上學的事。

「今兒許國公府的世子爺過來，瞧著泓哥兒的字好，就讓泓哥兒去許國公府的族學上課。我瞧瀟哥兒年紀也不小了，老爺一直忙於生意，還沒在京城物色一間像樣的私塾，今兒正巧有這麼個機會，我便做主，讓瀟哥兒跟著一起去。」

方姨娘眼珠子一轉，瞧見坐在旁邊吃飯的泓哥兒，心裡生出幾分厭惡。同樣是庶出的孩子，瀟哥兒比他還大了幾歲，如今他被朱氏養在跟前，就真把自己當成了嫡出的公子嗎？

方姨娘心裡不爽，可她也知道，朱氏這麼做並沒有偏心，所以不好說出什麼話來，只陰陽怪氣地嗯了一聲。

朱氏見方姨娘那副不三不四的樣子，心裡堵著一股氣，遂慢悠悠道：「這事情，雖說我定了下來，到底還是要看老爺的意思。和許國公府這樣的人家來往，不是我這個婦道人家說了算的。」

朱氏正說著，邢嬤嬤忽然火燒火燎地進來，臉上卻是掛著笑。

「太太，老爺回來了，這會兒正在鴻運路上的店鋪裡，派了小廝先回府說一聲，又吩咐一會兒要用消夜，想吃山西的刀削麵。」

朱氏聞言，臉上也露出笑來，忙遣丫鬟去廚房吩咐，先發好麵團，等蘭老爺回來，可以立刻下鍋煮來吃。

一時間，眾人用過晚膳，各自回房。

蘭嫣卻沒有走，朱氏見她坐在一旁，靜靜喝完了一杯茶。

朱氏嘆口氣，見幾個丫鬟正在收拾飯桌。紅杏看著她們將食盒拎走，和綠珠一起把八仙桌搬到靠邊的地方，預備拿帕子擦幾下，卻被朱氏叫住了。

朱氏看了綠珠一眼，示意她先出去，綠珠便福了福身子退下了。

此時剛剛掌燈，廊下的燈籠有些昏暗，紅杏見朱氏臉上帶著幾分愁容看著她，心口莫名怦怦跳了起來。

也許這樣的情景太過嚴肅，紅杏覺得有些腿軟，恍惚間，竟不由跪了下來。

朱氏見狀，神色稍微鬆懈了點，才想開口，那邊蘭嫣已經先道：「過幾日，老爺會把二姑娘送回老家養病。太太和二管家說過了，到時候把妳娘接來，省得妳再操心她的事情。」

紅杏抬起頭，有些疑惑地看著蘭嫣，見她面色平靜，而一旁朱氏的眼神裡卻多了幾分焦急，似乎猜到了什麼，對朱氏磕頭道：「多謝太太記掛，奴婢一定好好服侍太太。」

朱氏聽了紅杏的話，這才勉強堆起一絲笑容。

「妳光服侍我一個可不夠。如今我年紀大了、姜姨娘的身子又不好、方姨娘最近忙著照顧二姑娘，也沒心思好好服侍老爺，老爺跟前倒是缺了個可心的人。

「我原本想去外頭買一個的，可咱們新來乍到，人生地不熟，就怕買來的姑娘不乾淨。妳從小服侍我，知根知柢，如今我冷眼瞧著，老爺對妳只怕也是有幾分心思的。」

紅杏聽了，臉頰頓時紅起來，蘭老爺是什麼樣的人，作為蘭家的奴才，她哪會不知。雖然蘭老爺從沒動過府裡的丫鬟，但外面的窯子可沒少逛，不然也不會弄回姜姨娘來。

紅杏聽朱氏說到這裡，心裡已經有數了，一時卻說不出是個什麼想法，只覺得渾渾噩噩，好像這一切不是發生在她面前似的。

只聽朱氏又開口道：「我是個沒福分的，總共只有大姑娘一個閨女，以後妳生下一男半女，若是願意，就放到我名下養著；若是不願意，想自己養著，我也不會苛待他們，和婉姐兒、姡姐兒、瀟哥兒一樣，一視同仁。」

這時，紅杏已經稍稍穩住了心神，細細思量起來。

她家裡只有一個老娘，以後就算嫁了尋常人家當正頭夫妻，也還是要贍養老娘，少不得遭婆家的白眼；與其如此，不如當了蘭老爺的小老婆，好歹不缺吃穿，每個月還有月銀，養個老娘還不容易。

於是，紅杏抿了抿唇，咬牙道：「奴婢聽太太的差遣，太太讓奴婢怎樣，奴婢就怎樣。」

朱氏聞言，終於鬆了口氣，笑著喊邢嬤嬤進來。

「妳帶著紅杏下去收拾收拾，再讓幾個丫鬟把我正院裡的西廂房整理好，讓老爺今晚歇在那裡吧。」

這時，蘭嫣又喝完了一盞茶，見朱氏已經把事情談好，便準備起身回繡閣。

朱氏看著蘭嫣，上前理了理她鬢邊的髮絲。

「好閨女，娘一定幫妳找戶好人家，斷不能讓妳以後也受這樣的委屈。」

蘭嫣嘴角輕輕一挑，笑道：「母親快別這麼想，這種事情又不是能預料的。正如母親以前跟我說的，當初您剛過門時，父親和您還不是你儂我儂，不過就是日子長了，感情淡去罷了。」

朱氏見蘭嫣這般看得開，反倒覺得自己的擔心有些多餘了。

當夜，蘭老爺回來後，果然對朱氏的安排很滿意，由紅杏服侍著，睡在西廂房裡。

方姨娘原本以為，今晚蘭老爺怎麼樣也會來看她一眼，誰知她伸著脖子等了半宿，蘭老爺也沒過來。後來才聽前院的人說，朱氏用紅杏絆住了蘭老爺的腳。

第二日，用早膳時，朱氏抬了紅杏做姨娘。紅杏本姓葉，蘭嫣見到她，便喊一聲葉姨娘。

方姨娘氣得在蘭婉房裡大哭了一場，蘭婉卻依舊還像沒事人一樣，只知道吃喝。

朱氏聽丫鬟說了方姨娘的反應，只是笑笑，就跟邢嬤嬤整理起她陪嫁那些產業的帳務。

朱家祖上也是宣城的富戶，當年來京城做生意，雖然失敗了，但在廣濟路上，也有一座四進的宅院。

原本蘭家搬到京城時，是想直接過去住的，後來朱氏見宅子租給了從各地進京趕考的舉子們，大約住了十來個人，讓他們搬遷頗不方便，又怕自己沒了這筆租金，少了收入，索性在廣濟路上另買這處宅院。而她的陪嫁宅子裡，依舊住著那些趕考的舉子。

剛過完年，別處的租金陸陸續續送了上來，只有那宅子的還沒有交齊。邢嬤嬤親自跑一趟去收了，如今只剩一個叫時有才的舉人還沒湊齊房租。

「名字倒是取得很好，叫時有才；但我看他是沒財，窮得叮噹響。我說可以先付半年的租金，他也付不出來，實在不行，下次請他捲鋪蓋走人算了。」邢嬤嬤數落道。

朱氏為人和善，向來寬厚，聞言便笑道：「算了，我們也不指著他那幾兩銀子過日子，等幾日再說吧。怎麼說，他也是安徽的老鄉，聽說從我那宅子裡考上進士的有好幾個，沒準兒明年他就高中了。」

邢嬤嬤便笑著道：「太太，您不知道，那宅子裡還住了個考了十幾年的呢。我記得，十幾年前跟您來京城時，他們家就住在那邊了，如今孩子都大了，他還沒有考上，現在給人當西席，勉強混口飯吃。」

兩人正說著，門房上的小廝忽然進來傳話。「太太，外頭有個姓時的書生，說是來送房租的。」

邢嬤嬤聽了，站起來，擰眉想了想。「哪個姓時的？我怎麼不認識？」

朱氏搖頭笑道：「不就是妳方才說的那個時有才嗎？」

邢嬤嬤一拍腦門，果真是啊。

這時，孫繡娘剛下課，蘭嫣送她出來。她不知道來了外客，見到朱氏，還沒等她開口，就到大廳裡坐了，拿起茶喝下肚。

這時，小丫鬟領著一個青衫書生進來，朱氏跟邢嬤嬤來不及讓蘭嫣迴避，蘭嫣見狀，反倒鎮定下來，只當作沒瞧見他，低頭把玩手裡的茶盞。

時有才不知道有姑娘家在，早已紅了臉，更是目不斜視，見了邢嬤嬤，便把銀子送上去。

「邢嬤嬤，這是上半年的房租，煩請嬤嬤收下。」

邢嬤嬤瞧他緊張得舌頭大起來，忍不住起了調侃他的心思，笑著道：「我們家的房租是一年一收，你這才送來上半年的，那下半年的什麼時候能有呢？」

時有才聞言，臉越發紅了起來，支支吾吾道：「還請嬤嬤再寬限寬限，容晚生再存幾日，等天氣熱了，把過冬的衣服當掉，也就夠了。」

蘭嫣生在商賈之家，雖然也有些不如意的事，卻從來不知有人窮得要當了衣服填房租，頓時抬起頭問道：「你當了衣服，到冬天的時候，又怎麼辦呢？難不成就不穿了？」

時有才聽見一個脆生生的聲音問話，一時忘了有位姑娘坐在廳裡，抬起頭回道：「等過完夏天，差不多就能存上過冬的銀子，到時再把衣服贖回來。」

蘭嫣又問他。「那你靠什麼賺錢？」

時有才窘迫道：「在梅影庵門口擺了個寫字攤子，幫往來的香客寫寫家信什麼的。」

蘭嫣哦了一聲，便沒再問下去。

時有才尷尬地站在一旁，邢嬤嬤見了，也有些不自在，好在他們商戶人家規矩不嚴，還不算太失禮。

朱氏稍稍使了個眼色，邢嬤嬤便道：「房租送來了，你還賴著不走，是要讓我們倒茶給你喝一口嗎？」

時有才聞言，急忙拱了拱手，連說了幾聲失禮，便退了出去。退到門口時，他未及轉身，便生生絆上門檻，身子往後仰著，摔了下去。

這時，蘭嫣正巧站起來，瞧見他那個樣子，忍不住拿帕子掩著嘴，哈哈笑了起來。「我看你是不想走呢！」蘭嫣說著，轉身吩咐跟在身邊的小丫鬟。「妳去給他倒杯水，就說我賞他喝的。」

時有才起身，便莫名其妙被帶入茶房，喝了一杯熱茶後，才被小丫鬟送出了蘭家。

蘭氏瞧見蘭嫣這樣子，笑著搖頭。「人家難道還真缺我們家一口茶嗎？」

蘭嫣捏著帕子，嘴角微微上挑。

「母親難道沒看出來嗎？他身上已經穿著單衣，分明是為了攢房租，提早把冬衣給當了。我見他手凍得通紅，才賞他一杯水，暖暖身子。他是文人，握筆的手要是凍壞，可就寫不出好字了。」

一轉眼，又過去了大半個月。

這段時日，蕭謹言都在家溫書，只去恒王府兩次。

周顯的身子好多了，已經到工部當值，這日恰逢休沐，便請蕭謹言過來。

兩人在次間的炕上對弈一會兒，蕭謹言自愧弗如，遂打亂了棋盤道：「論下棋，我果真不是你的對手，就算活兩輩子，也別想贏了。」

其實蕭謹言想和周顯下棋的原因，是仗著他多活了一世，想看看棋藝是不是因此變得高超些。上輩子，他幾乎每次都被周顯殺得片甲不留，原以為比他多吃了這麼多年的白米飯，總會有些精進，沒想到還是一如既往，輸個徹底。

周顯嘴角勾了勾，一邊整理棋子、一邊掩嘴輕咳了幾聲。

這時，清霜送藥進來。「爺，先把藥用了吧。」

周顯接過藥，一飲而盡，再拿一杯水漱口，又在嘴裡塞了顆蜜餞。房間裡靜悄悄的，飄著淡淡的安息香氣味。

見清霜收拾東西出去了，周顯才緩緩開口道：「工部帳冊倒是乾淨得很，不過我發現一個問題，去年各地治水的銀兩，只有記下向朝廷支取的數目，最後到底花了多少，卻還未報上來。

「我翻看了工部這兩個月收到的信，找到相關的奏摺，只是還沒上呈各部尚書，所以自然也還沒有送到皇上手裡。」

周顯說著，從袖子裡拿出一份奏摺，上面寫的正是宿州去年治水的帳目。熟悉工部帳務的人一看便知，跟往年的數目相比，出入甚大。

蕭謹言翻開看了幾眼，臉上突然神色一變。

「私自帶奏摺出宮，可是重罪。」

周顯淡然一笑。「我謄抄了一份假的放在裡面，刻個蘿蔔章蓋印，那幫人一時半刻還發現不了。我尋思著，想請人把這本奏摺送去東郊，皇上看了，自然會明白。只是……」

他頓了頓，擰眉道：「我已久離俗務，身邊沒有信得過的人能幫忙跑這一趟，只好請你過來。」

蕭謹言眉梢微微一挑，握著茶盞的手指一緊，心裡暗暗驚喜，但驚喜之後，卻發現困難重重。

即便他派出去的人可以把奏摺送到東郊，卻沒有能力將它親手呈到皇帝面前；而京城往東郊的路，現在全由豫王控制著……

蕭謹言端起茶盞，微微抿了一口，抬眼看著周顯。

周顯的頭髮長長了，雖然只有半寸多，看起來很是奇怪，但一根根全豎在頭頂。相書上說，這樣的人性格倔強，他確實領教到了周顯的倔強。不過，執拗到最後，周顯身為皇家人，仍逃不過捲入朝堂的宿命。

「我倒是有個人選，可保萬無一失。」

周顯聽了，長眉一揚，看著蕭謹言，笑道：「就知道你如今變了，也一心尋思著當國舅爺了。」

周顯這話雖然帶著幾分打趣，卻也是不爭的事實。蕭謹言知道周顯聰明，可豫王行事謹慎、鋒芒內斂，即便有人看出了所以然，也斷不敢拿到明面上說。

蕭謹言便笑道：「當國舅爺多威風，再說我們蕭家祖上就是當國舅爺起家的，我若能當上，也算是給老祖宗爭面子了。」

周顯伸手，從茶几上的熏籠裡親自端起茶壺，給蕭謹言滿上了一杯茶。

「言世子，看來你是真的度劫成仙了。」

蕭謹言看著茶水從油亮的紫砂茶壺裡慢慢流出來，慢悠悠道：「我度劫成仙，小郡王卻還俗了。我的棋藝雖比不上你，也有地方是比你強的。」

周顯聞言，哈哈笑了起來，便死活拉著蕭謹言，陪他再殺一盤棋。

蕭謹言硬著頭皮，又跟周顯拚了一局，依然是一敗塗地的悲慘下場。

第五十二章

七天後，東郊太廟裡，皇帝忽然震怒非常，下令收拾行裝，準備回宮。

原來，豫王交給皇帝的日常奏摺裡，不知為何多了一份宿州治水的帳目。

皇帝一看，用來治水的銀子，竟比戶部撥下去的銀子整整少了十之八九！

安國公得到消息，措手不及，急忙派人徹夜調查這份奏摺的來處，卻發現工部並沒有少任何奏摺，那份帳目仍安然無恙地躺在那堆未處理的書信中。

安國公吃了大虧，一時卻不好發落人，工部官員的安排錯綜複雜，如今還多了個皇帝派來監察的周顯。

而豫王也是個聰明人，不正面與安國公為敵，只上書請罪，表明不知那奏摺是怎麼混進當日送去的奏摺裡。

原本，這些奏摺是要經過六部官員批示後，才能呈給皇帝。而宿州治水帳目的奏摺，雖然在三個月前就到了京城，上面卻沒有任何官員的批覆，很顯然，有人故意壓下了這份摺子。

皇上大怒，命豫王連夜趕回京城，帶著侍衛徹查工部，居然翻出上百本未批示的奏摺，有的已經被壓了半年以上；又請戶部官員查去年支出的銀兩，兩廂核對下來，竟有五成出入。

皇帝聽完豫王的回報，彷彿已經看見，在滾滾洪流之下，那些脆弱的河堤毀於一旦，千百萬戶人家妻離子散，上萬頃農田被大水沖毀。

在徐太后死後六十天，皇帝等不及太后娘娘入陵，便先行起駕回宮了。

孔氏剛剛從東郊回來，整個人懶洋洋地靠在次間臨床的羅漢榻上，瞧見蕭謹言進來，臉上掛起了幾分笑容。

「沒想到這次這麼快就回來了，我原本以為，皇上回宮後，還要我們在那邊守著呢。」

蕭謹言便道：「皇上不是命安國公一家留下了嗎？可見皇上對太后娘娘還是極有孝心的。」

不過，孔氏哪裡知道這些朝堂上的事，只是聽其他國公夫人說，朝裡出了事，皇帝震怒，所以才火燒火燎地趕回來，其他的，她一概不知。

孔氏起身，把蕭謹言拉到跟前，上下打量一番，笑道：「才一個多月不見，就長高了不少。怎麼樣，這陣子功課有沒有精進？老爺去了宮裡，一時應該還想不起檢查你的功課，但你也要放點心思在上頭。」

蕭謹言笑著回答。「母親放心，只怕最近父親會忙得很，未必有空管我的功課了。」說完，眉梢一挑，又道：「既然您回府了，那可以把阿秀接回來了吧？」

孔氏見蕭謹言這孩子氣的樣子，失笑道：「今兒太晚了，明日吧。我瞧你這麼急匆匆地來見我，還以為是想娘了，原來竟是為了這個。」

孔氏說著，裝出傷心的模樣。

蕭謹言便笑著道：「原就是特意來看母親的，不過是順帶著問一聲而已。反正前幾日我去瞧過阿秀了，蘭家待她好得很，跟小姐一樣服侍著，回國公府後，她反倒又要做牛做馬的。」

孔氏聞言，伸手在蕭謹言的腦門上戳了一下。

「我什麼時候讓她做牛做馬了？你這孩子，真是狗嘴裡吐不出象牙來。」

兩人正說著話，外頭送來豫王府的帖子，說是明日豫王妃要和豫王一起上許國公府，瞧瞧國公夫人。

孔氏聽了，覺得有些受寵若驚。雖然蕭瑾瑜出嫁之後，也時常回娘家，但豫王鮮少過來，更別說兩人一同來看望她。

她哪裡知道，這次豫王會來許國公府，其實是為了謝謝讓他立下大功的小舅子蕭謹言。

豫王府裡，蕭瑾瑜看了看手上的禮單，嘴角帶著幾分笑意，瞧見豫王端坐在一旁喝茶，便走過去。

「我從庫裡挑了幾疋上好的蜀錦、一對爐鈞青金藍八楞弦紋瓶、上等文房四寶，還有一幅前朝國手的『江上漁者』圖，你看看如何？」

豫王放下茶盞，點了點頭。

「再準備幾樣姑娘家喜歡的東西，別讓妳母親覺得我只想著妳的父親、兄弟了。」

蕭瑾瑜彎唇笑了起來。「放心，給她們的，我已經打點好了，這些是給父親和言哥兒的，才過來問問你的意思。」

豫王想了想，道：「去年渤海國進貢的那把嵌珍珠玳瑁匕首，我覺得不錯，拿出來送給妳弟弟吧。」

蕭瑾瑜聞言，嚇了一跳。「送這種東西給他做什麼？怪嚇人的。」

「有什麼嚇人的，你們蕭家以前也是行武出身，我看言哥兒這身子骨兒，要是能去軍營裡歷練幾年，那才好呢！」

蕭瑾瑜抿了抿嘴，她何嘗不知道這些。只是打仗這件事，畢竟刀劍無眼，連恒親王都能戰死沙場，蕭謹言若真的去了，要是有什麼三長兩短，孔氏肯定不會饒了她。

「我瞧著言哥兒的學業最近倒是進步得很，既然父親准他中了舉人再入仕途，我們也不急著這一年半載的工夫。」

蕭瑾瑜頓了頓，又道：「況且……言哥兒的婚事還沒敲定呢。原本想和洪家結親，如今太后娘娘死了，安國公那邊的態度也不明，但言哥兒年紀越發大了，只怕耽誤不起。」

豫王這次從蕭謹言身上得了這麼大一個好處，知道蕭謹言確實跟以前不一樣了，便笑著道：「妳問他看上了哪家姑娘，若是難求，我上書請父皇賜婚，也就成了。」

阿秀身在閨閣，並不知道皇帝突然回宮，倒是蘭嫣消息靈通，聽邢嬤嬤說今兒外頭戒嚴，便多問幾句，弄清了怎麼一回事。

蘭嫣讀過書，自然知道大雍送葬的風俗，皇帝還沒過七七四十九天就回宮，確實於禮不合。不過，這些事情和他們這些百姓沒什麼關係，就是多了些話題而已。

但這會兒，蘭嫣心裡有些失落。後天就是三月十五，她原本預備著帶阿秀一起去梅影庵上香，順便瞧瞧據說在梅影庵門口擺攤子賺錢的時有才，現在卻不知道許國公府的人什麼時候會來接阿秀。

阿秀正在房裡趕製送給朱氏的繡品。蘭嫣和阿秀相處的日子長了，越發覺得阿秀安靜，並不像其他十歲的姑娘一樣活潑愛玩，平常總是安安靜靜地繡花，笑的時候，臉上也沒有多少稚氣的神色，待人處世比起她房裡的兩個大丫鬟還穩重幾分。

蘭嫣很喜歡這樣的阿秀，覺得不管對她說什麼，都能放心。

用過晚膳，繡閣裡點起明晃晃的燈，蘭嫣有睡前看一會兒書的習慣，兩個姑娘便聚在一起，蘭嫣看書、阿秀做繡品。幾個服侍的丫鬟難得有了空閒，不在跟前伺候著。

忽然，蘭嫣把書往茶几上一放，抬起頭，眼神中帶著一些不安分的情緒看著阿秀。

「阿秀，妳喜歡世子爺嗎？」

阿秀剛剛收針，用小剪子剪斷繡線，聞言便擰眉想了想。她如何不喜歡蕭謹言呢？似乎是前一世就這麼喜歡了，可那時候不懂，只覺得她是他的人，如此簡單而已。

「我也說不清楚，只覺得能見到世子爺便很開心，若是見不到他，就很想念。其實不一定要當上世子爺的妾室，只要能在他身邊服侍，就算做個丫鬟，也沒什麼不好。」

「妳倒是想得不多。」蘭嫣笑了笑，可笑容卻轉瞬即逝，又蹙眉道：「妳說能見到他就覺得很開心，這一點，我倒是認同的。」

蘭嫣想了想，從茶几上的水杯裡蘸了一點水，在桌上胡亂寫了起來，等回過神時，才發現自己寫的是「時有才」三個字。

那瞬間，蘭嫣的臉驀然紅了起來，急忙拿出手帕，把三個字給擦掉。

阿秀並沒有注意到蘭嫣的神色變化，只笑著道：「我也是想了很久，才想清楚的。像世子爺這樣的人，三妻四妾不在話下，我就算做了世子爺的貴妾，也還不如一個貼身丫鬟，可以整日在他身邊服侍著，心裡更覺得舒坦。」

蘭嫣聽了，眼中多了幾分讚許，但還是提醒她。「蘭家把妳送進去，可不是只要妳做個丫鬟的，這一點，妳心裡應該明白。」

阿秀垂下眼，默默點頭，再抬起頭時，就瞧見蘭嫣又翻開了她的書，慢悠悠地看了起來。

似乎知道阿秀正在看她一般，蘭嫣不緊不慢地道：「聽說皇上已經回京，我猜著，許國公府也該派人來接妳了。妳收拾收拾，沒準兒接妳的人，明兒一早就來呢。」

阿秀忍不住臉紅了，雖然住在蘭家樣樣都好，可不知道為什麼，她已經打心裡覺得，自己是許國公府的人。聽蘭嫣說許國公府會派人來接她，心中更是愉悅起來。

第二天一早，孔氏果然命王嬤嬤派了人去接阿秀回來。

來接阿秀的是王嬤嬤的兒媳婦金橘，二十出頭的模樣，以前和櫻桃一起服侍過蕭謹言，如今幫著王嬤嬤一起管理孔氏的嫁妝。

金橘不常入內院，今兒是頭一次見到阿秀。進了蘭家大廳，遠遠就瞧見一個有些怯生生的小姑娘跟著邢嬤嬤走出來，雖然她的身子還沒有長開，但光是那雙看著就讓人心疼到骨子裡的眼睛，金橘便明白為什麼蕭謹言這麼喜歡阿秀了。

金橘見著阿秀，笑道：「昨兒太太才回來，世子爺便念叨著要來接妳了。今兒一早，我婆婆就讓我過來，東西可都打點好了，有沒有什麼沒帶的？」

金橘明白阿秀將來的地位，便照著許國公府的規矩，一樣樣地仔細問了。

阿秀搖搖頭，只笑了笑。她不知道金橘是誰，難免拘謹些。

金橘見狀，便笑著道：「王嬤嬤就是我婆婆，府裡的人都喊我王祿家的。妳若是不嫌棄，就喊我一聲姊姊。」

阿秀小聲喊了，金橘笑著接過她的包袱，和邢嬤嬤再說幾句，便帶著阿秀離開了。

邢嬤嬤送走她們，從門口折回正院，去見朱氏。

「太太，我方才見了許國公府派來接阿秀的人，看那份小心，倒像已把阿秀當成半個主子看待了。」

朱氏點點頭，嘆息道：「沒想到阿秀是個有福的，就是不知道我們嫣姐兒到底是個什麼運道了。」

邢嬤嬤便笑道：「太太放心，大姑娘看起來不像是個福薄的，太太以後不知要享多少後福呢！」

朱氏被邢嬤嬤逗笑了，這時，外頭有人來傳話。

「方姨娘正給二姑娘收拾行裝呢，老爺問太太要不要去看看？」

朱氏站起來，想起蘭婉馬上要被送回安徽老家，頓時覺得心裡清靜了幾分，便跟著那丫鬟一起過去。

第五十三章

阿秀吃過了早膳才從蘭家出發，回到許國公府時，已經是巳時初刻。

豫王和蕭瑾瑜也到了許國公府，豫王難得和蕭瑾瑜一起過來，孔氏讓蕭謹言待在海棠院裡招待他，陪著喝幾盞茶，聽女人家說些家長裡短，兩個大男人都覺得有些無聊。

這時，春桃挑了簾子進來道：「回太太，王祿媳婦說，阿秀已經接回來了。」

蕭謹言聽說，眉梢立時一挑，高興得恨不得從椅子上跳起來。

孔氏瞟了一眼，見蕭謹言那副樣子，忍不住搖了搖頭。

蕭瑾瑜素來聰慧，如何沒猜出其中的端倪，便笑著問道：「這阿秀是不是璃姐兒說的蘭家送來的丫鬟？」

孔氏笑答。「正是呢。妳弟弟胡鬧，上回在後花園救了她，說雖然年紀小，終究是姑娘家，就做主向蘭家要過來，如今在我院子裡當差。」

蕭瑾瑜聞言，對阿秀生出幾分好奇，道：「把她喊進來，我也瞧瞧。言哥兒素來眼光極高，連欣悅郡主都不放在眼底，是怎樣的小丫鬟能讓他有了興趣？」

孔氏搖頭。「這可不能比。不過是個丫鬟，妳拿她和欣悅郡主相較，也太抬舉她了。」

這會兒，房裡沒什麼外人，且太后娘娘已經去世，蕭瑾瑜不用再奉承他們，便笑道：

「我就是隨口說說，而且，郡主也不是什麼都好的。」

孔氏點點頭，讓春桃去喊阿秀來，又囑咐她換身像樣的衣裳，不能在豫王和豫王妃跟前失禮。

坐在旁邊的豫王饒有興趣地看著蕭謹言的反應。同為男子，他自然知道這種妻不如妾、妾不如偷的感覺，瞧蕭謹言眉宇中透出的點點笑意，似乎明白了這個小舅子的心思。

沒多久，春桃便帶著阿秀過來了。

阿秀穿著一套豆沙綠窄袖夾衣，如今天氣熱了，外頭的小襖脫下後，更顯得身子單薄，跟搓衣板一樣。

豫王一看，頓覺有意思極了，再沒想到，蕭謹言會看上這麼個連身子骨兒都還沒長全的丫頭。按照他的標準，這根本不能算是女人，不過是個孩子而已。

蕭瑾瑜也沒想到，蕭瑾璃口中所說的阿秀，竟是她之前見過的十歲丫鬟，還以為是十四、五歲，像花朵一樣嬌美的年輕姑娘。

如今再見，她未免有幾分驚奇，遂開口道：「抬起頭來，讓我瞧瞧。」

雖然阿秀見過蕭瑾瑜，不過從沒這樣單獨說過話，但還記得她的聲音，便略略咬了咬唇，抬頭看蕭瑾瑜一眼。

蕭瑾瑜瞧見，阿秀那巴掌大的臉上，嵌著一對黑亮的眼睛，長長睫毛撲閃撲閃，讓人有種心口微動的感覺。

豫王爺正端著茶盞喝茶，目光掃過阿秀時，動作忽然一頓。

為什麼這副容貌，會讓他有熟悉的感覺呢？

阿秀沒有多少見這種貴人的經驗，雖然不像真的十歲孩童一樣緊張無措，但還是過於小心翼翼，目光才剛接觸到蕭瑾瑜，就慌忙地低了頭，垂下雙眉。

蕭瑾瑜的嘴角勾起一絲笑意，擱了茶盞，從腕上摘下一串碧綠的翡翠手鍊，讓身旁站著的丫鬟遞給阿秀。

「這個賞給妳，以後好好服侍太太和世子爺，明白嗎？」

阿秀誠惶誠恐地接了，磕了個響頭謝恩。鍊上的珠子顆顆飽滿，泛著瑩瑩綠光，即便她兩輩子見過不少好東西，也知道這串手鍊有多貴重。

蕭謹言見蕭瑾瑜賞了東西，心裡鬆口氣，想著阿秀在蕭瑾瑜面前總算過關了，遂開口道：「沒有別的事情，妳就先下去吧。」

阿秀正等著這句話呢，聞言鬆開眉頭，整個人都輕鬆幾分，起來福了福身子後，就告退了。

蕭瑾瑜轉頭，瞧見豫王的目光還留在阿秀身上，暗暗蹙了蹙眉，心下湧起幾分淡淡的失落，卻還是如平常一樣，隨口問道：「這姑娘的家世如何？有沒有查探清楚？」

「查過了，父親原是討飯街上的窮秀才，把她賣掉後就回鄉了，想必是怕別人知道他做秀才的賣女兒，毀了以後的功名。」

孔氏曉得的也就這麼多，並沒有再往下說，只笑著道：「在這裡坐一會兒了，我們去榮安堂給老太太請安吧。」

蕭瑾瑜便跟著孔氏站起來，腹部已經能瞧出微微的弧度。見豫王還坐著，便道：「我和母親過去就好。言哥兒，你帶著豫王隨處走走吧。」

兩個男人聞言，也跟著起身，待孔氏和蕭瑾瑜去榮安堂後，豫王便和蕭謹言進了文瀾院的書房。

文瀾院裡，清珞送了茶進去，豫王坐在窗戶底下的紅木圈椅上，靜靜看著書房裡的兩排書架，端起茶盞，略略抿了一口。

書架左上角的角落裡，放著一個藍布包袱，和房裡的陳設有些格格不入。

「今兒姊夫怎麼沒有進宮？」私下裡，豫王和蕭謹言的關係也算不錯，蕭謹言便這樣稱呼他。

豫王笑道：「我已經向皇上請罪，說自己管束不周，讓那樣的奏摺混入其中，這時候怎敢進宮挨罵呢？」

蕭謹言也笑了起來，臉上帶著一些沾沾自喜。

豫王對蕭謹言道：「奏摺流出去的事，最後只怕會不了了之。父皇很疼愛小郡王，斷不會再查下去，我不過就是撿了個現成的便宜。」

其實，蕭謹言心裡有些不明白，為什麼豫王要在這件事上和周顯劃清界線？就算這事是兩人通力而為，看起來似乎也沒什麼不妥之處。

豫王瞧出蕭謹言心中的疑惑，笑著道：「父皇素來憐貧惜弱，他疼愛小郡王，是因為他年幼便父母雙亡，所以對他格外憐惜；父皇看起來器重我，不過是因為我的母妃早逝，母族凋敝，除了他，沒有半個可以倚仗的人。

「要是他知道我們倆不是他心裡想的這樣弱，以後就會生出戒備之意。所以，功勞可以少一點，但人心不能失。」

蕭謹言細細品味著豫王這番話，果然悟出了一些道理，點點頭。

「如此一來，這事情總要有個解決辦法，那奏摺不可能平白無故跑去姊夫的書房，看來還得找個揹黑鍋的人……」

蕭謹言的話還沒說完，卻立刻想通了，撐著額頭低呼。「糟了，姊夫這次來，只怕是已經看上揹黑鍋的人選。」

豫王放下茶盞，笑道：「這次的事情，看似有罪，實則有功，不過就是要給皇上一個說法而已。皇上不讓周顯暴露，就也不會讓你暴露太過，我教你一個法子。」

豫王說著，起身湊到蕭謹言身邊，耳語了幾句。

蕭謹言聽著，皺起眉，略略點頭，心裡卻暗暗叫苦。

他本就不大懂這些政治上的爾虞我詐，本以為立了一次大功，沒承想還牽連出這樣的事來。兩邊的人都不能暴露，唯一能抬到明面上的，只有他了。

於是，蕭謹言硬著頭皮，咬唇答應豫王。「我知道怎麼做了。」

豫王走後，蕭謹言便把自己關在書房裡。

說起來，他現在雖然是十七歲，但畢竟是從八年後回來的。記憶中，似乎過了十歲，他就沒挨過家法，如今竟又要讓他去挨那鞭子……

蕭家的家法，是一根祖上傳下來的馬鞭，據說當年曾經用此絞死了韃子的將軍。

蕭謹言光想，便覺得後背疼了起來。

他嘆了口氣，喊丫鬟進來，讓她去前頭給小廝傳話，看到許國公回府，就進來通報一聲。

沒想到，今兒許國公竟然回來得特別早。

蕭謹言知道逃不過這一頓打了，遂硬著頭皮，去了前廳。

原本工部出了事，和許國公所屬的兵部沒什麼關係，但許國公府的二老爺就在淮南上任，多少有些牽扯，所以皇上也欽點了他們，一起進宮商討。

許國公戰戰兢兢地聽皇帝發了半天的火，回家又從蕭謹言嘴裡得知，這次惹得皇帝震怒的起因，居然是因為自己兒子暗中給人傳消息，塞了這樣一份奏摺上去，頓時大發雷霆。

「你知不知道輕重?!他們一個是皇帝的親兒子、一個是皇帝的親姪兒，你算個什麼東西，也有膽子做這樣的事情？我問你，當初為什麼不和豫王直說了，要這樣偷偷摸摸的！」

許國公氣得嘴唇發抖，沒想到自己小心保護著的兒子，會做出這樣的事情來，真有一巴掌搧死他的衝動。

蕭謹言雖然暗中叫苦，但也只能如此。豫王這人像個猴精一樣，更何況按照前世的發展，他最後還真當上了太子。這姊夫以後可是能當皇帝的人，如何開罪得起？少不得要替他多揹幾次黑鍋了。

「這種事情，我怎麼敢跟姊夫說。他素來小心謹慎，萬一不肯幫忙，還害了小郡王，豈非我的不是？」

許國公聽蕭謹言還頂嘴，氣得嘴唇發抖，心裡卻已經明白了幾分。當初是他自己看上的女婿，自然知道豫王城府深沈，並不像表面看起來這般老實。

許國公咬了咬牙，命下人去祠堂將祖傳的家法請出來，不管三七二十一，就往蕭謹言的身上招呼過去。

雖然這時皇帝還沒計較這件事，可難保哪一天會想起來，與其到時皇帝親自來查，不如他先把蕭謹言打一頓，再悄悄去皇帝跟前陳情一番，沒準兒還能逃過這一劫。

許國公越是這麼想，越是生氣，他雖然多年未上戰場，但手下力道還是有幾分的。

如今天氣熱起來，剛脫了夾襖，不過就是幾鞭子下去，蕭謹言便覺得身後火辣辣的疼痛，覺得後背已經不是自己的了。

這時，孔氏剛剛送了豫王夫妻離開，正在榮安堂裡陪著趙氏說話。婆媳倆難得聊上幾句，還是和和氣氣的，忽然聽見外頭小丫鬟火燒火燎地跑進來傳話——

「不好了！不知世子爺犯了什麼錯，老爺請了家法，書房裡正傳出鞭子聲呢！小廝們都嚇得不敢進去。老太太、太太快去瞧一眼吧，去遲了，只怕世子爺就不好了！」

孔氏聞言，嚇得差點兒站不穩，丫鬟們忙上前扶住她。

孔氏穩住了腳，急得眼淚汪汪，忙道：「老太太，老爺這是要做什麼？他是要斷了我的命根子啊！」

趙氏也沒比孔氏鎮定幾分，蕭謹言可是許國公府最看重的人，便顫著手道：「快、快去外書房看看，這是要做什麼？到底是怎麼回事？」說到最後，聲音已顫得講不出話了。

其他丫鬟也忙不迭上前扶著趙氏，一群人浩浩蕩蕩往外書房去了。

這會兒，蕭謹言已經不知道挨了多少鞭子，偏生他骨子裡不是十七歲的孩子，多了幾分羞恥心，只咬牙硬扛著，一聲不吭。額頭上的汗不停落下，青筋一根根凸出來，眼看著連跪也跪不住了。

不過，蕭謹言還保持著一絲清醒，心裡知道那兩個人，誰也不能得罪。

阿秀的事，他欠了周顯的人情；豫王那邊，要讓他們不用他的婚事當籌碼，自然也要拿出讓他開不了口的理由來。

這麼一想，蕭謹言覺得自己這樣做再值得不過，忍著疼，微微閉上眼睛，一直咬緊牙關提著的氣突然鬆下來，人便不受控制地倒了下去。

眾人趕去外書房時，許國公已經打出了一頭汗，坐在梨花木的官帽靠背椅上，手裡的馬鞭還沾著血。

他看著蕭謹言昏死在青石地板上，一雙眼睛脹得通紅，忽然覺得有些愣怔。

從小到大，蕭謹言都不是個禍頭子，即便小時候不愛唸書，被領到書房裡教訓，也不過就是拿著戒尺，嚇唬著打他幾下。

唯一真的動用家法，是孔文來許國公府玩，兩個孩子上樹掏鳥蛋，結果孔文從樹上摔下來，暈了半天那次。如今回想，許國公爺已想不起當時的震怒了。

小廝進來稟報，說趙氏和孔氏來了。

許國公愣了一下，看了趴在地上、沒了知覺的蕭謹言一眼，起身甩了袖子。

「你們去喊幾個人過來，把世子爺送回文瀾院去，就說這裡沒什麼事情，讓老太太回……」

許國公的話還沒說完，就見趙氏擰著眉頭，帶著一群人衝進來。

「你要請我回哪裡？我孫子都要被你打死了，你還要我回哪兒去?!」

趙氏雖是武將人家出身，可低頭看見蕭謹言被打成那個模樣，頓時也心疼起來，撒開手上前，一邊捶打著許國公、一邊哭道：「我生了你這個逆子，不會做別的，就只知道作踐兒子！」

許國公被趙氏打得躲避不及，一邊賠不是、一邊安慰，偏偏還不能把中間的緣由給說出來。

孔氏跟在趙氏身後進來，才進門就瞧見蕭謹言那月白色銀絲暗紋團花長袍的背後已被血水浸濕，連緊實的衣料都被馬鞭勾出了幾個破洞，依稀能看見裡面染血的雪白中衣。

孔氏無法鎮定了，上前跪在蕭謹言身邊，哭道：「我的兒啊，這到底是怎麼了？」

她素來在許國公面前聽話順從，今兒為了蕭謹言，顧不得那麼多了，見許國公被趙氏打得躲來躲去，遂也開口撒潑。「兒子要是有什麼三長兩短，我也不活了！」

這時，幾個小廝抬了寬面的春凳來，小心翼翼地將蕭謹言抬上去。

蕭謹言的身子被挪了一下，覺得後背一陣鑽心的疼痛，忍不住輕哼了一聲。

許國公聽見，也忍不住擔憂起來。方才他一時氣急，打得太狠了，這會兒細想，還是有些後怕。自去年落水之後，蕭謹言的身子便一直不大好，萬一真打出個好歹來，他如何對得起蕭家的列祖列宗？

趙氏見狀，忙吩咐道：「快請太醫來看看。」

許國公爺想起這事情的要緊，連忙阻攔。「老太太別請太醫了，省得讓更多人知道，找寶善堂的大夫過來瞧瞧便好。」

這時，趙氏回過神，也來勁了，教訓他道：「打的時候，你怎麼不怕被外頭的人知道？你就是這樣教孩子的？我問你，到底為什麼打言哥兒？他犯了什麼錯，讓你這樣一頓好打？」

這一問，可真難倒了許國公。他這頓打，是用來堵住皇帝的嘴，可家裡這一眾女人的嘴，要用什麼來堵上呢？

許國公想了想，開口道：「我方才問了他幾句功課，他竟一句也答不上來。我上回臨走時怎麼說的？要是他的功課沒長進，我就把他新得的小丫鬟給賣了！」

孔氏聽國公爺說起這些，也來氣了，站起來哭道：「兒子喜歡個小丫鬟又如何？他這樣是跟誰學的?!」

許國公被孔氏這麼一挖苦，臉都變色了，但一時卻想不到反駁的話，只道：「兒子年紀還小，就想著這些，我是為了他好！」

「為了他好，你就要打死他嗎？別忘了，他可是蕭家唯一的嫡子！」

孔氏也不知道哪裡來的勇氣，將這二十來年的委屈一下子發洩出來，紅著眼睛跟許國公爭論。

這時，蕭謹言已經稍稍緩過氣，見他們大吵，便硬撐著開口道：「你們別吵了……」

趙氏瞧見蕭謹言醒了，立刻撇下許國公，跑去看蕭謹言。

孔氏也把許國公丟下，吩咐小廝快把人抬去房裡，又叫請大夫來。

於是，一群人浩浩蕩蕩地，把蕭謹言抬回了文瀾院。

許國公見狀，這才鬆了口氣，有些頹然地坐在靠背椅上，輕撫著前額搖頭。

想到方才被趙氏一頓好打，他都這把年紀了，實在丟人，遂黑著臉道：「剛才是誰去老太太那邊報信的？自己跪下來！」

第五十四章

卻說眾人送了蕭謹言回文瀾院，又請寶善堂的大夫來瞧過，說只是皮外傷，多將養一段時日就好。

孔氏和趙氏這才稍稍放了心，各自回院子裡休息。這一場混亂，連晚膳都被耽誤了。

蕭謹言趴在床上睡了良久，只覺背後熱辣辣地疼。

這時，他清醒過來，才睜開眼睛，就瞧見阿秀跪在床前不遠的地方，低著頭，膝蓋下的青石板上，還有幾點晶瑩的水跡。她小小的身子一顫一顫，顯然還在哭泣。

房裡靜悄悄的，並沒有什麼人，蕭謹言覺得有些口渴，便開口道：「阿秀，給我倒杯茶來。」

阿秀忽然聽見蕭謹言的聲音，嚇了一跳，忙用手背擦擦眼角，起身到熏籠上倒了杯熱茶，拿過去遞給蕭謹言。

蕭謹言稍微撐起身子，拿著茶杯喝了一口，抬起頭時，就瞧見阿秀那雙哭得跟核桃一樣紅腫的眼睛。

蕭謹言沒說話，把茶杯遞還給阿秀，看著她小小的身子在房中忙來忙去。

阿秀做完這些事，卻沒有再上前，而是回到剛剛待著的地方，又跪了下來。

這時，房裡燭光暗暗的，蕭謹言瞧見阿秀臉上的淚光似乎還在閃爍，索性也不趴下了，半撐著身子問道：「阿秀，妳怎麼哭了？」

阿秀咬了咬唇，並沒有說話，可眼淚卻又不爭氣地滴了下來，小小的身子忍不住顫了顫。

「阿秀，妳看著我。」蕭謹言的口氣明顯不像剛才那樣隨意，甚至有了幾分讓人不可反抗的堅定。

阿秀抬起頭，定定地看著蕭謹言年輕俊秀的容顏。

蕭謹言忽然笑了起來。「阿秀，不要怕，我會保護妳的。」

蕭謹言說完這句，這才鬆手重新趴下，見阿秀似乎沒什麼多餘的表情，又補充了一句——

「別怕，我會保護妳。」

這時，阿秀再也忍不住，小聲地抽噎道：「世子爺，奴婢不要世子爺保護，奴婢只要世子爺好好的，奴婢能自己保護自己……」

她已經不是前世那個少不經事的小姑娘了，她已經知道如何在這樣的大宅院生存下去的辦法。她之所以一直跪著，就是剛剛聽人說起，原來許國公打蕭謹言的理由，是因為他沒有好好唸書，把心思放在一個小丫鬟身上。

許國公府裡，誰不知道這小丫鬟指的就是阿秀？阿秀心裡真的很害怕，怕許國公爺把她賣了。

可是她不能說，只能裝作堅強地告訴蕭謹言，她會強大起來，不需要他的保護，如果他的保護是承受這樣的皮肉之苦，那她絕對是捨不得的。

蕭謹言看著阿秀的神色中，帶著幾分寵溺，笑著道：「好的，我知道了，我的阿秀已經長大了，能保護好自己。可是，從現在開始，她應該先學會，不要動不動就哭鼻子，因為這樣，我這裡會很難受。」

蕭謹言微微側身，攤開手掌，將之放在自己的胸口上。

阿秀抬起頭，臉上帶著幾分淺淺的笑，用力地點了點頭。

孔氏從文瀾院回來，也是身心俱疲，靠在軟榻上揉著太陽穴，合眸對跟她一起進來的王嬤嬤道：「肯定是趙姨娘在老爺耳邊吹枕頭風，平白無故地，老爺怎麼會知道言哥兒看上一個小丫鬟？」

王嬤嬤的腦子一向比孔氏好用些，暗暗想了想，搖搖頭。

「我看著不像只為了這事情。不是我說，府裡結交的幾戶人家，除了孔家表少爺沒有通房，還有幾個是房裡沒人的？即便太太今兒就賞了人給世子爺，老爺也不至於下這樣的狠手。我瞧著，這事情只怕不簡單。」

孔氏這會兒頭疼腦脹的，便隨口問道：「妳覺得哪裡不簡單了？」

「我方才讓春桃去外書房瞧了，說是老爺氣得連晚膳都沒有出來用，一直黑著一張臉。方才大夫走時，老爺親自派人請大夫過去，細問世子爺的傷勢。

「從這點看起來，其實老爺還是心疼世子爺的；至於為什麼下這般狠手，單單說是為了功課和一個丫鬟，實在有點說不過去。」

孔氏嘆口氣，也搖了搖頭，抬起眼皮道：「今兒本來高高興興的，結果竟遇上了這樣的事情。好在言哥兒沒傷到筋骨，不然的話，我和老爺沒完！」

第二天，事情果然就有了後續發展。

許國公悄悄拿著帶血的馬鞭進宮見皇帝，一口一個逆子，把蕭謹言罵得一文不值，說他偷偷去了豫王府，把宿州治水的帳目混進了豫王要送到東郊行宮的奏摺中。越說越生氣，恨不得昨天就打死了蕭謹言。

誰知，這時周顯正巧進宮，聽到這件事，不由震驚，雖然知道如今蕭謹言似乎變了個人，但沒料到他會把事情攬到身上。蕭謹言這麼做，果真成功在皇帝面前保全了豫王。

送走許國公後，周顯才和皇帝在御書房說起話來。

周顯看見皇帝臉上莫測的表情，斂袍跪下。

「皇上，這事乃因微臣而起，是微臣請世子爺幫忙，想辦法把奏摺送過去的。」

周顯原本就長得單薄瘦弱，這時垂眸說出這樣一番話來，讓皇帝越發覺得心酸。他看重的姪兒去幫他辦事，手邊卻連一個得用的人也沒有。

皇帝想了想，點頭道：「是朕考慮不周了，原也沒料到工部會出這麼大的紕漏。不過……許國公世子倒是個有意思的人，豫王是他的親姊夫，他居然還要做這種偷偷摸摸的勾當，讓人感覺有趣得緊。」

周顯早已猜出了這件事的前因後果，笑著道：「他本來就是個老實書生，許國公爺又對他要求嚴格，規定他中舉之後才能出仕，所以他哪能想出什麼好辦法。況且，我和他親厚，若他直接把這件事告訴了豫王，豈不是陷我於不義。」

皇帝素來喜歡忠厚老實之人，聽了周顯這句話，對蕭謹言刮目相看，讓太醫院找了幾瓶上好的金瘡藥，命周顯帶了去看蕭謹言。

當然，這一切都是秘密進行的。

周顯的藥還沒到許國公府，豫王府那邊已經得了消息，豫王派人送來的，也是宮裡特有的金瘡藥。

蕭謹言剛剛被人服侍著上過了藥，這會兒只覺得後背涼颼颼的，一陣陣疼。他怕阿秀瞧見了傷心，所以特意囑咐阿秀今兒不用過來，留在海棠院裡就好。

正巧孔氏遣了春桃給蕭謹言送豫王府的金瘡藥，阿秀便抽了空，跟春桃一塊兒過來，才在外頭說了兩、三句話，周顯就來了。

幾個丫鬟起身迎出去，春桃便向蕭謹言福身告退。

阿秀想跟著走，春桃卻笑著對她道：「阿秀，妳等會兒再走吧。太太說了，要留個人在這邊看著世子爺，一會兒好向她回話。」

阿秀感激地看春桃一眼，轉身領周顯去蕭謹言房中。

周顯就著窗下的靠背椅坐了，抬起頭看見蕭謹言趴在床上，阿秀便小聲道：「爺，小郡王來看您了。」

蕭謹言早就聽見外頭的動靜，這時他還不能平躺，只能稍稍側著身子，半邊身子靠在引枕上，瞧著周顯笑道：「小郡王親自來看我，我真是當不起了。」

周顯抿了口丫鬟送上來的茶，道：「果然言世子這裡才有好茶。」

阿秀端著茶，想送給蕭謹言。蕭謹言擺擺手，她便放下茶盞，退出去了。

房間裡靜悄悄，只有外頭的陽光從窗戶裡照進來。樹上的葉子已經全綠了，說起來，時間過得還挺快的。

周顯看著蕭謹言，笑道：「我真沒料到，你也會用苦肉計這一招。」

蕭謹言無奈笑道：「你以為國舅爺是那麼容易當的？我現在算是看明白了，咱們這位豫王殿下，果然是聰明人。」

其實前世蕭謹言就應該知道豫王的厲害，可他那時完全沒有覺悟，自然不知道身邊發生的事情裡，其實蘊藏著無窮的道理。

「他越聰明，將來這國舅的位置，你就坐得越穩當。更何況，這份恩情，他是賴不掉了。」

周顯瞧見房中紫檀木束腰嵌大理石圓桌上放著幾瓶宮裡的金瘡藥，笑著道：「我就知道，你這兒不缺這些，不過皇上的恩賜，我只好代為跑一趟了。」

蕭謹言聞言，急著要謝恩，卻被周顯攔住了。「這裡又沒什麼外人。」

周顯說著，想起方才進來時，瞧見阿秀擔憂又心疼的表情，嘆道：「許國公下手也太狠了些，萬一真打傷哪裡，可是要後悔莫及。」

蕭謹言笑道：「我皮糙肉厚的，倒是不打緊，不比小郡王身嬌體貴。」

周顯知道自己身體不好，最討厭別人說他身嬌體貴，聽蕭謹言這麼說，便鬱悶起來，遂眯了眯眼睛，朝外頭喊了一聲。「來人，進來給本王添茶！」

阿秀正有些百無聊賴地侍立在房外，聽見周顯的聲音，急忙跑進去，要重新為他添茶。可端起茶盞，她便發現，周顯那盞茶，不過抿了半口而已。

蕭謹言瞧著周顯捉弄阿秀，心裡有些氣憤，不由清了清嗓子，瞪他一眼。

周顯這才收手，端起茶盞，默不作聲地喝了一口。

周顯不過只停留片刻工夫，便起身告辭，回了恒王府。

許國公回府後，聽說小郡王來瞧過蕭謹言，還帶了皇上御賜的金瘡藥，便知道，這次蕭謹言過關了。

他深深地嘆了口氣，本來刻意讓蕭謹言躲避在這場硝煙之外，沒想到他還是鬼使神差地被捲了進來。

一眨眼，又過去了三、五日。

以前是蕭謹言每日去給趙氏請安，如今倒換成了趙氏每天去文瀾院裡坐坐。幸好趙氏身子骨兒硬朗，多走幾步路也無妨。

至於外頭盛傳蕭謹言被打的理由，也從原本的言世子不好好讀書，變成言世子不好好讀書也罷了，為了個小丫鬟，發賣府裡三戶家生子，所以許國公震怒，把他打了一頓。

這日，趙家兄妹來探望蕭謹言，看過蕭謹言後，趙暖玉跟著趙氏去了榮安堂，只留下趙暖陽待在蕭謹言房中。

趙暖陽瞧見阿秀的樣子，腦中一閃，想起那日他和蕭瑾璃在荷花池旁的假山後私會的事，不覺有些臉紅。

蕭謹言瞧見他那樣子，笑著道：「原本今年你和二妹妹的婚事肯定能定下來的，如今倒好，又得耽誤一年。」

趙暖陽今年十九歲，這個年紀尚未娶妻，確實遲了點，不過他如今有功名在身，倒也不怕耽誤這一、兩年，反倒問起蕭謹言。

「先不說我，你這個當兄長的尚未娶親，只怕瑾璃不會先你出嫁。」

蕭謹言微微一笑，目光便不由自主地轉到了阿秀身上。

這時已經開春，阿秀穿著淺綠色的衣裙，雙垂髻上紮著絲帶，彎彎的劉海正好蓋住半邊額頭，模樣又清純、又羞澀，聽到他們談起這個問題，會害羞也難怪了。

「我還要等幾年，倒是不急在一時，讓璃姐兒早點過門也好。不是我說，你家老太太那身子骨兒，也是有今天、沒明天的，要是稍不留神，又要耽誤一年。」

蕭謹言這句話，顯然說到了趙暖陽心坎上，只見他蹙眉道：「今年父親讓我回來，也是這個意思。我原本想著，趁太后娘娘給欣悅郡主賜婚的當口，也求了自己和瑾璃的婚事，誰知道出了這樣的意外，倒是不知如何是好了。

「你也知道，你娘素來不喜歡我，萬一她給瑾璃許了別的人家，那我不是得……」

趙暖陽說到這裡，急得捶了茶几，茶盞裡的茶水因此濺出了幾滴。

阿秀也被嚇一跳，不過想起那日從假山後飛出來的暗器，覺得今天趙小將軍的動作還算是斯文的。

蕭謹言瞧見阿秀嚇得縮了縮身子，便開口數落趙暖陽。「這紫檀木茶几可不便宜，打壞了，你賠我？」

趙暖陽瞧見蕭謹言那臉憐香惜玉的表情，忽然明白了，遂調侃起蕭謹言。「將軍府還真沒有這麼值錢的茶几，看來得用瑾璃的嫁妝來賠了。」

蕭謹言聞言，哈哈大笑起來。

阿秀覺得臉上又發燙了。那日在恒王府的話，她還記在心裡。蕭謹言說，他要給她一個身分，讓她做他的正妻。

其實阿秀沒敢奢望這些，只當蕭謹言哄她開心，可不知道為什麼，她就是沈醉於這份喜悅和幻想。

如今，阿秀已經打定了主意，不管是丫鬟、小妾，還是別的身分，她都要一心一意跟在蕭謹言身邊。

外頭春光正好，阿秀想著，臉上便露出了比陽光更明亮的笑容。

蕭謹言抬起頭，正巧瞧見阿秀帶著幾分羞澀、淺淺的、卻讓人沈醉的笑，頓時覺得，今年春天，似乎比往年來得更早些。

第五十五章

這日，蕭謹言依舊待在文瀾院裡，安安靜靜地養傷。

距離挨打也過了好幾天，他後背上的傷已經結痂，雖然還不能平躺，但沒什麼大礙了。

蕭謹言在床上躺不住，便下床看書。怕觸碰到身後的傷口，遂只穿了一套真絲中衣，披著袍子，坐在書房那張長條紅木書案後面，後背沒有貼著椅子，微微挺直。

這幾日，為讓蕭謹言能快些好起來，孔氏也不拘著阿秀了，准她白天在文瀾院服侍，晚上回海棠院就好。

因朱氏的生辰近了，所以阿秀開始趕工，但白天要服侍蕭謹言，她難得有空閒的時候，一應手工便全堆到晚上來做。可她畢竟只有十歲，稍稍熬了幾晚，白天就開始精神不濟了。

蕭謹言抬起頭，瞧見阿秀坐在書房正對面窗底下的椅子上，趴倒在茶几上，已經睡著了。

阿秀的睡顏一點也不像十歲的孩子，靜靜地趴在那邊，眉宇中，似乎還帶著淡淡的愁緒。

這下子，蕭謹言的目光再也收不回來了，起身走到阿秀跟前，把外袍脫下，蓋在她身上。

睡夢中的阿秀感覺到蕭謹言的動作，皺了皺眉頭，但她實在太累了，只打個哈欠，便又睡了過去。

蕭謹言忍不住伸出手指，在阿秀的鼻頭上點了一下，才轉身回去看書。

冬梅端著小點心進來，瞧見這副情景，正要開口，卻被蕭謹言給攔住了。

冬梅遂壓低了聲音道：「天氣還冷著呢，世子爺怎麼能這麼不當心呢？奴婢去給您取衣服。」

蕭謹言正想喊住她，冷不防打了兩個噴嚏，阿秀便從美夢中驚醒了。入眼瞧見蕭謹言的外袍披在她身上，忙不迭起身，跪下道：「奴婢該死、奴婢該死！」

事情變成這樣，蕭謹言有些不悅地瞧了冬梅一眼。

「妳出去吧，這兒用不著妳服侍。」

冬梅過來服侍蕭謹言，也有一陣子了，如何不知蕭謹言的脾氣，這種口氣，明顯就是動怒了。

冬梅雖然沒有做蕭謹言通房的念想，可她畢竟是孔氏賞過來的人，如今又管著文瀾院裡的帳務，在別的小丫鬟面前，也算極有體面；誰知道，蕭謹言竟讓她在一個小丫鬟跟前鬧了個沒臉，頓時覺得有幾分委屈，遂賭氣出去了。

蕭謹言回到案桌後坐下，阿秀見冬梅拿了糕點進來，便上前為蕭謹言披好外衣。

阿秀平常話不多，安安靜靜的，蕭謹言便在阿秀給他披衣服時，抓住了阿秀的手腕，感覺柔若無骨。小小的手掌雖然白皙，但手心裡卻有幾處老繭。

想起阿秀年紀這麼小便做過粗活，蕭謹言又心疼起來。

阿秀原本就矮，給蕭謹言披衣裳還要踮起腳跟，如今被蕭謹言這麼一拉，胸口就貼到了蕭謹言的後背。外頭的人瞧見了，還以為是阿秀靠在蕭謹言的背上，抱著他。

阿秀只覺得胸口發熱，卻弄不清這種熱是從哪裡來的，略略低下頭，將臉頰靠在蕭謹言的肩上。

「阿秀好像又長高了。」

蕭謹言轉頭，正巧看進阿秀那雙烏黑的眸中，略帶驚恐的神色裡，竟帶著幾分對他的眷戀。

於是，蕭謹言低下頭，把阿秀抱進懷裡，在她的唇上輕輕吻了一下。

其實阿秀並不排斥和蕭謹言的親密，只是依舊忍不住臉紅。

這時，院裡傳來小丫鬟嘰嘰喳喳的聲音，蕭謹言放開了阿秀，聽墨琴進來傳話道：「二太太帶著三姑娘、四姑娘，還有四少爺回來了。」

墨琴口中的二太太，便是許國公府二老爺的夫人田氏，是精忠侯田家的嫡次女，進門沒兩年，就給蕭家生了一對雙胞胎女兒。

趙氏很疼愛田氏，偏生田氏是個不拘小節的性子，也挺喜歡趙氏這樣的婆婆。因為如此，孔氏和田氏的妯娌關係，便只是維持表面和諧罷了。

蕭謹言這才想起，前幾日豫王府有人來傳話，說豫王被皇上派去淮南視察修堤，而原本已在回京路上的蕭二老爺得到消息，便折回淮南侍駕，讓二太太帶著孩子們先回來。說起來，他重生之前，兩個堂妹都已經嫁人，如今讓他回想她們十一、二歲時的樣子，還真想不起來了。

於是，蕭謹言忙讓丫鬟上前為他更衣，阿秀便和墨琴小心翼翼地為他穿好衣裳。果然，老太太那邊派了吉祥來傳話，說蕭謹言身子不好，不用急著過去，等明兒再見，也是一樣的。

蕭謹言哪裡肯聽，要阿秀歇著，帶墨琴去榮安堂了。

田氏在一年多前生下四少爺，如今身量尚未完全恢復，還有幾分豐腴。原本聽趙氏說蕭謹言病著，以為今兒見不到了，沒承想才聊一會兒，就聽外頭小丫鬟說，世子爺過來了。見蕭謹言來了，丫鬟們忙不迭上前，打簾子的打簾子、解斗篷的解斗篷。

蕭謹言進去，就瞧見田氏正坐著和趙氏閒聊，孔氏也在旁邊陪坐。

趙氏見蕭謹言進來，便湊過去對田氏道：「這次讓你們幾個從淮南回來，本來是言哥兒的意思呢！他瞧著過年時府裡不熱鬧，便想著讓你們早些回京。」

田氏上下打量了蕭謹言一番，越發覺得他一表人才，打趣道：「看起來，還是我這個大姪兒掛念我們。」

孔氏瞧見蕭謹言進來，慌忙道：「你怎麼跑出來了？萬一牽動了身上的傷口，該怎麼辦呢？」

孔氏話才出口，就後悔了，方才趙氏只說蕭謹言病了，並未提及到傷口兩個字，這時她說了這麼一句，豈不是把蕭謹言被許國公打的事透露出去，臉色頓時就有些尷尬。

蕭謹言倒沒覺得不妥，只笑道：「都好了，前幾日不過是我懶怠動而已，今兒聽說二嬸娘帶弟弟、妹妹回來了，自然要過來瞧瞧。」

正說著，外頭傳來了姑娘家清脆的笑聲，丫鬟稟道：「姑娘們來了。」

只見簾子一閃，進來了三個姑娘，蕭瑾璃最年長，接著便是兩個長得一模一樣的女孩，都是十一、二歲的樣子，髮式也一模一樣，梳著雙垂髫，戴白珍珠穿成的珠花，眉間還點了現下流行的花鈿，唇紅齒白，模樣動人。

趙氏笑著，把她們招呼到跟前，湊上去看了兩眼，搖頭道：「我這老眼昏花的，到底哪個是瑾珍、哪個是瑾珊，都分不出來了！」

蕭瑾璃笑著道：「別說老太太分不出來，我也分不出。前兩年走的時候，我還知道瑾珍不如瑾珊高，可今兒回來，兩人卻是一般高的。」

趙氏聽了，著急道：「這可怎麼是好啊？真的分不出來了。」

蕭謹言瞧了幾眼，也沒發現什麼不同之處，跟著搖搖頭。

田氏便笑著道：「別說你們，便是我和她們父親，也經常弄不明白。不知道的時候，只喊她們一聲，就清楚了。」

田氏正說著，站在趙氏左邊的姑娘便笑了。「老祖宗，我是瑾珍、她是瑾珊。」

趙氏睜大眼睛，又盯著姊妹倆一個勁兒地看，還是沒看出什麼區別，便搖了搖頭。

「不認了，認不清楚。」

眾人笑了一回，各自入座，才又閒聊起來。

田氏道：「也不知道是出了什麼要緊事情，往年視察修堤，都是等春汛時才去的，且去的都是工部外官，哪裡像今年一樣，親自派了豫王殿下過去。我有些擔心，問了二老爺幾句，他只說並沒出什麼差錯，讓我放心回來，自己折回淮南。」

趙氏聞言，點點頭。「這次回來，妳也不要走了，橫豎姑娘們都大了，總不能老是跟著你們外放；要是把她們兩個留在京城，又怕妳捨不得，所以不如別走了。」

「我正有這個意思呢。在外頭做官雖說不錯，可到底不像在家裡，熱熱鬧鬧的，便是有什麼事情，也有人商量。」

田氏笑著繼續道：「再說了，我想著儀哥兒還沒見過您老人家，趁著他剛會說話，只讓他學著叫老祖宗呢！」

趙氏被田氏逗得笑到合不攏嘴，孔氏端坐在一旁，一時覺得有些插不上話，想了想道：「弟妹回西苑看過了沒有？前陣子我們去東郊皇陵給太后娘娘送葬，回來也沒幾天，只稍微收拾一下，不知道還合不合妳的心意。」

田氏聽孔氏問起，便笑著回答。「都在自己家裡，也沒什麼不合意的，若有要添補的，我就不客氣了，會厚著臉皮來麻煩嫂子。」

孔氏聽田氏這麼說，臉上才有了些笑意，不然一直被人忽視，心裡很不舒服的。

趙氏留了田氏和雙胞胎孫女一起用晚膳，孔氏不想作陪，只讓蕭瑾璃待著，然後藉蕭謹言身子不好的理由，送他回文瀾院去。

一路上，孔氏瞧著蕭謹言的精神很好，便知他是真的沒事了。

說也奇怪，因為許國公毒打蕭謹言，孔氏發了好一通火，沒承想許國公似乎因此有所觸動，竟連著好長時日都歇在她房裡。

如今蘭姨娘又有了身孕，孔氏不喜歡趙姨娘，自然希望許國公不要去趙姨娘那裡，結果這幾日夜夜春宵的，孔氏都覺得自己憔悴了起來。這也難怪，她白天要處理家事，晚上又要服侍許國公，確實很累人。

蕭謹言哪裡知道孔氏的苦處，見孔氏神色憔悴，便關切道：「母親的臉色看著不大好，是不是最近張羅二嬸娘回來的事情太累了？」

孔氏聞言，頓時有些尷尬，總不能說是為房裡事累的，便點了點頭。「如今你二嬸娘回來，我可以暫時歇歇了。」

說著，她忽然提了一句。「等你姝表妹進門後，我便能好好休息了。」

蕭謹言微微蹙眉，想起來，前世的孔姝後來生了病，病好之後，似乎只是尋了戶平常人家嫁了。

但這一世太后娘娘死了，欣悅郡主插不進來，孔姝和他的關係，還是要解決了才好。

蕭謹言走在路上，正愁眉不展，冷不丁卻瞧見丫鬟翠雲帶著朱氏，正往蘭香院走。

朱氏沒料到會遇上孔氏和蕭謹言，微微福了福身子。

蕭謹言發現朱氏的眼眶有些紅，但朱氏是很懂禮的人，斷不會在人前這副樣子，遂在心裡暗暗納悶起來。

朱氏跟著翠雲去了蘭姨娘住的蘭香院，走到門前，就瞧見蘭姨娘正摀著胸口乾嘔。見朱氏到了，蘭姨娘揮手讓丫鬟都退下，這才讓朱氏進來。

朱氏一進房，眼眶又紅了起來，等送茶的小丫鬟出去後，便上前扶著蘭姨娘，道：「這件事情，我也不知是好事還是壞事，老爺依了，可嫣姐兒卻死活不肯。」

這會兒，蘭姨娘稍稍恢復了精神，開口道：「到底是怎麼一回事？傳話的小廝也沒說明白，嫂子再同我說說。」

朱氏便擦著眼淚道：「三月十五那天，嫣姐兒帶著丫鬟去梅影庵上香，回來的路上驚了馬，人從車裡摔下來。正巧廣安侯府的世子爺從那條街經過，便出手救了嫣姐兒。

「原本這應該是件好事，大家互不聲張，我們蘭家只是小門小戶，在京城也沒多少人知道，就說是丫鬟不小心摔下馬車，讓人救起來，也不妨礙嫣姐兒的名聲。

「可誰知道，兩天後，廣安侯府的下人就來了，說他們家世子爺瞧上了嫣姐兒，要收她做小妾。但如今還在太后娘娘的孝中，不能大張旗鼓抬嫣姐兒進去，所以問問我們的意思，能不能先送她進去做丫鬟，等太后娘娘的孝期過了，他們家世子爺娶了正房奶奶，再抬嫣姐兒做貴妾。」

朱氏說到這裡，嘆了口氣。

「妳也知道妳哥哥，最近一門心思就想著勾搭上廣安侯家。如今廣安侯管的可是戶部，天下的皇商都握在他手上，讓妳哥哥如何不心動呢？

「偏生嫣姐兒不肯去，跟她爹鬧了一場，已經兩日不吃不喝。我實在沒法子了，才想到偷偷給妳遞信，讓妳出出主意。」

蘭姨娘聽朱氏說完，大致了解了，擰眉想了想，道：「說起來，廣安侯祖上曾是商賈之家，如今雖然封侯，到底和許國公府是沒法比的；且如今的廣安侯夫人是明慧長公主，聽說是出了名的不好相處，只怕嫣姐兒進了洪家，未必有好日子過。」

朱氏點頭。「我擔心的還不是這個，若他們正經想納嫣姐兒為妾，如何等不了這幾個月，竟要先讓嫣姐兒進去當丫鬟？不是我說，蘭家雖然只是商家，可嫣姐兒從小也是被人服侍的，何曾服侍過人？他們這樣開口，未免太瞧不起我們蘭家了。」

她又擦了擦眼淚，抬眸看著蘭姨娘。「依妳看，還有什麼辦法解決？」

蘭姨娘倚在榻上想了想，抬頭問道：「嫣姐兒是鐵了心不想去？哥哥回了洪家沒有？」

「嫣姐兒說了，便是剪了頭髮做姑子，她也不想去。」朱氏嘆了口氣。「老爺那邊，我先攔著，還沒回洪家的話，可這拖得了初一，拖不了十五的。」

蘭姨娘心裡已經有了想法，便笑道：「那就趕緊找個人家，把嫣姐兒嫁了吧。洪家是官家，今年理應守國孝，自然不能娶親；可蘭家不過是平民百姓，不用守這規矩，只要找到合適的人家，把嫣姐兒嫁出去就好了。」

朱氏雖然覺得這辦法可行，但一時間哪裡找得到什麼合適人選，遂又嘆了口氣。「這一時半刻的，如何找人？」

蘭姨娘也為難了，辦法只能想到這兒，便蹙眉道：「再多找幾個媒婆問問吧。還有，千萬別提起廣安侯府的事，沒準兒有些人家怕得罪權貴，反而不敢娶嫣姐兒了。」

朱氏想想，的確只有這個辦法，便點了點頭，向蘭姨娘道謝，告辭了。

第五十六章

朱氏匆匆從許國公府回來，就去繡閣看蘭嫣。

此時，蘭嫣正躺在床上，心如死灰、形容枯槁，瞧見朱氏進來，便轉身面對床裡，不看她一眼。幾個丫鬟在門口候著，眼裡都透著一絲擔憂。

朱氏知道蘭嫣心意已決，便開口道：「妳姑母倒是替妳想了個辦法，妳若是同意，我就想辦法張羅；若是不同意，那我們這樣的人家，只怕也護不住妳了。」

蘭嫣聽朱氏這麼說，動了動身子，勉強起身看著朱氏，眼底含著淚。

朱氏道：「妳姑母說，既然妳不想去洪家，那讓我們趁著這段時日，把妳給嫁了，妳要是肯，我這就去找邢嬤嬤，讓她去找媒婆。」

蘭嫣聽朱氏這麼說，眼淚嘩啦落下，拉住她的手，抬眼道：「母親還記得那日來府裡送房租的時有才嗎？母親只請媒人去問他，如果他願意娶我，我便高高興興嫁了；如果他不願意，那我便剪了頭髮，上梅影庵當姑子去。」

朱氏聞言，嚇了一跳，忙不迭道：「妳這是作的什麼孽啊？妳也瞧見他那窮酸樣了，連房租都付不起，我怎麼能讓妳嫁給他？」

蘭嫣便起床，冷笑一聲。「母親想得也太簡單了。時有才雖然窮，可他有功名，是舉人老爺；我們蘭家雖然有幾個錢，但在人家眼裡，只怕就是個充滿銅臭的商賈之家。」
朱氏曉得蘭嫣說得有道理，一時不知如何反駁，遂咬牙道：「若是他不願意呢？」
朱氏終究還是心疼蘭嫣，雖然捨不得她去廣安侯府做丫鬟，可也捨不得她去梅影庵當姑子。

蘭嫣沒說話，嘴角微微一笑，有些脫力地往床上靠下了。
沒承想，這時外頭居然有人跑來傳話。
「太太，廣濟路上的孫媒婆來了，說是要給大姑娘作媒。」
朱氏弄不清是什麼狀況，慌忙起身，又讓丫鬟們照看好蘭嫣，就先出去招呼孫媒婆了。

孫媒婆是廣濟路上有名的媒婆，十鄉八里的人都認識，朱氏也沒少讓她給蘭嫣物色合適的人選。
孫媒婆見朱氏親自來迎她，臉上堆笑道：「我今兒也算是行好事了，頭一回見識到，請媒婆還給不起銀子的。」
孫媒婆說著，把手上的信封交給了邢嬷嬷。
「這是時舉人讓我帶來的，他窮得叮噹響，我實在不好意思替他跑這一趟，看著他平常給我寫字的分上，只得靦著老臉來了；夫人要是覺得太失禮，就當我沒來過，我自己還覺得寒磣呢。」

朱氏聽了，頓時心下一喜，忙讓丫鬟倒茶來，接過邢嬤嬤遞上來的信，仔細看了。原來這是一封婚書，時有才在信中提及，來年若能高中進士，必定前來迎娶蘭嫣，只求蘭家不嫌棄他窮酸，許下這門婚事。

朱氏看著這封信，差點兒要唸起阿彌陀佛，忙讓邢嬤嬤去取荷包，打賞孫媒婆。

「這份婚書，我留下了。妳去跟時舉人說一聲，讓他過幾日就來下聘。」

朱氏又想了想，咬咬牙，讓邢嬤嬤從房內的紫檀木匣子裡拿出一張一百兩的銀票，託給孫媒婆。

「下聘要用什麼東西，只管拿這銀子去買，遇上外人問起，只說這是早就訂下的親事，反正我們是從安徽來的，這兒的人也不知道。」

孫媒婆原以為，這次肯定要被人打出門，沒想到居然會有這樣的好事，一迭聲應了，高高興興地謝過，帶著銀票找時有才去了。

卻說蕭謹言和孔氏一起回了文瀾院，因為還沒到晚膳的時辰，孔氏就先回海棠院去。

蕭謹言進了內間，瞧見阿秀正在次間臨床的大炕上做針線，繡的正是那個壽字。

蕭謹言便開口道：「我方才瞧見蘭夫人，她看著似乎有些心事，平常她很少親自來府裡瞧蘭姨娘的。」

阿秀聞言，忙放下了針線，站起來問道：「我乾娘怎麼了？」

蕭謹言搖搖頭，走上前，看了阿秀放在茶几上的繡品一眼，蹙眉道：「我也不清楚，瞧著行色匆匆的。」

阿秀垂眸，她從蘭家回府，也有十來天，說起來，真有些想蘭嫣了。

蕭謹言見她這副樣子，遂放下手中的繡品，轉身負手而立。

「我最近在家裡養病，也悶得慌，聽說朱雀大街上新開了一家酒樓，不如明兒我帶妳出去瞧瞧？」

阿秀聞言，一雙眸子頓時放出光彩，點頭應了。

田氏在趙氏那邊用過晚膳，回西苑時，一眾丫鬟、婆子已經把行李安置得差不多了。

田氏很會做人，官員外放是個肥差，當初也走了孔家的路子，所以這次回來給孔氏備了厚禮，吩咐婆子們一院一院地把禮物送過去。

田氏給蕭謹言準備的是徽州特產的松香墨，聽說原先製墨那戶人家的老太爺死得太急，沒來得及把秘方傳下來，今後這墨只怕是有價無市了。她看著丫鬟手中捧著的幾根墨條，想起二老爺聽說她要送人時，還有著幾分不捨，可想而知，這墨是多麼的名貴。

田氏想了想，吩咐跟在身邊的大丫鬟翠環。「妳把東西送過去吧。這回二老爺能回來，全賴著世子爺一句話，這份情是要還的。」

翠環是前年二老爺外放時，趙氏賞給田氏的人。那時田氏剛剛有了身孕，跟著二老爺赴任，婆婆又送了這麼個年輕漂亮的丫鬟，想想也知道是什麼意思。

不過，田氏是個揣著明白裝糊塗的人，才到任上，就把自己的兩個丫鬟給了二老爺當通房。二老爺原就是不拘小節的人，對女色也沒什麼執著，便收下了田氏送的人，從此翠環就一直跟在田氏身邊。

如今兩年過去，翠環已經十六歲了，正是風華正茂的年紀，許國公府裡能入眼的小廝又沒幾個，田氏遂生出別的心思，想著若是能在蕭謹言房裡安排一個自己人，以後不管發生什麼事情，二房好歹能有個通氣的。

這會兒，房裡只有田氏和翠環，田氏便站起來，緩緩走到翠環跟前，抬起眸子上下打量她一番，嘴角勾起微笑。

「當年老太太把妳賞給我，我心裡自然明白她的意思，可那時妳不過才十三、四歲，我不忍心讓妳就這樣跟了二老爺；至於我房裡那幾個，相貌、品性都不如妳，也就罷了。如今我們回來了，這大好的人選在眼前放著呢，我自然也希望妳能有個好去處。」

翠環聽見田氏的話，臉上神色頓時鬆動，只抬眸看了田氏一眼，又忍不住垂下眼，咬了咬唇。

田氏便繼續道：「雖然如今還在國孝期間，但在房裡添個通房，也不是什麼大事。不過，妳畢竟是我院子裡的人，我雖然會幫妳，但妳自己也要長個心眼。」

翠環聽到這裡，早已喜上眉梢，她還在趙氏跟前時，每日瞧見蕭謹言去給趙氏請安，心裡對他也是喜歡得緊。

不過，許國公府裡，真沒幾個小丫鬟是不喜歡蕭謹言的。偌大的國公府，除了蕭謹言這麼個正值年少的哥兒，其他的都是小娃娃，再不然就是許國公和二老爺。許國公如今已是四十開外，二老爺也有三十出頭，到底沒有蕭謹言年輕俊俏。

「奴婢一切聽太太的安排。」

田氏微微點頭，開口道：「這會兒，妳先去文瀾院一趟，把這禮送了吧。」

這幾日，阿秀用過晚膳，就不來蕭謹言這邊服侍了。如今雖然已經入春，但春寒料峭，蕭謹言怕阿秀在路上凍著，所以不讓她過來。

不過，孔氏仍時不時會讓阿秀來送個消夜什麼的，顯然還是放心不下蕭謹言。

翠環到文瀾院送禮時，阿秀剛剛依了孔氏的吩咐，來給蕭謹言送消夜。她如今是孔氏房裡的二等丫鬟，出門有小丫鬟替她提燈、拎著東西。

翠環才進門，就瞧見幾個小丫鬟在廊下等著。她雖然去了淮南兩年，但許國公府的下人變化不大，除了今年新進府的小丫鬟，很多人還是認得的。

翠環一看，就知道這兩個小丫鬟是在海棠院當差，便笑著上前招呼。「妳們兩個，什麼時候來了文瀾院？」

兩個小丫鬟不認識翠環，又見她比一般丫鬟穿得體面，不敢接話。

正巧，冬梅從裡面出來，瞧見翠環，就拉著她進去說話。

兩人在房裡坐了，翠環將托盤裡的墨錠取出來，說明了來意。

冬梅瞧著這會兒沒人，便小聲對翠環道：「東西就放這兒吧，等阿秀走了，我再送進去，妳這會兒過去，只怕要鬧個沒臉了。」

雖然翠環才回來半天，但是作為大丫鬟，打聽消息的能力極好，不然怎麼幫田氏在許國公府站穩腳跟呢？她早就知道了阿秀這號人物，便問道：「就是那個連累清漪毀容、清瑤被賣、櫻桃投水的小丫鬟？」

冬梅沒料到翠環的消息這麼靈通，忙湊上去，低聲道：「妳小聲些，她就在書房裡呢。」

翠環瞧見冬梅臉上帶著幾分敬畏的神色，也小心翼翼起來，湊上去問道：「難道我說的這些都是真的？」

自從那次被蕭謹言凶過一回，冬梅心裡就有幾分不痛快，只冷著臉道：「那還有假？不過世子爺可疼她了，便是太太也疼她，上個月去東郊時，還特意把她送到府外去，深怕有人害了她一樣。」

翠環從冬梅的話語中，聽出了幾分不滿，索性裝作不知情，笑道：「妳怕什麼，這時大太太把妳調過來服侍世子爺，只怕早就安了那個心思。我聽說，她年紀還小，未必能搶到妳前頭，妳只管安下心等著罷了。」

冬梅聽了，臉上便生出幾分不屑，擺擺手道：「我是沒這個心思的，妳瞧瞧有這心思的清瑤、清漪，哪個落得好下場？還不如安安分分地當差，以後的事情，也不用急著想，橫豎船到橋頭自然直。」

翠環聽冬梅這麼說，只陪笑道：「妳這麼想，也是極好的，若能嫁個管事，將來還能跟著當管事媳婦，更是體面了。」

見冬梅臉上淡淡的，翠環又繼續問道：「我怎麼沒瞧見清霜？她不是在書房服侍的嗎？難道在裡面伺候著？」

「清霜已經不在府裡了，世子爺把她送給恒王府的小郡王，以後沒準兒還能落個好下場。」

翠環又點了點頭，聽見書房裡傳來小姑娘的輕笑聲，臉上神色便不大自然了。

這會兒，蕭謹言正貪玩，他今天看了一本有關梳頭的書，書裡記載著前朝多種梳頭方式，大概是蕭瑾璃來還書時，不小心混在裡面的。

蕭謹言翻了幾頁，覺得很好玩，打算等阿秀來送消夜時，給她試試。

蕭謹言讓阿秀坐在他平日讀書的紅木靠背椅上，先輕手輕腳解開了阿秀的髮髻，然後拿著梳子，開始幫她梳頭。

阿秀的頭髮柔軟烏黑，比一般小姑娘的更順滑幾分。蕭謹言的指尖緩緩撫摸過那頭長髮，一時喜歡得無以復加，便卯足了勁兒，想給她梳個好看的髮式。只可惜，他粗手粗腳的，一輩子沒摸過梳子的人，光憑著書上的幾張圖，如何能梳出好看的髮式呢？

蕭謹言對著阿秀的長髮愁眉不展，阿秀忍不住笑了起來，趴在書桌上，顫動著身子，轉過頭去看蕭謹言一臉頹然的表情。

蕭謹言見狀，有些氣憤地丟下梳子。

阿秀便站起來，踩在紅木靠背椅上，這個高度讓她正好可以抱著蕭謹言的腦袋。她伸手緊緊抱住了蕭謹言，及腰長髮垂落在蕭謹言的掌心。

蕭謹言抬起頭，看著阿秀明亮的眼睛，笑道：「阿秀長高了，從今天開始，要學會保護我！」

阿秀聽了，略略皺眉，轉身將秀麗的長髮掃在蕭謹言臉上，帶著幾分嬌媚道：「那世子爺先要學會給我梳頭。」

蕭謹言伸手拍了拍額頭，一臉無奈，忽然伸手把阿秀攔腰抱了起來。

阿秀緊張地蹬著雙腿，忍不住壓低聲音尖叫。

冬梅和翠環聽見房裡的聲音，雖然各自裝作鎮定，但從眼神中，還是不難看出幾分鄙夷。

翠環瞧著，裡面的人不像一時半刻會出來的樣子，便開口道：「那我先走了，二太太還等著我呢，回去遲了也不好。」

冬梅聞言，便起身送她，兩人一直走到了文瀾院門口才分開。

翠環回西苑時，田氏還沒就寢，見她回來，便把她喊到跟前。

「怎麼去了那麼久？見到世子爺了？」

翠環搖頭，把方才的事情說了一遍。

田氏聽完，也露出幾分不可置信的表情，不過她畢竟是大家閨秀，沒再多問什麼，只吩咐翠環先下去。

蕭謹言把阿秀按在炕上撓了一會兒癢，阿秀實在忍不住了，抱著蕭謹言求饒。

蕭謹言見阿秀那副脹紅臉的小模樣，就伸手替她理理長髮，扶她坐起來。

書房沒有鏡子，阿秀只好用梳子順了順頭髮，編成兩股麻花辮，垂在胸前，配著豆綠色的衣衫，越發顯得嬌美可人。

阿秀整理好，蕭謹言便親自送她出門，說好明日帶著她一起上街。

第五十七章

第二日，蕭謹言破天荒起了個大早，在書房裡看了一會兒書後，去了孔氏那邊用早膳。等他們用過早膳去榮安堂時，田氏已經帶著雙胞胎女兒，在趙氏的廳裡等著了。

趙氏發現翠環還在田氏跟前服侍，且仍是丫鬟打扮，便知道田氏沒讓二老爺納了她，臉上就有了幾分不高興。

田氏如何沒察覺趙氏臉上的細微變化，笑著道：「前年走的時候，我正懷著身孕，若不是老太太把翠環給了我，真不知道怎麼熬過來呢。

「那時候，我還覺得她年紀小，未必處處想得周到，如今卻越發覺得她伶俐起來，看她出落得這麼好，要是只配個小廝，倒是浪費了。」

這時，孔氏帶著蕭謹言兄妹從外面進來了。

趙氏一抬頭就瞧見蕭謹言，遂開口問道：「你房裡如今有幾個一等丫鬟？我依稀記得，不久前你好像送了個丫鬟給小郡王，如今身邊可還缺人？」

蕭謹言沒弄清什麼狀況，聽趙氏這麼問他，便蹙眉道：「房裡還有三個一等丫鬟，不過我瞧著墨琴挺好的，想提拔她當一等丫鬟。」如今他也知道文瀾院每個丫鬟的坑都很矜貴，急忙開口拒絕。

趙氏點點頭，這時孔氏已經在她下首坐了，便拉著孔氏，指了指翠環，在她耳邊小聲道：「妳瞧著翠環怎麼樣？當年我是想把她給二老爺的，如今老二那邊不缺人，她又出落得好，不如就給言哥兒吧。」

趙氏什麼都好，就是喜歡給兒孫房裡塞人這點很不好；當年若不是趙氏一意要往許國公房裡塞人，孔氏也不會跟她結那麼多年的梁子。

孔氏看了翠環一眼，果然是好相貌，身段也好，尤其屁股還略略翹起來，一看就是好生養的樣子，這樣的人很符合她的喜好。

如果翠環不是田氏房裡的人，孔氏沒準兒就點頭了，可她偏生忌諱這點，用著別人房裡的人，總覺得不放心。趙氏身邊的人，那是不得不要；如今田氏也想著塞人過來，是肯定不能要的。

孔氏便笑著道：「弟妹就是會調教人，這樣好的姑娘，也只有妳能教出來。弟妹還是自己留著吧，言哥兒身邊，如今倒也不缺什麼人。」

趙氏便道：「怎麼不缺人呢？上回妳才補了兩個丫鬟，分明還留著一個位置，如今清霜也走了，應該多了兩個缺才是。」

蕭謹言沒想到趙氏對他房裡的事知道得這麼清楚，只好開口道：「我房裡原來那幾個專門負責茶水的小丫鬟，我瞧著很不錯。她們一進府就在文瀾院服侍，都兩、三年了，好不容易輪到她們提一等、二等，結果不是太太賞，就是老太太賞，我都替她們覺得可憐了。」

趙氏聽蕭謹言這麼說，便笑著道：「你也忒老實了，還心疼起丫鬟來。你那幾個丫鬟，我如何不知道，不過才十二、三歲，如何能進房裡服侍？之前你身子不好，我就不說了，如今好了，房裡多幾個人有什麼關係。」

蕭謹言見趙氏鐵了心要塞人，很是無奈，想了想道：「老太太忘了我怎麼招得父親一頓打嗎？不就是因為我多疼了房裡的小丫鬟。如今母親才把那小丫鬟領到海棠院去，老太太又要賞人，如果父親知道，我又要挨鞭子了。」

當時，趙氏被許國公的理由給騙過去，聽蕭謹言這麼說，頓時回神，點頭道：「對對對，差點兒忘了這個，這件事不著急，等你考上了舉人再說。」

孔氏見趙氏終於打消念頭，鬆了口氣。

田氏臉上倒是沒幾分失落的神色，只端起茶盞，慢慢抿了口茶。

「太后娘娘也是沒福，如今天下升平，正是她享清福的年紀，怎麼就去了？我原本以為這次回來，肯定能吃到言哥兒的喜酒，沒承想要再等上一年，不知道言哥兒定下人家了沒有？」

田氏知道，在蕭謹言的婚事上，趙氏和孔氏各執己見，一個屬意趙家二姑娘、一個喜歡孔家姑娘，所以兩人一直在打擂臺。她很想知道，最後這場戰爭到底是誰勝利。

果然，說到這裡，趙氏和孔氏的表情各自出賣了她們的心思。

趙氏慢悠悠道：「橫豎還有一年的國孝，倒不著急。這事，還是讓他老子去定吧。」

而之前孔氏聽蘭姨娘說，許國公更喜歡孔姝，心裡便暗暗笑了起來。

「正是呢，讓老爺做主。」

兩人鮮少這麼一致過，田氏臉上的笑越發明顯了，只淡淡道：「那是自然，言哥兒的婚事，還是要由國公爺決定的。」

孔氏聞言，面無表情地抬抬眼皮，瞧著時辰差不多，遂推說外頭有事情，要先行告退了。

蕭謹言瞧見孔氏要走，便急忙道：「母親，朱雀大街上新開了一家醉仙樓，做的是淮揚菜，今兒小郡王約了我去用午膳。」

孔氏聽了，忙轉身問道：「你的身子能坐馬車嗎？」

「我的身子早好了，別說坐車，便是騎馬也沒有問題。」

孔氏還想再說幾句，倒是趙氏開口道：「讓他去吧，男孩子家的，有應酬也是應該。聽說小郡王已經在工部當值，言哥兒多結交些朋友，是極好的。」

孔氏便點了點頭，准蕭謹言過去。

兩人同路從榮安堂出來，蕭謹言這才略有不滿地抱怨田氏幾句，又央求著孔氏，讓她把阿秀借給他半天。

如今孔氏越來越懶得管蕭謹言了，又知道阿秀素來細心，有她跟在蕭謹言身邊，也讓人放心，便答應下來。

昨兒阿秀聽蕭謹言說要帶她出門，今兒一早便換了身雪青色衣衫。因許國公府要守國孝，連帶著今年丫鬟春衣的顏色都是些素淨的，只有這套雪青色的，還算鮮亮一些。

孔氏逕自去了前院回事處忙家務，蕭謹言便讓墨琴上海棠院喊阿秀，直接到後角門口跟他會合；而他折回文瀾院，去取上次周顯說好喝的茶葉，打算賄賂賄賂將來的大舅子。

阿秀見墨琴來傳話，只整理了一下身上的衣服，便往外頭去了。

去後角門要經過西苑，這時田氏房裡的丫鬟佩蘭被劉嬤嬤喊去榮安堂傳話，說是儀哥兒發高燒，讓二太太趕緊回來瞧瞧。

佩蘭是田氏去淮南時買的，聰明伶俐，也很得田氏器重，所以這次便帶著她回京。可佩蘭並沒有來過許國公府，並不知道榮安堂在哪兒。

這會兒，她瞧見阿秀一個人從不遠處走來，又正好是小丫鬟的打扮，便慌忙拉住她道：「妳是哪個院子的？快幫我一個忙，四少爺正發燒呢，妳幫我去榮安堂傳話，請二太太早些回來，看看是不是要請個大夫。」

阿秀見佩蘭是生面孔，便知道是跟著二老爺從淮南回來的人，瞧她一臉焦急的樣子，點了點頭。

「這位姊姊，妳別著急，我這就去老太太那邊傳話。」

說完，阿秀趕著去榮安堂，走到半路，瞧見阿月拎著食盒過來，看阿秀火燒火燎的樣子，就問她要做什麼。

阿秀想著蕭謹言還在後角門等她，遂對阿月道：「阿月，二太太家的四少爺病了，她房裡的下人託我去給二太太傳話呢，妳幫我個忙，上榮安堂走一趟可好？世子爺還在後角門等我過去會合呢！」

阿月聞言，把手上的食盒遞給身邊的小丫鬟。

「那妳快去世子爺那邊吧，我替妳跑這一趟。」

阿秀千恩萬謝，囑咐她定要早些去，便高高興興地走了。

阿月正打算去榮安堂，趙姨娘竟從方才她們說話的假山後冒出來，喊住了阿月。

「妳不准去！」

阿秀到後角門時，果然見蕭謹言已經在門口等她了，若是那時她繞路去榮安堂，蕭謹言肯定會等急的。

蕭謹言見阿秀來了，兩人便一前一後往門口去，柱兒早已駕馬車候著了。

柱兒問：「世子爺，先去哪兒？」

蕭謹言想了想，開口道：「今兒休沐，先去恒王府接小郡王出來吃飯，一會兒再去蘭家如何？」雖然是肯定的話，但語氣中仍帶著幾分詢問的意思。

阿秀便點頭。「那就先去吃飯吧。」

許國公府離恒王府不遠，不一會兒就到了，門房的人進去通報後，說小郡王要更衣，請阿秀和蕭謹言先在外院廳裡坐一會兒。

這是阿秀第二次來恒王府，比起上次衰敗的樣子，現在的恒王府看上去有了幾分生機，大概是因為院子裡的老樹已經抽出嫩芽的關係。府裡的下人也多了，不一會兒，便有人送上茶。

阿秀還像以往一樣，侍立在蕭謹言身邊，看著廳裡的陳設。大多數大戶人家的前院，都有這麼個會客之處。不過，雖然阿秀身在許國公府，卻沒見過許國公府大廳是什麼模樣；眼下的恒王府大廳，倒是有幾分武將之家的樣子。

正中的牆上掛著一幅巨型畫作，阿秀不知道是誰畫的，但她能看懂落款處的幾個大字，寫的是「淝水之戰」。此戰是史上少有的以少勝多，阿秀在小時候聽林秀才說過。

畫作下是梨花木的長條桌，上頭擺著劍托，裡面供著一把寶劍。阿秀不知道這把劍有多寶貴，因為比起上回豫王送給蕭謹言的鑲嵌珍珠玳瑁匕首，這把劍顯得非常古樸。

她略略掃了一眼，外頭就出現周顯的身影。他的頭髮又比上次見面時長了半寸，已經不翹了，中間分出髮線，看起來多了幾分文雅，少幾分桀驁。

不知道為什麼，阿秀居然對著他微微一笑。

周顯瞧見這個笑容，頓覺心裡似乎又明亮了幾分。

一旁的蕭謹言對他們倆的默契有些吃味，站起來道：「聽說朱雀大街新開了一家醉仙樓，小郡王有沒有興趣跟我們去吃一頓？」

周顯走進門，笑道：「那裡的松鼠桂魚確實很好吃，甜而不膩，阿秀應該會喜歡。」

蕭謹言黑著臉道：「原來你已經去過了。」

「上回醉仙樓剛開時，趙小將軍作東，請了我、孔文還有洪世子。那時候你正在養傷，否則斷然少不了你。」

蕭謹言聽了，便笑道：「既然你吃過了，那今兒你作東吧。如今你是吃皇糧的人了，應該請得起一頓飯。」

兩人說著，一前一後出了門，直奔醉仙樓去了。

朱雀大街是京城最繁華的大街，也是達官貴人出入最頻繁的地方，酒樓裡隨便一個食客，家裡總少不了幾個三品官的親戚。

不過，蕭謹言和周顯的身分不低，雖然去的時候已經開了午市，但掌櫃的還是給他們安排了一間臨床的雅室。

蕭謹言推開窗，看著遠處熙熙攘攘的人群，品著口中的茶，享受這難得逍遙的一刻。

兩人回過神時，目光落到了阿秀身上，見阿秀正低垂著頭站在一旁，模樣恭敬小心。

「阿秀，過來坐。」蕭謹言和周顯同時開口。

阿秀抬起頭，看著異口同聲的兩人，臉頰頓時有些泛紅。

蕭謹言便睨了周顯一眼，取笑道：「如今你還真把阿秀當親妹子了？」

周顯端起茶盞，抿了一口。

「其實，我本來有個親妹子，和阿秀同年紀，是父王在南邊伐寇時，跟明姨娘生的。明姨娘的身子之所以一直不好，正是因為思女心切，所以我想，不如讓阿秀認了明姨娘，我多個妹妹、她多個女兒，也好讓她斷了病根。」

這會兒，蕭謹言聽明白周顯的意思了。他原先以為是自己欠著周顯的情呢，如今聽周顯這麼一說，感覺反倒是周顯占了便宜。遂笑道：「我說你當日怎麼答應得這麼快，原來是心裡早已有了想法。」

蕭謹言又灌下一杯茶，眉梢一動，繼續道：「那這麼說，阿秀的郡主身分可以弄到了？」

恒王爺沒有嫡女，阿秀冒充明側妃的女兒，自然可以弄到郡主的身分。

蕭謹言起身將開著的窗戶關起來，又轉身坐了，小聲道：「只是，若真這麼做了，豈不是欺君之罪？」

周顯臉上神色淡淡，只隨口道：「這有什麼欺君不欺君的？只要我和明姨娘願意認下，就好了。」

此時阿秀聽著，心裡覺得有些不妥，跪下道：「世子爺，奴婢願意當您的丫鬟，將來也願意做世子爺的妾室，求世子爺不要讓小郡王冒險。奴婢就是個平民百姓，不想當郡主。」

周顯看著阿秀，臉上神色是前所未有的嚴肅，略略抿了抿唇。

「我知道妳不稀罕當郡主，不過這也是我的不情之請。如今我只有明姨娘一個親人，不忍心她受思女之苦，纏綿病榻。

「阿秀，就當我求妳，如今恒王府遠不如從前，我能給妳的，只是這個身分而已；但謹言想給妳的，一定更多。」

阿秀聞言，眼眶紅紅的，淚水忍不住奪眶而出。

蕭謹言聽見周顯說出最後那句話時，心裡也有些動容，帶著幾分負氣對阿秀道：「妳若不答應，那一頓鞭子，我算是白挨了。」

阿秀哪裡知道其中有什麼牽扯，聽蕭謹言這麼說，臉上更多的還是心疼，只咬著唇瓣不說話。

她想起那日在恒王府偶遇的女人，後來聽蕭謹言說起，才知道那就是明側妃。明側妃清淡的笑容底下，似乎流淌著某種暖暖的東西，讓阿秀忍不住想接近她。

過了良久，阿秀點點頭，小聲道：「奴婢一切聽世子爺的安排。」

蕭謹言聽了，嘴角露出笑容，彎腰拉著阿秀起身。

第五十八章

這時，外頭送菜來，店小二推開門，將幾樣菜端上，隔壁包間裡的說話聲一併傳了過來。

「怎麼，蘭家還沒有應了世子爺的事？」

洪欣宇嘆了口氣，臉上帶著幾分鬱結。

「也不知道蘭家人怎麼想的，這種事情有什麼好不答應，難道還真巴望著我請八抬大轎去迎娶？」

洪欣宇想起年前在紫廬寺瞥見蘭嫣的情景。其實，從那個時候，他心裡便喜歡上她，正巧這次居然讓他遇上，遂料定了這是天賜良緣，回家便鬧著明慧長公主去安排納她為妾的事。

不過，這時正值國孝期間，官家不可納妾，明慧長公主是太后娘娘的親生女兒，自然不可能做這種事情，且她素來就看不起那些會勾引男人的女子。

但為了給洪欣宇一個交代，明慧長公主還是派人去蘭家提了這件事，心裡指望著，等蘭嫣進府，隨便找個由頭將她發落了，讓她自生自滅。這種事情，她也不是頭一次幹，廣安侯的幾個美妾，差不多都是這麼死乾淨的。

「世子爺，不然這樣，奴才替您跑個腿，去蘭家問問消息。長公主的性子，您也知道，萬一蘭家執意不肯，惹惱了長公主，即便以後蘭姑娘真的進府，只怕沒幾日，就要被她收拾了。」

蕭謹言聽到這裡，已經明白他們在說些什麼。

這時店小二退出去，門外的聲音又聽不見了。

洪欣宇皺著眉頭想了想，道：「你們小聲些，我方才瞧見許國公府的言世子和小郡王也來了，蘭家還靠著許國公府這棵大樹，別把事情弄大。」

洪欣宇一邊說、一邊回想起方才聽見的幾句話，一時沒想明白蕭謹言和周顯在籌謀些什麼，便吩咐兩個跟班。「先去蘭家問問消息，一會兒過來向我回話。」

隔壁的包間裡，阿秀和蕭謹言等人聽明白了洪家的算計。

阿秀驚得立刻跪下來，臉上帶著幾分焦急，咬著粉嫩的唇瓣道：「世子爺，您一定要救救我姊姊，她肯定不願意去洪家，給洪少爺做小的。」

蕭謹言看著再次落跪的阿秀，放下手裡的筷子，開口道：「阿秀，快起來。」

蕭謹言想起那日在文瀾院裡和蘭嫣的一番對話，深知蘭嫣是個有個性的姑娘，她瞧不上他，未必就能瞧得上洪欣宇。只是……蘭家有心思把她送進許國公府，未必就沒心思把她送進廣安侯府；更何況，這次還是廣安侯世子親自找上門的。

蕭謹言想了想，也覺得有幾分難辦，清官難斷家務事，更何況他還不是個官。

他想了半日，忽然玩笑道：「不如求求妳這個便宜哥哥，看看他有沒有什麼好辦法？」

周顯知道蕭謹言又來打趣他了，只笑道：「洪家未必會這麼做，若真這麼做了，怕是逃不過御史的口舌，參廣安侯一本國孝期間娶親。」

因為阿秀還懷著心事，雖然醉仙樓的菜色很美味，但大家用的興致都不高，只匆匆用了一些，便起身離開。

阿秀和蕭謹言先送周顯上了恒王府的馬車，正欲揮手送他離去，周顯卻回過頭來，看著蕭謹言和阿秀。

「雖然如今我勢單力薄，但好歹還有這個身分在，若那件事解決不了，就來找我。」

蕭謹言聽了，帶著幾分戲謔，笑道：「算了，你才還俗幾天，就傳出跟別人搶小妾的事，只怕不大好吧。」

周顯瞪了蕭謹言一眼，轉頭看阿秀。

「他不來找我，妳來，我自會想別的辦法，比如讓他把蘭姑娘納了去，也是個解決之道。」

阿秀方才並沒有想到這一點，但經過周顯提示，忽然覺得，這還真是個辦法。

送周顯離開後，蕭謹言便帶著阿秀，上了許國公府的馬車。

阿秀小心翼翼地看著蕭謹言，抿著嘴巴不敢說話；而蕭謹言只把周顯的話當成一句玩笑，並沒有放在心上，未曾發覺阿秀的小心思。

馬車在街巷裡不緊不慢地跑著，路程過半時，阿秀忽然撲通一聲，跪在蕭謹言的面前。

「爺，若是沒有其他辦法，您就納了蘭姑娘吧！她是個好姑娘，爺以後一定會喜歡她的，奴婢不介意爺也喜歡她。」

蕭謹言聞言，愣住了，他雖然處處為阿秀考慮，可阿秀的骨子裡依然是個奴才，遵從的還是奴才那一套。她也許沒有認真想過，將來自己是要當國公府少奶奶的人。

蕭謹言拉起阿秀，表情極為嚴肅，讓她坐在對面，凝視著她。

「阿秀，我和小郡王說的，都不是玩笑話，我和他是言出必行的人，他說了會給妳一個身分，那妳將來就會是恒王府的郡主。一個王府的郡主，是不可能做小妾的，所以，妳將來要做的，是許國公府的大少奶奶。」

阿秀抬起頭，帶著幾分惶恐看蕭謹言。對她來說，大少奶奶是前世站在她跟前，她就會覺得自己渺小得要消失的人。

直到這個時候，阿秀才明顯感覺到蕭謹言那從骨子裡透出的深情。

蕭謹言又問她。「若妳將來當了我的正妻，妳願意看見蘭姑娘做我的小妾，讓她每日小心翼翼地服侍妳？」

阿秀搖了搖頭，她自然不想讓蘭嫣這樣服侍她，可聽蕭謹言這麼說，要是他真納了蘭嫣，那這一切又會成為不爭的事實。

阿秀低下頭，眼中的熱氣聚攏，忽然覺得有些鼻酸。

蕭謹言伸出手捏捏她的臉，感覺一滴滾燙淚水落到了自己的掌心。

蕭謹言伸手擦去阿秀臉上的淚痕，笑著道：「放心，我一定會想辦法幫蘭姑娘一把。」

阿秀抬起頭看蕭謹言，第一次發現，記憶中溫文爾雅、瀟灑俊逸的男子，不知道從什麼時候開始，變得稜角分明起來。他眸中除了溫柔，還飽含著前世所沒有的東西。

阿秀忽然發現，這樣的蕭謹言很值得信賴，便重重點了點頭。

蕭謹言和阿秀到蘭家時，蘭老爺正為了蘭嫣的事情，和朱氏吵得不可開交。

原來，昨日趁著蘭老爺不在家，朱氏允下了蘭嫣和時有才的婚約。

昨晚朱氏就想和蘭老爺說的，可這幾日蘭婉剛走，蘭老爺體恤方姨娘，所以都在方姨娘的院子裡過夜，今兒又早早出門，直到現在才回來。

朱氏見蘭老爺心情不錯，便說起了昨兒的事情。

但蘭老爺心情好，是因為方才洪世子又派人去他那邊打探消息，問他什麼時候能給個準話。他正想著回來和朱氏商量一下，好給廣安侯府回話，冷不防聽見朱氏說起這事情，就像當頭一棒，完全被打懵了。

懵過後，蘭老爺不可遏制地震怒了，指著朱氏痛罵起來，還揚言要把朱氏給休了。

雖然朱氏和蘭老爺之間的感情淡了，但平時也是相敬如賓，如何想到蘭老爺竟如此絕情，氣得摔了茶盞，哭著說要回老家。

下人們嚇得不敢靠近，忙不迭去了繡閣，請蘭嫣來勸架。

蘭嫣才走到前院門口，就聽見外頭有小廝來傳話。「許國公家的世子爺帶著阿秀回來了。」

蘭嫣聞言，倒是一驚，沒料到他們今兒回來，遂喊身邊的大丫鬟錦心去外頭迎人，自己則忙不迭去正院了。

朱氏扶著茶几，正哭得傷心，不知說了多少蘭老爺這些年對不起她的話。

蘭老爺越發覺得臉上無光，揚起巴掌，竟是要打過去，臨到朱氏的臉頰邊，又生生忍住了。

「這麼多年，妳除了嫣姐兒，也沒再生個一男半女，我還讓妳在蘭家管家當主母，面子、裡子沒一樣不全，妳還有什麼委屈要訴？嫣姐兒原本是要去許國公府的，妳倒好，最後弄了個丫鬟來替，我也認了。

「如今，嫣姐兒好不容易又有這樣一個千載難逢的機會，妳不好好把握，勸著她去就算了，還把她許給那個窮舉人。妳怎麼知道他一定能考上進士？萬一跟住在你們朱家宅子裡那個西席一樣，十幾年考不中呢？倒要讓他媳婦賣嫁妝養活他……」

蘭老爺的話沒說完，就聽見門被推開的聲音，陽光一下子湧入有些昏暗的大廳。

只見蘭嫣站在門口，看著蘭老爺，一字一句道：「我不要蘭家一分嫁妝，只要你答應讓我嫁給那個窮舉人，出了這座大門，我是死是活，都跟蘭家無關。」

蘭老爺氣急，抬手摔飛了桌上的兩個茶盞，轉身朝蘭嫣的方向去，正當他的大掌就要揮落時，外頭小丫鬟傳話道：「許國公府世子爺來了。」

蘭老爺的手掌正高舉在蘭嫣面前，蘭嫣抬起頭，毫無懼怕地迎著蘭老爺的掌心。

蘭老爺還是硬生生忍住了，收起手，握拳轉身，壓著怒氣對朱氏道：「哭什麼哭？客人上門了，還不去招呼著。」

蕭謹言帶著阿秀進門，瞧見這副架勢，便明白了一些。

阿秀瞧見地上的碎瓷，朱氏又坐在裡面，不住地擦眼淚，也知道這裡剛才經歷了一場激烈的爭吵。

唯有蘭嫣稍稍顯得鎮定，吩咐丫鬟們把茶盞碎片掃乾淨，重新沏茶過來，請蕭謹言上座。

蕭謹言和蘭老爺坐了，剛剛蘭嫣那句話，他也聽見了，索性笑著道：「倒不知府上要辦喜事了，看來我還真來對了時候。」

蘭老爺聞言，臉上的笑容越發尷尬起來，只陪笑著，一句話也沒說。

朱氏擦去眼淚，瞧見蕭謹言過來，心一橫，想著反正蘭老爺也是個不顧念舊情的，不如當著許國公世子的面，把蘭嫣和時有才的婚事定下來，這樣，蘭老爺就算再不肯答應，迫於面子，也只能認了。

她強擠出一絲笑意，道：「正說呢，昨兒住在我娘家宅院裡的時舉人請了媒婆給小女提親，我已經應了，就是婚期還沒定下來，先等男方下聘再說。」

朱氏這話一說，蘭老爺的臉色頓時又難看了幾分，可當著蕭謹言的面，不好發作，便端著丫鬟送上來的茶，猛喝了幾口。

蕭謹言瞧見蘭老爺的表情與動作，心裡覺得有些好笑，不過他既知道蘭嫣的心思，自然要成人之美。

於是，他笑著道：「是時舉人嗎？他的文章我也看過，很有見地，明年春試，只怕是難不倒他，到時候若是中了進士，再考個庶起士，就是正兒八經的京官。在翰林院裡歷練兩年，外放做地方官，那也是綽綽有餘的，沒準兒還能給蘭姑娘掙個誥命回來呢。」

阿秀雖然不懂這些，但聽蕭謹言說得頭頭是道，想來是極好的事情，遂也跟著點頭。

「乾娘，我就知道姊姊是個有福的，這下可好了。」

可蘭老爺心裡卻不這麼想，蘭嫣要是能在廣安侯府做姨娘，少不得他們以後還能打著廣安侯府的名義做生意；況且廣安侯總管戶部，以後朝廷採買的生意，只要有兩、三筆落到蘭家，那就是不小的油水，這可是看得見的實惠。

至於那個什麼時有才，能不能考上進士還兩說呢；要是考不上，少不得還得讓蘭家補貼著他度日；但他又不是沒有兒子，要這麼個上門女婿有什麼用！

蕭謹言見蘭老爺的臉上還帶著幾分不服氣，知道他實在不想放棄廣安侯府的親事，又不能表現出知道蘭家和廣安侯府的那些事情，便笑著道：「既然這事情已經定下，那我回府跟母親說一聲，讓她送賀禮過來。」

蘭老爺聽蕭謹言這麼說，只好一個勁兒地陪笑。

朱氏見蘭老爺不敢駁回，遂笑著道：「只是如今在國孝裡，不敢大肆操辦，到時候只怕不能請世子爺來喝喜酒了。」

蕭謹言便笑道：「無妨，我讓阿秀回來就好。」

蘭嫣的事情敲定後，蕭謹言並沒有急著要走，而是讓阿秀跟著蘭嫣先去了繡閣。

朱氏剛剛和蘭老爺吵了一架，心裡還有些難過，便跟著她們一起去繡閣說話。

朱氏還是一副悶悶不樂的表情，一路上不知道嘆了多少氣。

阿秀見了朱氏那副表情，只安慰道：「乾娘不要太難過了，既然世子爺出面了，老爺大概不會再反悔。」

朱氏自然知道，蘭老爺如今想反悔，只怕是不能了，是方才那席話讓她覺得心涼，忍不住嘆了口氣。

「嫣姐兒，這門婚事是妳自己答應的，好不好，今後只能認了，我這個做母親的，只能幫妳幫到這裡了。」

蘭嫣聽朱氏這麼說，便知道方才朱氏肯定又受了蘭老爺好些委屈，只安慰道：「娘，您別擔心，橫豎您只有我這個女兒，我自然不會丟下您不管的；要是以後父親還對您這樣，大不了您搬出去，和我一起住！」

朱氏逆來順受習慣了，早已抱著生是蘭家人、死是蘭家鬼的態度，哪裡會聽蘭嫣這種胡話。

「妳以後好好過日子，若那時有才真是個有出息的，那也是妳的造化。我這輩子，就是這樣了。」

蘭嫣聽朱氏這麼說，頓時覺得傷感起來，忍不住低頭擦起了眼淚。

阿秀見兩人都一副心事重重的樣子，只硬著頭皮勸說。「太太，這本是一件喜事，老爺已經答應了，下面就應該高高興興地辦喜事才好呢。」

朱氏愣了愣，瞧著阿秀的樣子，嘴角帶著淡淡的笑，眼底有著最真誠的笑意，頓時覺得胸口一暖，只笑著道：「阿秀說得是，要高高興興辦喜事才好，怎麼都哭喪著臉呢。」

這時候，蘭嫣也已經止住了悲傷。

這條路是她選的，好不好，得要自己承擔。

第五十九章

蕭謹言坐在蘭家前院的會客大廳裡。蘭家是商賈之家，雖然地位低下，但家裡的富貴，一點兒也不輸京城裡的普通官家。

蕭謹言捧著手中的白瓷薄壁茶盞，稍稍抿了口茶，見大廳裡別無他人，這才和蘭老爺深談起來。

「不瞞蘭老爺，貴小姐和廣安侯家的事情，我也略知一二。雖說廣安侯世子爺許了蘭姑娘去府裡做貴妾，可現下太后娘娘剛剛仙逝，大雍官家都守著國孝，這時進廣安侯府，怕是只能做個丫鬟。

「若是做了丫鬟，想要當上貴妾，還得一步步地來。先做通房，生下一男半女後，才有資格做姨娘，這才是正經官宦人家的規矩。廣安侯府若真有誠意，怎麼會提這樣的要求，蘭老爺倒是要好好斟酌一番。」

重活一世後，對這些事情，蕭謹言想得越發通透了。

當年他那麼喜歡阿秀，在阿秀沒懷上孩子之前，她也不過是個沒開臉的通房而已，想要升做姨娘，還得靠肚子說話。

之前蘭老爺被廣安侯府派來的下人一頓好說歹說，迷了心竅，這會兒聽蕭謹言分析，果然覺得有幾分道理，眼神立刻變了，忍不住開口道：「廣安侯府的人，還不至於會做這種事情吧？」

蕭謹言笑了笑，抿了口茶。

「廣安侯夫人是明慧長公主，想在她手底下討生活，只怕也是不容易。我和洪世子從小交好，他常常向我訴苦，說自己房裡的丫鬟動不動就犯了事，被打個半死，一年到頭，倒是要換上好幾撥人。」

蕭謹言說這些話時，語氣平和，就跟家常便飯一樣，越發讓蘭老爺覺得驚訝不已。他來京城經商已經有幾年了，平素也聽說有些府裡苛待下人，動不動就會鬧出人命；一些家風不正的門第，但凡是齊頭正臉的丫鬟，沒有一個不被糟蹋的。這樣一想，想必那個洪世子人品也有問題，才會讓明慧長公主這樣管束。

蕭謹言瞧見蘭老爺額頭上微微冒出汗珠，便知道他已經被他嚇住了幾分，只從容地拿起茶壺，慢悠悠給蘭老爺滿了一杯茶。

「蘭老爺，錢是賺不完的，女兒可只有一個，如今二姑娘病著、三姑娘還小呢。上回聽蘭夫人說，蘭老爺有意讓兩位哥兒考功名，那時舉人雖說如今還沒中進士，但好在年紀輕，再考個一、兩次不是問題，若真的中了進士，那蘭老爺就是進士老爺的老丈人了。

「再說句實在話，即便大姑娘進了洪家當貴妾，只怕洪家人也不會把蘭家當親戚看。你說，是不是這個道理？」

這時，蘭老爺如夢初醒，當初蘭老太爺送蘭姨娘進許國公府時，也是萬般不捨的。這些年，蘭家和許國公府在生意上的交集不少，可再怎麼樣，他也不敢自稱是許國公府的親戚。

蘭老爺的手指微微發顫，端起蕭謹言推到他面前的茶盞，抿了一大口茶，人完全鎮定了下來。原本對於蘭嫣能進廣安侯府的興奮，已漸漸淡去，只存留著微微的後怕。

但後怕之後，他一下子明白了過來，放下茶盞，斬釘截鐵道：「這次老夫就聽世子爺的，賭那麼一次；若時有才真是個有出息的，他日我定登門道謝。」

蕭謹言的指腹在茶杯上緩緩摩挲著，頓時覺得有幾分底氣不足。

他這還是第一次給人保媒，千萬不要弄砸了才好。

蘭嫣送阿秀出繡閣時，心情已經好很多，蕭謹言也在門外等著阿秀了。

朱氏跟蘭老爺送兩人出門，朱氏瞧見蘭老爺臉上又有平常那種生意人的笑容，看不出半點怒火，心裡稍微鬆了口氣。

蕭謹言和阿秀走後，蘭老爺請了朱氏進房，沒說別的，吩咐她開始準備蘭嫣的嫁妝。

朱氏聞言，當場愣住了。

蘭老爺見朱氏沒反應，轉頭看她一眼。

「我蘭永昌嫁女兒，當真不給嫁妝嗎？說出去，豈不是要被人笑掉大牙。」

朱氏心裡打鼓，小心翼翼地問道：「老爺，您說嫁女兒，是要把女兒嫁給誰呢？」

這會兒，蘭老爺對朱氏也沒了脾氣，多年夫妻，他對朱氏也是極了解的，只捺著性子道：「妳都已經允了時有才上門下聘，嫣姐兒不嫁給他，還能嫁給誰去？這事，妳好好張羅。至於洪家那邊，妳不用管了，我自會想了由頭拒絕他們。」

這下，朱氏才算真正反應了過來，大喜過望。

「老爺、老爺說得可是真的？不是妾身聽錯了吧？」

蘭老爺瞧著朱氏將信將疑的神色，不知為何，覺得有幾分可笑，便忍不住笑了。

「妳又沒聾，聽錯什麼？還不快去準備。」

蕭謹言跟著阿秀出門後，臉上一直保持著高深莫測的表情。

但阿秀也看出來了，剛才蘭老爺送他們出來時，明顯已經不是方才進門時那副震怒的樣子。

阿秀悄悄抬起頭看了蕭謹言一眼，見他沒說什麼，自己也不好意思開口問，便低著頭，忍了許久。

蕭謹言瞧見阿秀欲言又止的樣子，心裡很是受用。見她一味憋著，最後自己也忍不住了，笑著道：「妳想問我什麼，就問吧。」

阿秀便睜大了眼睛，帶著幾分期待問蕭謹言。「爺，您都跟蘭老爺說了些什麼？怎麼我瞧著我們走的時候，他看上去挺高興的。」

蕭謹言微微一笑，手指在阿秀的鼻尖上點了一下。「妳猜！」

阿秀嘟著唇瓣，擰著眉頭，想了大半天，還是搖了搖頭。

「我就是猜不出來，才問爺呢！」

蕭謹言伸手將阿秀抱入懷中，下頷抵著她的肩膀，慢悠悠道：「反正，蘭姑娘不會去廣安侯府當小妾了，這一點，妳放心好了。」

阿秀覺得蕭謹言隔著衣物靠在自己肩頭上的下巴熱熱的，這溫熱似乎能滲透到她的肩膀，忍不住轉過頭去，正好瞧見蕭謹言那張俊美無瑕的臉。

阿秀瞧見蕭謹言眼睛微合，似乎在閉目養神，遂悄悄瞇起眸子，將自己的頭湊過去，用柔軟的嘴唇在蕭謹言的臉頰上蹭了一下。

蕭謹言嘴角勾起淺淺的弧度，享受著阿秀小心翼翼的小動作。

外頭的春光尚好，馬車在飛花的青石板路上轆轆前行，沒有人知道剛剛在車廂裡發生的一幕。

它是個秘密，潛藏在兩人心底。

蕭謹言和阿秀回許國公府時，已經是申時二刻。

蕭謹言才回府上，就瞧見寶善堂的馬車也在門口停著。

蕭謹言不知道是誰病了，只跟著阿秀往府裡走了幾步，正好瞧見杜雲澤從後院出來，便上前問道：「你怎麼過來了，我們家什麼人病了？」

杜雲澤見蕭謹言從外頭進來，便知道他今兒出門了，開口道：「你還不知道吧，你二叔家的小少爺早上發燒驚厥了，差點把老太太和你二嬸娘嚇死，怕去太醫院請人來不及，就直接到我家，把我拉過來。」

「我瞧過了，幸好不算太嚴重，只是老太太不放心，所以一直不肯放我走。如今終於退燒了，這才肯放我回去。」

蕭謹言當真不知道這件事情，之前只聽說儀哥兒在回京路上染了風寒，這幾日二嬸娘回來，也沒帶他出來。雖然如今開春了，但早晚天氣冷，小孩子容易生病也是常事，蕭謹言並沒有當成什麼大事。

如今聽杜雲澤說得有些嚴重，蕭謹言忍不住開口問道：「如今好些沒有？」

杜雲澤便道：「燒已經退下去了，不過小孩子發燒也不是一時半刻就好，只怕今晚還會燒上一次。我已經教婆子、奶娘怎麼給孩子退燒，應當是無大礙的。」

蕭謹言聽杜雲澤這麼說，稍稍放下心，略送了他幾步，也來不及回文瀾院換衣服，便帶著阿秀，先去田氏住的西苑看蕭謹儀。

兩人才走到西苑門口，就聽見裡面傳出雞毛撣子打人的聲音。

一個十六、七歲的丫鬟跪在門外，老媽子拿著雞毛撣子，正使勁往她身上招呼。

田氏端坐在廳中，遠遠瞧著這一幕，放下手中的茶盞，指著外頭的老媽子，怒氣沖天道：「劉嬤嬤，給我狠狠地打！天大的事情，居然這般怠慢！妳聽見那杜大夫怎麼說的，若是再晚些，只怕儀哥兒就要不好了呢！」

方才趙氏在，田氏不好發作。這會兒趙氏走了，田氏心頭的一股怒氣便撒出來。

劉嬤嬤得了田氏的話，更是狠命往那丫鬟身上打。

阿秀跟著蕭謹言轉過影壁，瞧見那丫鬟略略低垂的臉，不就是早上讓她幫忙傳話的丫鬟嗎？

這時，小丫鬟已經進去給田氏傳話，說是世子爺來瞧蕭謹儀了。

田氏一聽，讓劉嬤嬤停住手，親自迎出去，見蕭謹言仍舊穿著早上出門時的衣服，便知他定然還來不及回文瀾院，就先來瞧蕭謹儀了。

「言哥兒怎麼過來了？你也在外頭跑了一天，好歹先回去休息休息，小孩子生病是常有的事情，倒不必急著來瞧他。」

田氏的話雖說得輕巧，但心裡的怒氣還是難以消除。

聽劉嬤嬤說，她早讓丫鬟佩蘭去榮安堂傳話，說蕭謹儀發燒了，可一直等到他驚厥，也沒見到人回來；要是田氏早些回來，就可以立刻請大夫來看，蕭謹儀又何至於病成這個樣子。

雖然阿秀認出了跪著的丫鬟，卻沒猜到發生什麼事，只恭敬地侍立在蕭謹言身邊。

田氏拿著帕子擦過眼角，抬起頭瞧見跟著蕭謹言的俏丫鬟，那臉蛋長得確實清秀美麗，就是年紀小了些，身量不足，還是個娃娃樣子。心裡便覺得有些奇怪，蕭謹言這個年紀，要這麼個沒長開的小丫鬟做什麼？別是有什麼不好的嗜好吧？

阿秀感覺到田氏的目光在她臉上掃過，不動聲色地又把頭往下壓了壓。

這時，挨打的佩蘭要起身告退，抬頭時瞧見阿秀，遂撲通一聲，又跪在田氏跟前。

「太太，奴婢真的沒騙人，奴婢真的有請人去給太太送信！奴婢以前沒來過許國公府，不知道榮安堂怎麼走，所以請了別的小丫鬟幫忙跑一趟。太太不信就問她，她正是我拜託傳信的人。這麼大的事，奴婢自然不敢耽誤，怎麼會忘了呢！」

佩蘭說著，忍不住又哭了起來，抬起頭看阿秀。

「這位妹子，妳倒是說話呀！妳去了哪兒，為何沒有幫我把信帶到？」

這時，阿秀心裡咯噔一下，攏在袖子裡的手不由握成了拳。這丫鬟說的話，一句也沒錯，她確實拜託自己去傳話，可是當時自己怕蕭謹言等急了，就把這活託給阿月。

阿秀擰了擰眉頭，想要解釋，卻聽田氏開口問道：「妳跟著世子爺，想來應該是文瀾院的丫鬟，怎麼會這樣糊塗？還是說，我們新來乍到，請不動妳幫這個忙？」

田氏說得慢悠悠地，其實句句誅心，連蕭謹言聽了，也忍不住皺起眉頭。

阿秀瞧著田氏看著她的眼神，心裡越發糾結起來，到底要不要把阿月給說出來？她如今有蕭謹言護著，可阿月跟著二少爺，趙姨娘又是那樣的性子，若把阿月供出來，不知道她要受什麼罰呢！

阿秀垂著眸子，想了片刻，便咬牙道：「回二太太的話，奴婢原本要去的，可路上遇上世子爺喊奴婢出門，就把這事情給忘了。」

阿秀說完，抬起頭，小心翼翼地看了蕭謹言一眼。

蕭謹言看見阿秀祈求的小眼神，雖然知道她在說謊，卻還是有著幾分心疼，遂笑著道：「阿秀，這麼重要的事情，妳怎麼能忘了呢？快給二太太跪下賠不是。」

阿秀見蕭謹言發話，急忙撲通一聲跪下來，一個勁兒給田氏磕頭賠罪。

田氏正想說話，蕭謹言卻開口道：「謝天謝地，儀哥兒並沒有大礙，要不然，便是二嬸娘要剝了妳的皮，我也不幫著呢！」

蕭謹言說著，又轉過頭看向田氏。

「二嬸娘，您要怪就怪姪兒吧，把她寵壞了，一點規矩也不懂。幸好今日沒釀出大禍，否則姪兒是萬死也難辭其咎的。」

田氏被蕭謹言這通搶白弄得說不出話，原本準備了一肚子訓人的言語，對著蕭謹言，竟開不了口，只能陪笑道：「大姪兒，你說些什麼呢！哪有那麼嚴重，小丫鬟忘了也是尋常事情，幸而沒有釀成大禍。」

田氏看了阿秀一眼，眼底裡透出些許鄙夷，冷冷道：「起來吧，妳也不是西苑的丫鬟，我不好責罰妳，橫豎是我院子裡的丫鬟所託非人罷了。」

阿秀不敢起身，蕭謹言喝了口茶，對她道：「二太太讓妳起來，妳就起來吧。」

阿秀這才戰戰兢兢地站起身，侍立到蕭謹言身邊。

蕭謹言並沒有在西苑待多久，看過蕭謹儀後，就起身告辭了。

兩人出了西苑，蕭謹言故意放慢腳步，等著阿秀從後面跟上來。

瞧見阿秀一副鬱鬱寡歡的樣子，蕭謹言開口問道：「阿秀，我問妳，剛才為什麼要說謊？」

他喜歡阿秀，從前世一直喜歡到今生。在他心裡，阿秀一直是個心無城府的女孩，今天卻聽到她說謊，給他帶來的打擊是不小的。

蕭謹言開始懷疑，今世他一心喜歡著的阿秀，還是不是前世那個讓他心疼的女子？

小徑上的鵝卵石排列得密密麻麻，穿著布鞋走在上頭，會微微覺得疼。

阿秀突然停下腳步，撲通一聲跪在石頭上，只覺膝蓋傳來一陣刺骨的痛，雙眼立刻紅了起來。

「爺，奴婢不是故意的，奴婢……」

阿秀咬了咬唇，沒有把話說下去。

蕭謹言轉身看她，心裡再次絞痛起來。這世上能這樣牽動他的心的人，也只有阿秀了。

蕭謹言走過去，彎腰拉住阿秀的手臂，把她扶起來，輕輕拍了拍她的膝蓋。

「阿秀，我信妳，妳還是原來的妳。」

聽見蕭謹言這一句，阿秀的眼淚忍不住奪眶而出，跟在他的身後，小聲道：「我怕世子爺在門口等急了，所以才拜託阿月幫我跑這一趟；至於阿月為什麼沒有去，我並不清楚。

「其實，奴婢也是有錯的，不應該把這麼重要的事情交給別人做，若四少爺真有什麼三長兩短，奴婢也會良心不安。」

蕭謹言聽阿秀說完這些，便猜出了她心中所顧慮的事。

阿秀能倚仗他，但那個叫阿月的小丫鬟卻是無人可靠，犯了這樣的錯，會不會被發賣出去還不知，少不得也是要受一頓板子的。

蕭謹言看著阿秀受了委屈的小模樣，頓時生出幾分自嘲，他怎麼能懷疑阿秀呢？這個從來只會幫別人揹黑鍋的小傻瓜。

蕭謹言帶著阿秀離去後，田氏立即又變了臉，坐在廳中，眼神中帶著一些不屑，把劉嬤嬤喊到身邊。

「妳瞧見了吧？昨兒妳說的小丫鬟，大概就是這個了。模樣是不錯，可那身段……言哥兒究竟圖個什麼？」

田氏說著，忍不住笑了起來，不過這件事情已讓她懷恨在心，咬著牙道：「才回國公府，就給我一個下馬威。那小丫鬟吃了熊心豹子膽嗎，能說忘了就忘了？還不是有人在背後使壞。」

劉嬤嬤聽了田氏的話，也覺得有幾分奇怪，遂開口問道：「這也不過就是趟跑腿的差事，大太太當真會做這種事情？」

「怎麼不會？她向來是這樣的性子。小門小戶裡出來的，當了國公夫人，也改不了孔家讀書人的小心眼和窮酸氣。我看這事情八成是她唆使那小丫鬟不來通報的，不然還能有誰？」

田氏端起茶盞，喝了一口茶，嘆道：「原以為疏遠了這兩年，好歹回來能井水不犯河水，誰知道還是老樣子。」

——未完，待續，請看文創風441《一妻獨秀》3（完結篇）

青春甜美的兒女情長

妙手救世的女醫天下／芳菲

2016年7月出版

巧手回春

莫名穿到大雍朝，劉七巧一身婦科好功夫卻受限於環境不同，
只能幫人接生，倒也在牛家莊裡有了點名號；
但她就只能這樣嗎？是否有機會改造古代產科文化？

文創風 429 **1**

前世婦產科醫師穿越來到這大雍朝的牛家莊，劉七巧根本是無用武之地！
但她職業病一發，看到古代婦女有難，怎能不出手幫忙，
也因此讓她一個農村小姑娘成了有名的接生婆，走路也有風～～
但這身為太醫卻一副破身體的杜家少爺是怎麼回事，
她說東，他非要質疑是西；她好心幫產婦剖腹產子，卻被他潑冷水，
究竟西方婦科女醫遇上東方傳統神醫，誰能勝出……

文創風 430 **2**

杜若出生醫藥世家，是京城赫赫有名的寶善堂少主，叔叔又是當朝太醫院院判，
難得來一回家裡的莊院出診，就撞上了小接生婆劉七巧，
看來還是個小丫頭，卻敢切開人體、剖腹取子，還知道把肚子縫好止血?!
偏偏要與她多講些話，她又牙尖嘴利的，完全不像個農村姑娘；
到底該怎麼將這樣耀眼的姑娘留在身邊，陪他一輩子呢……

文創風 431 **3**

劉七巧在王府混得風生水起，老王妃和有孕的王妃都視她為心腹丫鬟，
惱人的王府少奶奶秦氏又已解決，看起來王府裡的風波已過，
該是安安穩穩地等著王府小少爺出生就好……才怪！
王府沒事，但她和杜若的婚事還是八字沒一撇，
可是杜若的婚事關鍵掌握在杜老太太的嘴裡，
只要老太太沒發話、不接受，她還是嫁不了杜若啊～～

文創風 432 **4**

費了一番工夫，大長公主終於出手幫助劉七巧和杜若，
加上恭王妃趁著新生的六少爺辦滿月宴時，認了七巧為王府義女，
杜若終於順利抱得美人歸，但劉七巧這個新婦上任，
家裡的杜太太有孕在身，宮裡的小梁妃懷了雙生子也要她接生，
一個是自己婆婆，一個是皇帝的寵妃，都是棘手難題啊……

文創風 433 **5**

懷著夢想，劉七巧獲得了大長公主的賞賜，讓她將公主府做為將來的醫舍；
眼看朝著創立專為產婦服務的寶育堂又靠近了一點，
這時的寶善堂卻捲入賣假藥之事，
一查之下，連杜家二太太的娘家也牽涉其中，
七巧雖然得了關鍵證據，卻不知該怎麼處理這燙手山芋？

文創風 434 **6** 完

雖然有了身孕，讓成立寶育堂一事只得暫緩下來，
但劉七巧依然弄了個「不孕不育」門診，找了大夫就這麼開張，
沒想到大受歡迎，也讓杜家找到了另一商機，更認同七巧的想法；
只是她自己好不容易生下孩子，更了解懷孕婦女的狀況，
想著可以發揮長才了，杜家二太太卻又暗中生事，
加速了杜家大老爺與二老爺要分家之事……

為流浪貓狗加油 和貓寶貝 狗寶貝 廝守終生(一定要終生喔！)的幸福機會

對人來說，貓寶貝狗寶貝只是生活的一部分，
但妳（你）對牠們來說，卻是生活的全部，領養前請一定要考慮清楚——

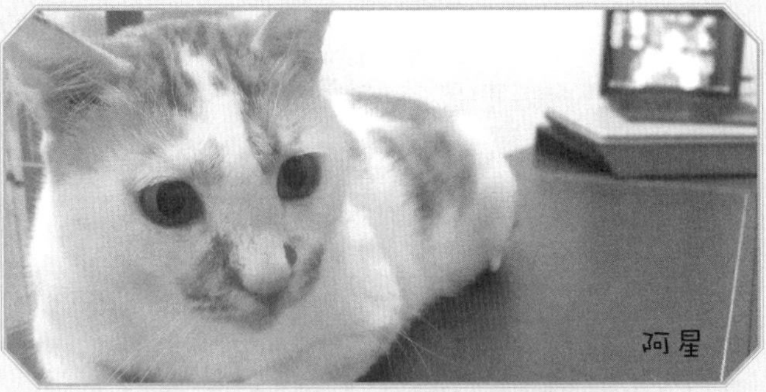

▲ 親人又愛撒嬌的咩咩&阿星

性　　別：咩咩是女生、阿星是男生
品　　種：咩咩是三花米克斯、阿星是橘白米克斯
年　　紀：都是3歲
個　　性：都很親人，喜歡被撫摸和梳毛。
咩咩愛撒嬌、愛磨蹭人；阿星是貪吃鬼。
健康狀況：均已結紮、均已打狂犬疫苗
目前住所：新北市板橋區

本期資料來源：台灣認養地圖

『咩咩&阿星』的故事：

自從去年冬天開始，咩咩與阿星就時常來我家陽台蹭飯。我家養的老胖貓也是在這裡吃飯，可能是老胖貓的叫聲吸引了牠們，也可能因為陽台是開放式的緣故。第一次遇見牠們時，看到牠們可愛會放電的眼神，就忍不住拿了老胖貓的飯餵牠們，久了以後，就時常看到牠們會在固定時段跑來我家吃飯，平常也會在陽台躲雨、避寒。

某天，咩咩與阿星突然帶著傷出現，咩咩的尾巴幾乎斷掉，骨頭還穿了出來！而阿星脖子有一大片傷口潰爛需要清創，當下立刻和家人一起將牠們緊急送醫，花了很多時間心力才把牠們醫治好、結了紮，也打了狂犬疫苗。

我家附近有個小型的菜市場，常常有狗狗成群出沒，對於咩咩與阿星來說實在是太危險，牠們這次可能就是跟狗群起衝突才受傷的……經過這件事後，我不願意再讓牠們回街上當浪浪，於是簡單將倉庫稍作整理，暫時當起中途幫咩咩與阿星找好人家領養。

咩咩很喜歡撒嬌，尤其喜歡用頭磨蹭人、用舌頭舔我的手，非常可愛。而且適應力很強，很快就習慣在我家的生活了。咩咩的習慣也很好，平常不會胡亂喵喵叫，只有想要玩耍、吃飯時才會叫一下。阿星也很親人，跟咩咩一樣也會主動磨蹭人，但牠有一個特殊的喜好，那就是——被拍屁屁！貪吃的阿星演技很好，常常裝成一副你不給牠飯吃就很可惡的可憐模樣。目前牠們兩隻都已被我訓練會乖乖在貓砂裡大小便了。

咩咩與阿星對人十分信任，希望牠們能成為你／妳的家人，為你／妳帶來歡樂～～
歡迎電洽0922-284-220或是來信prayforcat@gmail.com (Lu小姐)，主旨註明「我想認養咩咩／阿星」。

認養資格：

1. 認養者須年滿20歲，有獨立經濟能力，並獲得家人、另一半、同住室友或房東的同意；若未滿20歲則須由家長出面，並承諾會負擔養貓生活費。
2. 須同意簽認養寵物切結書。
3. 同意送養人日後之追蹤探訪，對待咩咩與阿星不離不棄。

來信請說明：

a. 個人基本資料：姓名、性別、年齡、家庭狀況、職業與經濟來源等。
b. 想認養咩咩或阿星的理由。
c. 過去養寵物的經驗，及簡介一下您的飼養環境。
d. 若未來有當兵、結婚、懷孕、畢業、出國或搬家等計劃，將如何安置咩咩或阿星？

一妻獨秀 2

國家圖書館出版品預行編目資料

一妻獨秀 / 芳菲著. --
初版. -- 臺北市 ： 狗屋, 2016.08
冊 ； 公分. --（文創風）
ISBN 978-986-328-625-7（第2冊：平裝）. --

857.7　　105010483

著作者　芳菲
編輯　安愉
校對　沈毓萍　許雯婷
發行所　狗屋出版社有限公司
地址　台北市104中山區龍江路71巷15號1樓
電話　02-2776-5889～0
發行字號　局版台業字845號
法律顧問　蕭雄淋律師
總經銷　知遠文化事業有限公司
電話　02-2664-8800
初版　2016年8月
國際書碼　ISBN-13　978-986-328-625-7
原著書名　《娇妾难宠》，由北京晉江原創網絡科技有限公司授權出版

定價250元
狗屋劃撥帳號：19001626
網址：love.doghouse.com.tw　E-mail：love@doghouse.com.tw